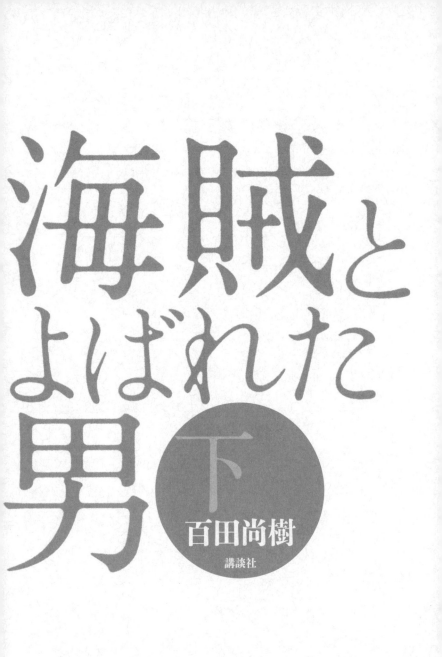

海賊とよばれた男 下

百田尚樹

講談社

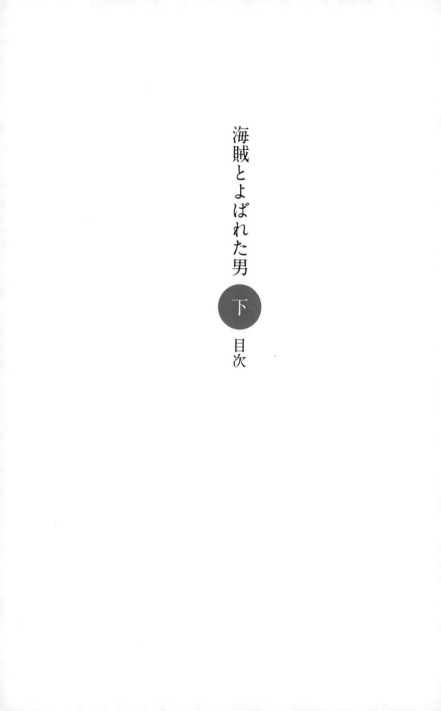

海賊とよばれた男 下

目次

第三章 白秋

昭和二十二年〜昭和二十八年

7

海賊とよばれた男　上　目次

海賊とよばれた男

（下）

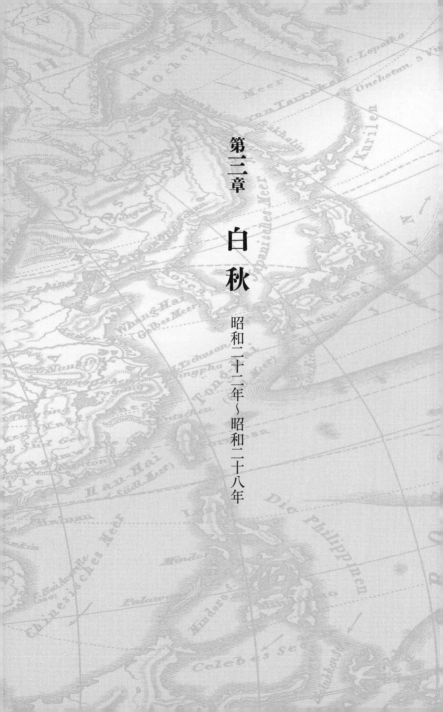

第三章 白秋

昭和二十二年〜昭和二十八年

一　正明

目が覚めた鐵造は、今自分がどこにいるのか一瞬わからなかった。

目の前には見覚えのある店主室の壁が見える。どうやら椅子に座ったまま、眠りこんでいたらしい。

壁には世界地図が貼られていた。かつて赤く塗られていた台湾も朝鮮も別の色に変わっている。満州国は中華民国に呑み込まれていた。

腕時計を見ると、針は一時をわずかに過ぎていた。昼飯を食べて店主室に戻ってきたのは一時少し前だ。ほんの数分しか眠っていなかったのに、ずいぶん長い夢を見ていた。

夢の中では懐かしい人物にたくさん会ったような気がする。

あの戦争では国岡商店のかけがえのない二十七人の男たちが南方の地で命を失った。生き残っていれば、いずれも今の国岡商店のために素晴らしい力を発揮してくれた男たちだ。彼らは自らの命を懸けて、国家のため、国岡商店のために尽くしてくれた。今度は生き残った者が彼らの後を継いで頑張る番だ。

目を閉じると、瞼に長谷川喜久雄の笑顔が浮かんできた。そして南方の地で果てていった若者たちの顔が次々に浮かんできた。戦後、何もかも失い、店の存続さえ危うくなったときに、鐵造が外地にいる七百人の店員の首をひとりも切らないと宣言したのは、意地などではなかった。国岡商店の将来を信じ

て南方の地に旅立っていった店員たちを裏切ることは死んでもできなかったからだ。

終戦後の二年間はまさしく塗炭の苦しみだった。店員たちを食べさせるために、荒れ地の開墾、底引き網漁、印刷業、それに慣れないラジオ修理の業務と、さまざまな事業に乗り出したが、そのほとんどが失敗に終わった。社運を懸けたタンク底で廃油を漉す仕事でも、巨額の赤字を出してしまった。

しかし鐵造は赤字よりも、この二年間で百人あまりの店員を失ったことのほうが辛かった。彼らは国岡商店の将来性に見切りをつけた男たちだった。他の会社に入った者もいれば、自ら商売を始めた者もいる。なかにはヤミ屋になった者もいた。

常務の甲賀治作は、この二年間は店員を篩にかけたと考えるべきではないでしょうかと言った。意志の弱い者、誘惑に溺れる者、金に惑う者たちは脱落したが、苦難に耐えて国岡商店に残ってくれた者たちは筋金入りの男ですというのが、彼の意見だった。だが鐵造はそうは考えなかった。彼は辞めていった店員たちを救えなかった自分を激しく責めた。

この二年間、何度も「もう駄目だ！」と思った。何もかも放り出して、楽になりたいと幾度考えたかしれない。しかしそれをしなかったのには三つの理由があった。ひとつは、ここで辞めたら亡くなった店員たちに申し訳が立たないという思い。もうひとつは、日田重太郎への恩に報いるためだ。「絶対に諦めずに、初心を貫け」という日田の言葉は、鐵造の信念となっていた。

そして残るもうひとつの理由は、国家のため、日本人のために尽くしたいという思いだった。戦争で灰燼に帰したこの日本を、今一度、立ち直らせる、そして自信を失った日本人の心に、もう一度輝く火を灯すのだ。そのためなら、この老骨が砕け散ろうともかまわない。

国岡商店は徐々にではあるが確実に立ち直りつつあった。それは融資の返済を要求する銀行がなかったことが大きかった。取引銀行の頭取や重役の多くは、鐵造の信奉者であった。彼らは戦前、国岡商店がひたすら消費者のために尽くしてきたことを知っていた。そして戦後もひとりの社員も馘首することなく、耐え抜いてきた姿を見ていた。

旧石統のメンバーと商工省燃料課の策謀で販売店から外されそうになった国岡商店ではあったが、武知甲太郎らの活躍によって、かろうじて二十九の販売店の指定を得た。そして昭和二十二年十一月、戦争が終わって二年後、国岡商店はついに石油販売業務を再開することができた。

店員たちは待ちに待った石油販売の仕事に邁進した。自分たちの供給する石油が国民の生活を明るくするという喜びは何物にも代えがたいものだった。店には「サービスは先づ石油より」というポスターを掲げ、小口の消費者にも常に誠意をもって販売に励んだ。そのころ、「石油」と言えば「灯油」のことで、ガソリンスタンドなどは都市部に数えるほどしかなかった。この年、自動車の保有台数は全国で二万台に満たなかった。

国岡商店の営業所も四十六都道府県にわずか二十九店舗しかなかったが、こまやかなサービスにより「国岡商店」の名前は次第に人々の間で知られていった。

しかし店舗の石油はいつも足りなかった。「石油配給公団」がアメリカから一括して石油を仕入れ、それを全国の販売店に配給していたが、総量が少ないため、国岡商店の力だけではどうしようもなかった。

鐵造は石油の輸入自由化を願った。それも石油製品ではなく、原油を輸入して自分たちの手で精製して石油製品（軽油、灯油、揮発油、重油、機械油等々）にして直接販売する。そうすれば、より安く消費者のもとへ石油を供給することができる。それこそが鐵造の夢だった。そのためには原油を精製する製油所が必要だったが、国岡商店は未だ製油施設を持っていなかった。しかしいずれ原油の輸入が認められる日が来たときには、自社の製油所を持ちたいと考えていた。

戦前はもう少しでその夢に届くところだったのに、戦争のために潰えた。しかし平和な時代になった今こそ、その夢に向かって進みたい。二十九の販売店はその夢のための第一歩だ。

この年、もうひとつ嬉しいことがあった。生死不明だった末弟の正明（まさあき）が満州から帰国したことだ。聞けば、満州に攻め込んだソ連軍に捕まって二年近く収容所に入っていたのだという。哀れなほど痩（や）せ、すっかり弱り切っていた。

「よう戻ってきたな」

鐵造は東京駅に降り立った弟の体をしっかりと抱きしめた。その体は骨と皮だけのようで、思わず腕の力を緩めたほどだった。

「兄さん、家族の面倒ば見てくれて、すまんの」

「何ば言うとか。お前の家族はぼくの家族じゃなかね」

「ありがとう」

「とにかく、何か食おう」

鐵造は弟の肩を抱いて言った。

駅を出たとき、正明は小さくため息をついた。

「会社も、お金も——全部のうなってしもうたよ」

「そげなもんはたいしたことじゃなか。早う体ば治して、今度は国岡商店のために頑張ってくれんね」

「もう四十七歳ばい。今さら、国岡商店の役には立てんばい」

「何ば言うか。ぼくは六十二歳で、今でっちゃ第一線でやりよるとぜ。国岡商店も戦争で何もかも失くしたばってん、こげんしてなんとか頑張りよる。お前の満鉄で鍛えた知恵ばぜひ、国岡商店で生かしてくれんね」

鐵造は正明の背中を軽く叩いた。正明ははじめてかすかに笑った。

昭和二十三年（一九四八）三月、そんな鐵造の夢を打ち砕くような出来事が起こった。

アメリカは日本の潜在的産業能力を調査するため、昭和二十二年、陸軍から「ストライク対日賠償使節団」を派遣していたが、この調査団が日本の石油業界を震撼させる報告書を発表したのだ。通称「ストライク報告」と呼ばれるこの報告書には、「日本の製油所施設はスクラップすべき」と書かれていた。さらに、日本はインドネシア（一九四五年に独立宣言）の製油所で精製した石油製品を輸入すればよい、とされていた。これは日本の石油産業を破壊してしまおうという意図が込められていた。

「ストライク報告」は、昭和二十年十二月に発表された苛烈な「ポーレー使節団」の賠償案を大幅に修正したもので、日本の工業力を戦前並に戻そうという比較的穏当なものだったが、なぜか石油業界にだけはとてつもなく厳しいものになっていた。

当時、日本の製油所施設は旧式で、その多くが空襲による被害を受けてはいたが、修理すればまだ製油所として使用できるものだった。それを「ストライク報告」は、「賠償の価値もないので」破壊すべきと判断したのだ。

鐵造はこの発表を聞いて愕然(がくぜん)とした。

「アメリカはいったい日本をどうしたいのだ」

鐵造は店主室に武知を呼んで、「ストライク報告」について訊(たず)ねた。そのころ、武知はGHQにそうとう喰い込んでいた。

「最初、GHQには日本の工業力をつぶして、農業国にしてしまおうという意図があったようです」

「ポーレー報告だな」と鐵造は言った。「あれはひどかったな」

「ポーレー報告は、日本に徹底した懲罰を与えるためのものでした。日本国民の生活水準をアジア諸国を上回らぬ水準とし、鉄鋼生産能力は昭和五年と同水準に抑えるなどという厳しい報告でしたから。ただ、その政策は今回のストライク報告で緩和されましたが、GHQ内部には、今もその考えを持った人間がいます」

「日本をかつての東南アジアのように、自分たちの商品を売るための市場にするつもりでいるのだな」

鐵造は今さらながら傲慢(ごうまん)な欧米人に対する怒りがこみあげてきた。

白人たちに植民地にされたフィリピンもベトナムもインドネシアもマレーも悲惨だった。彼らはいっさいの工業力を与えられず、ただ資源を搾取(さくしゅ)され、そしてその奪われた資源で作られた製品を買わされ

14

るという二重の搾取をされていた。白人たちはそうやって百年も彼らを支配し、ネジひとつ作ることの
できない国にしてきたのだ。

鐵造がそれを言うと、武知は「そのとおりです」と言った。

「アメリカは日本が朝鮮半島や満州を侵略したと糾弾しますが、日本は朝鮮においても満州においても
台湾においても、夥（おびただ）しい資本を投入して、さまざまな施設を作り、法を整備しました。ダムを作り、発
電所を作り、学校を作りました。おそらく朝鮮も満州も台湾も、この投資を基（もと）にこれから大いに発展す
るでしょう」

鐵造は目を閉じた。それらの国はいずれも国岡商店がかつて飛躍した土地だった。店員たちが血と汗
の努力で築き上げた資本や財産は小さなものではない。それらを失ったことは大きな悲しみだが、それ
が彼らの国の発展に少しでも寄与できるならば、むしろ喜びとすべきではないか、と鐵造は思った。

「今回のストライク報告はアメリカの政策転換の一歩です。その背景には、東西の冷戦があります」

「アメリカは日本を反共の防波堤にしようというのだな」

「そういうことです。それで日本に工業力を戻させるという政策に切り替わったのです。そして日本の
負担を軽くするために、賠償支払いを軽減する方向に変わったのです」

「それなら、なぜ製油所をつぶしてしまえなどと言うのだ。たしかに日本の製油所は旧式で傷んではい
る。しかし今、日本が製油所を失えば、取り返しのつかないことになる。工業国として復活できなくなる」

「店主のおっしゃるとおりです」

「製油所を破壊するということは、日本には原油を精製させないという意図なのか」

「ストライク報告によりますと、蘭印（インドネシア）の近代的な製油所で精製した石油製品を日本に入れるほうが経済的であるということですが、実はここには裏があります」

「裏がある？　それは何だ」

「私の掴んだ情報によりますと、アメリカの石油会社が糸を引いているということです」

「奴らが考えそうなことだ。将来、日本に石油施設を作るというわけだな。日本の製油所を完全になくしておけば、どうとでもできるからな」

「そういうことです。しかし、この報告書はGHQ内部でもやりすぎという意見があります。近いうちに修正案が出されるという話です」武知はそう言うと、にやりと笑った。

武知の言葉どおり、二ヵ月後の五月、米陸軍は日本にケミカル銀行のパーシー・H・ジョンストン社長を団長とする「ジョンストン調査団」を派遣した。調査団は三週間の日本滞在後、「ジョンストン報告書」を発表した。この報告書には「日本の復興に必要な工場は存続させるべき。製油所の撤去は必要がない」とされた。「ストライク報告」とは百八十度異なる意見だった。

「武知君、やったな」

鐡造は「ジョンストン報告書」が発表された翌日、店主室にやってきた武知に言った。武知は「何のことです」ととぼけた。

「君が密かにジョンストン調査団の調査員と接触したという噂だよ」

「私が、ですか」武知は驚いたように言った。「誰がそんな噂を。私は知りませんよ」

16

鐵造が笑って武知の顔を覗き込むと、彼は苦笑した。

「仮りに私が接触できたとしても、私に報告書を変える力なんてありませんよ」

武知はそう言った後で付け加えた。

「ただ、今回の報告書の方向転換は世界情勢が影響しています。前にも申し上げましたが、東西に分かれたドイツでソ連と西側諸国が対峙して一触即発状態になっていることも大きかったのではないかと思います」

「しかしドイツの話と日本の製油所の話はずいぶん遠いぞ」

「実は朝鮮半島でも、アメリカとソ連の間にきな臭い匂いが漂い始めているのです」

そのころ、朝鮮半島は三十八度線以北をソ連が、以南をアメリカが信託統治していた。しかし統治の政策をめぐって、米ソの意見が対立し、緊張感が高まりつつあった。

「もし朝鮮半島に有事があれば、日本はアメリカの補給基地になります。さらに半島に二つの国ができた場合、日本は反共の防波堤として重要な国になります。製油所施設がなければ、緊急の場合にいろいろ不都合があります」

「なるほど」鐵造は大きく頷いた。「そういうことを吹き込んだわけだな」

武知は何も言わずに笑ってアメリカ人のように両手を広げて見せた。

実際、国際社会では、ソ連と西側諸国の間に緊張が高まっていた。

この年の六月、ソ連は突如、西ベルリンを封鎖し、東西ベルリンを結ぶすべての道路を遮断した。また同じ年の八月、朝鮮半島の南に「大韓民国」が誕生し、その一ヵ月後、北に「朝鮮民主主義人民共和

国」が誕生し、朝鮮半島は完全に分断された。

これらの冷戦状況が、日本の工業と石油産業を救うことになった。

八月、外油の「カルテックス」日本支社の重役カーソンが国岡商店を訪ねてきた。カルテックスはスタンダード・オイル・オブ・カリフォルニアとテキサコという二つの巨大石油会社が合弁で設立した会社で、アジア地域の販売を押さえていた。余談だが、戦後、沖縄のガソリンはすべてカルテックスが供給しており、本土復帰以前の沖縄では、人々はガソリンスタンドのことを「カルテックス」と呼んでいた。

カーソンは二メートル近い巨漢だった。彼は通訳を通じて、「国岡商店と提携したい」と言った。これには鐵造も驚いた。

「世界のカルテックスが、なぜうちみたいな小さな商店と提携したいのか？」

「国岡商店の販売力の凄さはよく知っている」カーソンはそう言って笑った。「上海（シャンハイ）で思い知らされている」

鐵造も苦笑いするしかなかった。

「しかし今は全国に二十九の販売店しかない。しかも石油配給公団からわずかな石油しか配給されない。売る力はあるのに、売る油がない」

「事情はわかっている。もし国岡商店がわが社と提携すれば、石油はいくらでも入れる」

「いくらでも入れると言っても、今はまだ石油の輸入制限の枠があるだろう」

「ここだけの話、石油の輸入はいずれ自由化される。それに公団もまもなく解散になる」

鐵造は思わず身を乗り出した。公団はもともと一年で解散する予定で作られたものだから驚きはしな
いが、石油輸入の自由化は、はじめて耳にする話だった。これもやはり東西冷戦の賜物なのか。ＧＨＱ
は本気で日本の工業を再建させようとしているのか。

「もし国岡商店に任せてもらえるなら、日本の全需要の三分の一くらいは売ってみせる自信がある」

鐵造が胸を張ってそう言うと、カーソンは破顔した。

「国岡商店が売ってくれるなら、石油はいくらでも持ってくるよ」

その後、両者は会談を重ね、国岡商店とカルテックスの提携話はスムーズに進んだ。

しかし具体的な条件の話に移ったとき、カーソンの一言が鐵造を硬化させた。カーソンは提携の条件
として、株式の譲渡を要求し、国岡商店の役員にカルテックスの人間を送り込みたいと言ったのだ。

「ナンセンスだ！」

鐵造は通訳を介さずに言った。カーソンの顔色が変わった。

鐵造は、今回の話は完全な業務提携だと考えていた。しかしカルテックス側は国岡商店を子会社のひ
とつに取り込もうとしていたのだ。

国岡商店は創業以来の「民族会社」だ。青い目の外国人を経営陣に加えるなどは真っ平御免だった。
喉から手が出るほど欲しい石油をちらつかせられても、その誘惑に乗る気はいっさいなかった。

カーソンは言った。

「わが社は今、日邦石油とも提携の話をしている。国岡との話がこじれたら、おそらく日邦石油と提携
することになる」

「それがうちと何の関係がある」

カーソンは嫌な笑みを浮かべた。

「わが社と日邦石油が提携すれば、国岡商店にとって苦しいことになりはしないか」

「うちの心配までしてもらう必要はない」鐵造は言った。「ビジネスの提携はしても、経営に口出しされたくはない」

カルテックスとの交渉はこれで決裂した。

カーソンの言っていたことは本当だった。鐵造との交渉が決裂してしばらくして、カルテックスが日邦石油と提携したというニュースが飛び込んできた。何と、日邦石油は株式の五〇パーセントをカルテックスに委ねていたからだ。これほど屈辱的な提携があるだろうか。おそらく経営陣には多数のアメリカ人が乗り込んでくることだろう。

国岡商店が創業以来、長く「親会社」であった日邦石油が外油にくびきをつけられたのを見るのは悲しかった。もはや日邦石油は日本の会社ではなくなった、と鐵造は思った。

九月、GHQは石油輸入基地の民営移管と石油配給公団の早期解散の方針を示した覚書を政府に提出した。さらに公団を翌年三月末までに解散し、四月から民間の石油元売会社が石油製品の輸入および販売をおこなうようにとの指示を出した。

これを知った鐵造は胸が躍った。ついに石油の自由化が目前に迫ったのだった。

依然として販売総量や価格は統制の枠をはめられたままだったが、元売会社となることができれば、海外から石油を買い付けて、石油を販売することができるところまでやってきたのだ。

しかしそのためには「元売会社」の指定を勝ち取る必要がある。鐵造の若いときからの夢がとうとう叶うところまでやってきたのだ。

しかしそのためには「元売会社」の指定を勝ち取る必要がある。これに敗れたら、国岡商店は元売会社の特約店か取次店として甘んじることととなる。元売会社から石油をもらい、彼らの言うがままに商いをしなくてはならない。

鐵造は何がなんでも元売会社の指定を勝ち取ると心に誓った。しかし多くの石油会社が皆、鐵造と同じ思いであるだけに、この戦いは熾烈なものとなるのは必定だった。鐵造はこの戦いこそ天王山だと思った。

しかし直後に武知がもたらした情報は鐵造を絶望的な気持ちにさせた。

武知はGHQの燃料局の職員から「元売会社の条件」案の情報を入手することに成功していた。いくつかの条件がある中で、第一条件は「輸入基地施設を有するもの」というものだった。

「この輸入基地というのは、石油タンクということだな」

重役会議の部屋で、鐵造の言葉に武知は頷いた。

鐵造は腕を組んで唸った。たしかに「元売会社」となれば、大量の石油を保管できるタンクが必要なのは当たり前だ。鐵造自身、石油販売に復帰するためにはタンクを所持しなければならないと、これまで八方手を尽くしてきたが、今日まで入手できないでいた。

しかし「石油タンクを有するもの」というのが元売会社の第一条件となると、事態は容易ならぬもの

21

だった。公団の解散が二十四年の三月となると、少なくとも年内にはタンクを手に入れておく必要がある——残された時間は三ヵ月あまりしかない。

鐵造は絶望的な気持ちになった。二年近くも奔走して叶わなかったものが、三ヵ月あまりで成就できるとはとても思えなかった。

「駄目だ——」

鐵造は小さく呻いて、椅子に体を沈ませた。

「三ヵ月で石油タンクを手に入れることは、不可能だ」

東雲忠司をはじめ重役たちは鐵造の言葉を聞いて驚いた。店主がこんなに弱気になる姿を見たことがなかったからだ。

たしかに石油タンクの入手は難しいだろうと東雲は思った。現在、日本には余剰タンクはほとんどない。店主の言うように二年近くの間、店員たちが必死でタンク入手に努めながら、今日まで手に入れられないできた。さらに今後は元売会社の指定を目指す石油会社がこぞってタンクの入手に乗り出すだろう。それらの競争相手を押しのけてタンクを入手するのは至難と言わざるを得ない。しかも猶予は三ヵ月しかない——。

東雲は椅子に凭れこんでいる鐵造を見た。敗戦のときでさえ力を失うことがなかった店主が、悲しい顔で肩を落としている姿を見るのは辛かった。同時に悔しさを覚えた。かつて上海にいくつもの巨大タンクを持っていた国岡商店が、今、国内に小さなタンクすら持っていないということに理不尽なものを感じた。あれほど国家のために尽くしてきた

国岡商店に、運命の女神は何という過酷な扱いをするのか——。

「店主、希望は捨ててはいけません」東雲は言った。「まだ三ヵ月あります。全力を振り絞りましょう」

鐵造は弱々しい笑いを浮かべた。

「いや、今度ばかりは無理だ」

「店主がそんな弱気なことを言えば、長谷川さんに怒られますよ」

その瞬間、鐵造の表情が引き締まるのが見えた。同時に眼鏡の奥の目が鋭い光を帯びた。

「よく言った、東雲君」

鐵造は椅子に凭れていた体を起こした。

「われわれはまだ死刑宣告を受けたわけではない。死に物狂いでタンクを手に入れよう」

重役たちはいっせいに「はい」と答えた。

東雲たちはタンクの情報を求めて東奔西走した。しかし日本のどこにも余剰タンクなどなかった。戦争中の空襲で民間タンクの多くは破損していたし、旧陸海軍のタンクはすでに撤去されていた。

しかし運命は国岡商店を見捨てなかった。十月のある日、東雲が新聞の片隅に小さな記事を見つけた。その記事の見出しは「旧三井タンクの売却に抗議」というものだった。わずか十数行の小さな記事だったが、「タンク」という文字に反射的に反応したのだった。

記事の内容は、「国有財産として接収されていた旧三井物産の貯油施設が、未公表で三井系のゼネラル物産に売却されようとしているのを、横浜のとある商店が知り、公開競売にすべきだと抗議してい

23

る」というものだった。東雲から記事を見せられた鐵造は、「これだ！」と叫んだ。

鐵造はすぐさま持株会社整理委員会に対して「持株会社整理委員会が管理する財産は公共のものであり、それを秘密裏に元の身内に払い下げるというのは道理に反する」という抗議をおこなった。国岡商店の抗議は多くの新聞が記事にし、持株会社整理委員会はゼネラル物産への払い下げを取り止めざるを得なかった。そしてこれらのタンク群は公開入札されることに決まった。

この入札に敗れれば、もはやチャンスはない。鐵造は何がなんでも競り落とすと決意した。競売されるタンクは旧三井物産が所有していた全国十四ヵ所の五十七基だった。

ところが競売の新聞広告を見て驚いた。申込先が「株式会社三井物産」と小さく書かれてあった。国有財産として接収されたはずの物件の公売の申込先が旧所有者というのはあまりにも不自然であったし、譲渡先を決定する云々にいたっては、もはや正当なる競売ではない。横浜の商店某と国岡商店の抗議を受けて、

「譲渡先は持株会社整理委員会監督のもとに当方が決定する」

形だけを入札制にして、裏でゼネラル物産に譲渡しようとしているのはあきらかだった。

鐵造はこれらの動きに猛抗議し、親しい新聞記者にそれを記事にさせた。これにより、公売のルールが変更されることが新聞に載った。申込先は持株会社整理委員会整理部に変更され、申込期限は十一月十八日と定められた。

しかし鐵造は手放しで喜ぶことはできなかった。記事には公売されるタンク群の評価額が掲載されて

24

いて、その合計金額は約二千八百万円とあったからだ。価格はある程度予測はしていたものの、あらた
めて記されると、やはりその金額の大きさに怯まざるを得なかった。入札するには、申し込み価格全額
の銀行保証状の提出が義務づけられている。そして落札した場合は物件の受け渡しと同時に全額支払う
ことが条件となっていた。落札しようと思えば、当然二千八百円では足りない。三千数百万は必要だ
ろう。いや、絶対に競り落とすつもりなら四千万円は用意しておきたい。

四千万円か――と鐵造は心の中で呟いた。今の国岡商店にそんな金はどこにもない。それどころか戦
後のさまざまな事業の失敗で、借金は二千万円にも膨れ上がっていた。間の悪いことに、大蔵省が金融
引き締め策を取っている最中だった。新規の銀行から融資を受けることはまず無理と考えていい。すで
に借りられる銀行からは限界まで借りている。実際、重役たちはいくつもの銀行に融資の相談に行って
いたが、ことごとく断られていた。

鐵造は店主室の椅子にひとり腰かけたまま、何度も深いため息をついた。戦後三年にわたって死に物
狂いで頑張ってきたが、もはやここまでか。

鐵造はぼんやりと窓の外を眺めた。三年の間に、そこから見る光景はずいぶん変わった。終戦直後は
建物などほとんどなかった銀座界隈にも、今では多くのビルが立ち並んでいる。街のいたるところにあ
った瓦礫もすべてなくなっている。日本は確実に立ち直りつつあると鐵造は思った。しかしその繁栄の
中で国岡商店は沈んでいくのだろうか――。

不意に鐵造の脳裏に「東京銀行に行ってみようか」という思いが浮かんだ。なんらかの深い意図があ
ってのものではなかった。鐵造は後になって、「あれは神の指図ではなかったか」と述べている。

椅子から立ち上がったとき、どうした拍子か眼鏡のつるが外れた。見ると、左側の蝶番の金属部分が折れていた。鐵造はテープで応急処置をして国岡館を出た。

日本橋にある東京銀行の本店にはひとりで歩いていった。

応対に出たのは、旧知の営業部長の太田だった。太田は鐵造が部下を連れずにひとりでやってきたことに驚いていた。太田は銀行の応接室に鐵造を案内した。鐵造は単刀直入に、国岡商店が元売会社を目指していること、そのためにはタンクを落札する必要があることを説明し、融資を申し込んだ。

「融資額はどれくらいを希望されていますか」

「二千八百万円」

太田は眉を少しひそめた。

「はっきり申しあげまして、その金額は難しいです」

鐵造は頷いた。

「うちとしてもなんとかしてあげたい気持ちはあります」と太田は言った。「しかし、何ぶん融資金額が大きすぎます。金融引き締めのご時世、申し訳ありませんが、とてもそれだけの融資はできかねます」

太田の顔には本当に気の毒そうな表情が浮かんでいた。

「ありがとう。貴重な時間を使わせてしまった」

「二百万円くらいなら、私の一存でなんとかなるとは思いますが」

今の国岡商店にとって二百万円でも喉から手が出るほどに欲しい金額だった。しかしその金額ではとうていタンクは入手できない。

26

「ありがとう。その融資の件は、また後日、お世話になります」

「いつでもお待ちしております」

鐵造が席を立って、応接室を出ようとしたとき、太田は不意に言った。

「担当の大江常務に会ってみられてはいかがでしょう」

鐵造の顔に大江清常務の不機嫌そうな顔が浮かんだ。

大江とは過去に何度か会ったことがある。気難しい男で、どちらかと言えば鐵造は苦手としていた。

気乗りがしなかったが、せっかく来たのだからと、太田に案内を頼んで重役室を訪ねた。

「ご無沙汰しております」

鐵造が挨拶すると、帳面を覗き込んでいた大江は、ちらっと顔を上げると、相変わらずの仏頂面ぷっちょうづらで、「ああ」と言った。

「今日は何ですかな」

大江は帳面を閉じ、鐵造にソファに座るように手で示した。鐵造は腰かけると、大江もその正面に腰かけた。

「融資のお願いにやって参りました」

大江は鷹揚おうように頷いた。

鐵造は無駄と思いつつ、さきほど太田に話した事情を説明した。

「なるほど、お話はわかりました」と大江は無表情に言った。「融資はいかほどご希望ですか」

鐵造は腹をくくって「四千万円」と言った。

「よろしいでしょう」

鐵造は思いもかけない返事に、「本当ですか！」と、大きな声で思わず問い返した。そのとき、応急処置をしていた眼鏡のつるが外れ、眼鏡がだらりと垂れ下がり、鐵造の顔は喜劇役者のような顔になった。

大江は気難しい顔を崩さず、「不服なら、やめましょうか」と言った。

鐵造は眼鏡を持ったまま慌てて頭を下げた。

「よろしくお願いいたします」

大江はそれだけ言うと、もう用事はないだろうというふうに、ソファから立ち上がった。

「後でそちらの担当の者をよこしてください。うちの担当は太田に任せます」

鐵造は「ありがとうございます」と言って、重役室を出た。

鐵造が部屋を出た後、大江は秘書に、太田部長を呼ぶように告げると、再び椅子に腰を下ろした。そして煙草に火を点けながら、二年前に見た光景を思い出していた──。

それは佐世保の旧海軍のタンク底で働く精悍な若者たちの姿だった。門司支店に出張にいった折、門司支店の土井田支配人と枡林副支配人からタンク底で働く国岡商店の話を聞き、興味を持って佐世保まで足を延ばして見学にいったのだ。

褌ひとつで油と泥まみれになりながら、タンク底で奮闘する若者たちの姿に大江は強い衝撃を受けた。おそらく食べるものもろくにないのだろう、全員が痩せこけていた。それなのに彼らには悲壮感はなく、それどころか笑顔さえ浮かんでいた。それはもう手を合わせて拝みたくなるほどの美しさだっ

た。大江は、あの戦争で亡くなった二百万を超える兵士たちがここにいると思った。

このような若者たちがいるかぎり、日本は必ず立ち直れると確信した。

門司支店が国岡商店への融資をしたのは当然だと思った。それまで大江は、国岡商店という会社は、まともな会社ではないのではないかと思っていた。出勤簿もなければ、定年もない、おまけに縊首もない。労働組合さえもない。そんな会社で働く者たちも、経営者も普通ではないと考えていた。しかし佐世保で見た光景は、大江の考えを一変させていた。銀行はこういう男たちがいる会社こそ援助しなくてはならないのではないか――。

だから今日、国岡が融資の相談に来たと知ったとき、額がどれだけになろうとも融資をしようとその場で決めたのだ。東京銀行が融資する四千万円が、佐世保で働いていた若者たちの力になるのは喜びだった。

突然、眼鏡が垂れ下がった鐵造の顔を思い出し、大江はひとりで笑った。彼が鐵造にその話をするのは何年も後のことである。

東京銀行から正式に融資を受けた鐵造はタンクの入札に参加した。

入札方法は十四ヵ所の施設を一括して入札するのと、個別の施設を入札する二とおりあったが、鐵造は一括と個別の両方で入札した。金額的にも他社を断然引き離すだけの価格を付けた。何がなんでもタンクが欲しかったのだ。

それでも鐵造は安心しなかった。念には念を入れるため、入札した当日、武知を連れてGHQの民政

29

局に行った。今ではGHQは鐵造の庭のようなものだった。応対したのは民政局のザーキン中尉という

男で、鐵造は初対面だったが、向こうは鐵造を知っていた。

鐵造は武知を通じて、タンクの入札の説明をすると、

「入札に不正がおこなわれないようにしてほしい」

と言った。

ザーキン中尉は鐵造の意図するところを汲んで、「OK」と答えた。そして鐵造の目の前で、持株会

社整理委員会に電話して、厳しい口調でまくしたてた。鐵造は彼が何を言っているのかわからなかった

が、武知が笑いながら小さな声で、「公平にやれ！　と言っています」と教えてくれた。

入札の結果、なんと国岡商店が一括も個別も落札してしまった。

これには鐵造自身も驚いた。半分取れれば十分と思っていたし、一応四千万円は用意していたが、全

部を使いきることはないだろうと思っていたからだ。タンクの補修や管理などを考えると、また資金が

足りなくなるのは目に見えていた。

資金繰りに頭を悩ませていた鐵造に、整理委員会から「一部を降りてくれないか」という申し出があ

った。理由を聞くと、GHQから横槍が入ったという。

鐵造が武知にそれが事実かどうかを探らせると、はたして整理委員会の言うとおりだった。

「なぜGHQがそんなことを言ってくるのか」

「どうやら裏で、PAG（石油顧問団）が糸を引いているということです」

30

「PAGか——」

もともと石油の専門家のいないGHQは、日本の民需用石油の政策に関して、アメリカの石油会社のメンバーからなるPAGから助言を仰いでいた。

「しかしなぜPAGが入札結果に容喙してくるのか」

「メジャーたちが国岡商店を怖れている証拠です。国岡が全部のタンクを押さえてしまえば、いずれ自分たちにとって大きな脅威となると考えているのです」

鐵造は笑った。

「うちがそこまで怖れられているとは、光栄なことだ」

「どうします？　徹底抗戦しますか」

「いや、やめておこう。タンクは妥協しよう」

鐵造は現時点でPAGを敵に回すのは得策ではないと考えた。それにGHQとの良好な関係をも残しておきたい。もともと全部のタンクを取るつもりはなかったのだ。

整理委員会と相談し、国岡商店は九州を中心とする西日本の門司、長崎、宇部の合計十四基のタンク（三万八〇〇〇トン分）を入手した。昭和二十三年の暮れのことだった。

公団の解散は目前に迫っていた。国岡商店はぎりぎりで元売会社となるための最低限の条件を手に入れることができたのだった。

二、セブン・シスターズ

年が明けて二十四年、石油配給公団の解散準備委員会が開かれることになったが、GHQから、スタンバック、カルテックス、シェルの外油三社の代表を参加させろという要請があり、委員会はそれを認めた。それを知った鐡造は嫌な予感がした。そしてその予感は的中した。

二月に開かれた解散準備委員会の席上、外油三社の代表が「元売会社の資格要件」を出してきたのだ。その要件とは次の五つだった。

「一、輸入基地施設を有するもの
二、販売能力を有するもの
三、輸入機関を有するもの
四、販売チェーン（特約店）を有するもの
五、将来、輸入販売について外油社と提携を有するもの」

この要件はすぐに結論が出せるものではなく、委員会は一時中断した。

その情報を手に入れた国岡商店ではすぐさま重役会議が開かれた。

「外油は日本の石油業界を乗っ取ろうとしている」

会議の席上、鐵造が言った。それは東雲も同じ意見だった。

外油三社が持ち出した「資格要件」の「五」がその鍵だった。これは外油と提携しなければ石油は売らせないという露骨なものだったからだ。先の「カルテックス＝日邦石油」の提携に続いて、外油は次々と日本の石油会社との提携話を進めていたのだ。

国岡商店のところにも、スタンバック、シェル、ユニオンなどいくつもの外油が提携の話を持ちかけてきたが、店主は、提携はあくまでビジネス上においてのものとし、経営に関しては「インデペンデント（独立）」を徹底して主張し、経営に口出しするような形での提携の話はすべて断った。

もしこの「資格要件の五」が通ったなら、国岡商店は元売会社には指定されない。元売会社になるには、外油の軍門に下るしかない。カルテックスと提携した日邦石油、それにスタンバックと提携が進んでいる東亜燃料工業、タイドウォーターと提携が進んでいる三菱石油以外はすべて元売会社から外されることになる。

「これが通ると、日本の石油市場はすべて外油に支配されるということになる」

鐵造の言葉に、東雲が答えた。

「外油は公団を作ったときから、これを画策していたのかもしれません」

「憂慮すべきことだ」

鐵造は苦悶の表情を浮かべた。

「石油のために戦争を始めて、石油がなくて戦いに敗れ、今度は石油によって支配されるわけか」

東雲は、店主が今、国岡商店のことよりも日本の石油業界の将来を心配しているのを感じて、胸が苦

しくなった。

「資格要件の四にある、『販売チェーン（特約店）を有するもの』も大いに問題だ」

鐵造がぽつりと言った。東雲もそれには気づいていた。

自分たちの手で直接石油を売ることができる国岡商店にとって、配下に特約店を持つ必要はなく、し

たがって販売チェーンなどはない。つまりこの要件は、あきらかに国岡商店を狙い撃ちしたものだっ

た。もしかしたら、この要件は旧石統の連中が「国岡商店つぶし」のために外油側に吹き込んだものか

もしれない。東雲は言おいしれぬ怒りを覚えた。日本のために懸命に戦っている国岡商店を、外油と手を

結んだ同胞たちが寄ってたかってつぶそうとしている――。

三月の初め、「石油配給公団解散準備委員会」が再び開かれた。

議題は外油三社が出してきた「元売会社の資格要件」を認めるか否かだった。この委員会に出席して

いた外油三社の代表はいずれもPAGのメンバーであり、PAGのバックにはGHQがいた。委員会の

面々は、「資格要件」は認めるしかないだろうと考えていた。

議長が採決を取ろうとしたとき、突然、商工省の人見孝石油課長が発言を求めて立ち上がった。前

年の七月に石油課長に就いたばかりの、まだ二十代の若き官僚だった。

「石油課としては、元売会社の資格要件としては、一と二を満たせば十分と考えています」

人見は淡々と言った。

「それ以外の要件はまったく不要と考えます。これは門戸開放の原則に反し、自由主義経済の原則にも

委員たちに動揺が走った。外油三社の代表は顔色を変えた。

人見は、外油の出した「資格要件」は外油が日本の石油業界を支配しようという意図を持っていることを見抜いていた。そしてこれは何としても阻止しなければならないものである。そのもっとも重要な物資を外国資本に握られてしまえば、日本は真の復興はない。日本人の委員の何人かが外油三社の代表に阿るように、人見に妥協を促したが、人見は頑として折れなかった。

「この資格要件は、十分な要素を満たしていると思う」と外油の代表が言った。「石油資源がほとんどない日本では、石油は外国から輸入しなければならない。外国資本との提携が絶対に必要になる」

人見はこの意見に対して、「それは貿易でおこなえばよいことです」と答えた。

「貿易が国際ビジネスの基本であります。提携は必要条件ではありません」

「人見君」

と旧石統の重役のひとりが笑いながら言った。

「君が若者らしい理想論を振りかざすのも結構だが、あまり委員会を混乱させるものじゃないよ」

そう言った後で、さりげなく付け加えた。「私は商工大臣とも親しいのだが、君が将来性のある素晴らしい男であることを彼に伝えておくよ」

「それはどういう意味で言っておられますか」

人見の言葉にその重役はむっとした顔をした。

「君の将来に傷がつかないかと心配して言ってるんだよ」

何人かが相槌を打つように頷いた。

人見は再び立ち上がると、全員を見渡しながら、「皆さん」と言った。

「私の将来よりも、日本の将来を心配していただきたい。私は原理原則を捻じ曲げることによって、将来の日本の石油産業に禍根を残すようなことはしたくない」

委員会の日本人メンバーは困惑の表情を浮かべた。ここで紛糾すれば、この委員会の会議内容が外に漏れ、新聞記事にもなりかねない。そうなれば世論を敵にする恐れもある。

彼らは外油の代表の顔を見た。ＰＡＧのメンバーのひとりが苦々しい顔をして言った。

「ミスター・ヒトミが言った意見は正論だ。この資格要件は取り下げよう」

「資格要件」が取り払われたことで、国岡商店は一気に元売会社の有力候補に浮上した。落札したタンクの代金の支払いも終え、所有権の移転も済ませ、あとは「元売会社」の指定を待つのみとなった。

ところがまたも問題が勃発した。全国石油協会が「国岡商店と日本漁網船具の元売会社指定反対」の決議をなし、ＧＨＱにその決議文を提出して、二社を外すことを要請したのだ。東京石油クラブもこれに同調した。反対理由は、二社が消費者に直接石油を販売する「小売業者」であるというものだった。

「元売会社」は「小売店」に石油を卸す業者であるべきで、「小売業者」にはその資格がないという理屈だった。

これには鐵造も呆れるほかなかった。

「どうやら、ぼくは同業者たちから徹底的に嫌われる星のもとに生まれたんだね」

重役会議での鐵造の言葉に甲賀は苦笑した。

「それだけ国岡商店を怖がっているということですよ」東雲が言った。「彼らは国岡商店の恐ろしさを身をもって知っています。うちの店員は他の会社の数人分の働きをしますからね」

「今回は日本漁網船具も対象になっておるぞ」

「同じ直売ということで、巻き添えを喰ったんですね。でも石油協会の標的はうちです」

鐵造は頷いた。

「どうします、店主。何か手を打ちますか」

柏井が心配そうに言った。

「心配することはない」鐵造は平然と言った。「この期に及んで、そんな姑息な決議が通じるはずもない」

そうして豪快に笑ったが、ふと真面目な顔をして、「それにしても、人見孝という石油課長は若いのに骨のある男だな」と言った。

「そう思います」東雲は言った。「これまで商工省には、何度も煮え湯を飲まされてきましたが、官僚にも素晴らしい男はいるんですね。日本人もまだまだ捨てたもんじゃありません」

鐵造は大きく頷いた。

「たとえ九十九人の馬鹿がいても、正義を貫く男がひとりいれば、けっして間違った世の中にはならない。そういう男がひとりもいなくなったときこそ、日本は終わる」

鐵造の読みどおり、石油協会の「国岡商店と日本漁網を指定から外す」という決議は実らなかった。

三月終わりに開かれた準備委員会で、人見石油課長は石油協会の反対はまったく正当性がないとして退けた。そしてその席上、元売会社を発表した。

「四月から石油配給公団に代わって、石油元売会社として、スタンバック、シェル、カルテックス、日邦石油、三菱石油、ゼネラル物産、日本漁網船具、国岡商店、昭和石油、日本鉱業を指定します」

ただし、この時点で提携が終わっていたカルテックスと日邦石油は合わせて一社とされたため、全部で九社となった。

国岡商店が元売会社に指定された翌日、鐵造は日邦石油から、「今後はいっさい関係を断つ」という通告を受け取った。明治四十四年に国岡商店が創業して以来、日邦石油とは戦中の一時期を除いて三十年にもわたって特約店として取り引きしていた関係であったにもかかわらず、たった一枚の通知書で縁を切ってくる日邦石油の態度を、鐵造は悲しく思った。

同じ日の午後、スタンバックの重役のダニエル・コッドが国岡館を訪ねてきた。コッドと会うのは二年ぶりだった。

「ミスター・クニオカ、元売会社指定おめでとう！」

コッドは花束にカードを添えて鐵造を祝福してくれた。

「国岡商店の前途が素晴らしいものであることを祈る」

「ありがとう。ミスター・コッド」

「これからは同じリングで相見える者同士となったが、互いにベストを尽くして戦おう」

38

鐵造はコッドに騎士道精神を見た。
二人は固い握手を交わして別れた。

＊

　昭和二十四年三月三十一日、石油配給公団は解散となった。この日をもって、昭和十四年に「石油共販株式会社」が作られて以来十年の長きにわたって、国家のもとに統制されてきた石油の買い取りと販売が終わりを告げた。
　九社の元売会社は翌日から活動を始めたが、そのスタートラインは実は平等ではなかった。
　当時、日本に入ってくる石油は、占領国を援助するためにアメリカ陸軍省が軍事予算から支出したガリオア資金によって一括輸入されたものだった。政府はこの石油を元売会社に一定の配分比率で払い下げることにしたのだが、この比率の決定をめぐってはそうとうに揉めた。
　政府の当初の方針はスタンバック、カルテックス（提携した日邦石油を含む）、シェルの外油三社が六八パーセント、残りの三二パーセントを日本の六社で分け合うというものだったが、外油は「それでは足りない。八〇パーセント欲しい」と要求した。それを認めると、日本の石油産業は完全に外油のものとなってしまう。それで日本政府も必死になって抵抗し、最終的に外油三社が七三パーセント、日本六社が二七パーセントということになった。その内訳は以下のように決まった。
　カルテックスおよび日邦石油二五パーセント、スタンバック二四パーセント、シェル二四パーセント、昭和石油五・四八パーセント、国岡商店五・四六パーセント、ゼネラル物産五・二一パーセント、

三菱石油五・二一パーセント、日本漁網二・三七パーセント、日本鉱業二・二五パーセントとなった（残りの一・〇二パーセントは日本原産精製業者およびその他の業者に払い下げられることになった）。

ただしこの比率は最初の一ヵ月とし、その後は各社の販売実績によって、毎月修正されていくということになっていた。

そのころ、正明もようやく健康を回復し、鐵造は彼を重役のひとりに加えた。

戦前、満鉄で部長にまでなっただけのことはあって、正明は優秀な男だった。石油については門外漢（もんがいかん）だったが、石油ビジネスの基本を教え込むと、たちどころに吸収した。

「満鉄がこうなるとわかっとったら、お前を最初から国岡商店に入れるんだったよ」

鐵造は正明と久しぶりに銀座のステーキレストランで食事をしながら言った。国岡商店を創業したときは十歳だった正明も今では四十九歳になっていた。

で外食するというのもはじめての経験だった。思えば末弟と二人きり

「二十年先のことがわかるなら、もっと違う商売をしてますよ」

正明の冗談に鐵造も笑った。

「ところで兄さん。以前から不思議に思っていたんだが、世界の原油にはどうして公示価格というのがあるのですか？」

「ほう、さすがに満鉄のエリート社員はいいところに目を付けるな。石油の公示価格というのをはじめて定めたのはロックフェラーだ。彼はこれによってスタンダード石油という帝国を築いた」

40

「ロックフェラーが石油の投機で成功したんですか」

「いや、その反対だ。　彼は石油の価格を安定させた」

「へえ」

「昔、アメリカでドレイク大佐という男が油田を掘り当ててから、油田で一攫千金を狙う男たちが山ほどあらわれたんだ。　しかしモノが大量に出回れば価格が下がるのは常道だ。　一八五九年にドレイク大佐がペンシルバニアで油田を発見した半年後には原油価格は一バレル二十ドル近くまで上がったが、その一年半後には十セントにまで下がった」

「一バレルって、どれくらいの量なんですか」

「四二ガロンだ。　リットルに直すと一六〇リットル足らずだな」

「それが二十ドルから十セントに暴落ですか。　二百分の一とはすごいな」

「その後も原油価格は相場によって乱高下した。　石油は危険なビジネスとなったんだ。　大金を投じて油田を掘り当てても、原油が暴落すれば儲けにならない。それで次第に油田業者が少なくなって供給量が減ってきたのだ。　そこで一八〇〇年代の終わりに、アメリカの石油の精製と販売の八〇パーセント以上を支配していたスタンダード石油のロックフェラーは、『この値段で買う』という公示価格を決めた」

「市場原理による価格ではなく、ただひとりの買い手が一方的に価格を決めたんですね」

「石油販売を独占していたスタンダードだからできた荒業だ。　これにより原油生産者の権利は大きく後退し、スタンダードの力はさらに大きくなった。　しかし、ずっと不安定だった原油価格が決まったことで供給量が増えた。　公示価格が設定されたことにより、石油業界は大きく伸びたんだ」

「なるほど」正明は言った。「するとスタンダードの果たした役割はたいしたものだったんですね」

「スタンダードの、数少ないが、大きな貢献のひとつだ」

鐵造はそう言って笑った。

「でもスタンダードは独占禁止法でいくつかの会社に分かれたんですよね」

「アメリカの独占禁止法であるシャーマン法は、あまりにも巨大になりすぎたスタンダードを何とかしなければならないという目的のために作られたものだ。一九一一年にシャーマン法によってスタンダードは三十四の会社に解体されたが、その中のスタンダード・オイル・オブ・ニュージャージー、スタンダード・オイル・オブ・ニューヨーク、スタンダード・オイル・オブ・カリフォルニアは『ロックフェラーの三人娘』と言われ、世界の石油業界に君臨した。そのトップのニュージャージー・スタンダードは世界一の石油会社だ」

正明は頷いた。

「ところで、原油の単位がバレル（樽）なのは、樽に入れてたからですか？」

「そうだ。ペンシルバニアで油田が発見された当時、原油は四二ガロン入りのニシン樽に入れて運んでいたことから、今も原油の公示価格の単位は四二ガロンの一バレルになっている。つまり石油産業というのは、アメリカが生み出した産業ということだ」

正明は感心したように頷いた。

「ちなみにスタンダードが付けた当時の公示価格はいくらだったんですか」

「たしか一バレル三ドルほどではなかったかな」

正明は驚いた。

「五十年以上前の価格と、今もほとんど変わっていないじゃないですか」

鐵造はにやっと笑った。

「驚くのはまだ早いぞ。バレル十セントに暴落した翌年には四ドル近くまで戻ったんだが、それ以来、原油価格は一度も四ドルを越えていないのだ。つまり半世紀どころか九十年以上、価格がほとんど変わっていない。こんな商品は他にない」

それはつまり石油の需要が驚異的な勢いで伸びている以上に、供給量も伸びているということに他ならなかった。正明はあらためて石油の持つ不思議さを知った思いだった。

元売会社となった国岡商店は全国的に石油販売会社としての展開を始めた。

それまで各地で細々とラジオ修理をおこなっていた出張所は、いっせいに「国岡ラジオ」の看板を下ろし、「国岡石油」の看板を掲げた。雌伏四年、スタンバックのダニエル・コッドが「虎のようだった」と称した一騎当千の店員たちがついに本格的に石油販売に乗り出したのだ。

かつて満州、中国大陸、そして南方の地で、その機動力と販売力を生かして石油を売りまくった店員たちの力はまったく衰えていなかった。国岡商店の販売力は他の石油会社を大きく引き離した。そして三ヵ月後には七パーセント近くまでその販売実績によって、毎月修正される配給比率をじわじわ上げ、比率を高めた。

焦った外油は日本の石油会社との統合を急いだ。その結果、日本の石油会社が次々と外油と提携を結

んだ。

当時の日本は、政府・財界ともに「外資導入」を高らかに謳い、あらゆる産業でその動きを促進していた。時の芦田内閣は「外資導入内閣」という異名を持っていたほどだ。ただ、当時の日本の経済力は弱く、「外資導入」はしばしば外資に従属したような形で結ばれることも少なくなかった。石油業界はその典型的な例だった。

昭和石油はロイヤル・ダッチ・シェルと、興亜石油はカルテックスと、丸善石油はユニオンと、三菱石油はタイドウォーターと、主だった石油会社は軒並み外油と提携した。しかしその内容は対等と呼べるものではなく、そのほとんどが株式の五〇パーセントを譲渡するという屈辱的なものだった。日邦石油はカルテックスからわずか二万トンの原油をもらうために、五万七〇〇〇坪の鶴見製油所を貯油タンク、波止場などの施設もろとも提供させられたし、精製技術を持つ石油会社であった東亜燃料工業はスタンバックに何と五一パーセントの株式を譲渡した。これにより、東亜燃料工業はスタンバックの精製部門に成り下がってしまった。

戦前、世界の石油を牛耳っていたのは、「ビッグ・スリー」と呼ばれたスタンダード・オイル・オブ・ニュージャージー、ロイヤル・ダッチ・シェル、アングロ・ペルシャの三社で、彼らは国際石油カルテルを形成していたが、戦後はこれにスタンダード・オイル・オブ・ニューヨーク、スタンダード・オイル・オブ・カリフォルニア、ガルフ、テキサコという巨大な石油会社が加わっていた。これら七つの「メジャー」は「セブン・シスターズ（七人の魔女）」と呼ばれ、その後、長く世界の石油を支配することになる。

「七人の魔女」の命名者は、メジャーと対立を続けたイタリア国営石油会社・社長のエンリコ・マッティである。マッティは一九六二年に自家用機の事故で亡くなるが、この事故は謎が多く、国際石油カルテルに謀殺されたとも言われている。

ちなみに東亜燃料工業と提携したスタンバックは、戦前にスタンダード・オイル・オブ・ニュージャージーとスタンダード・オイル・オブ・ニューヨークが共同で設立したアジア地区における石油販売会社である。鐵造は、これらの外油が一気に日本を呑み込もうとしているのを感じていた。

事実、日本の石油会社と提携を結んだ外油はただちに重役たちを送り込み、経営に容喙し、わずか一年あまりで、日本の石油会社は外油にほぼ乗っ取られた形となった。

鐵造はこうした状況を目の当たりにして、これは第二の敗戦だと思った。もちろん国岡商店にとっても対岸の火事ではない。いや、むしろ日本の石油会社を呑み込んだ外油は、国岡商店に対して総攻撃を仕掛けてくるに違いない。迫りくる外油の包囲網をいかに打ち破るか──。

早急に対抗策を練っておかねばならないと鐵造は考えていた。

しかし外油の動きは鐵造よりも早かった。

昭和二十四年八月、GHQが元売会社の代表を招いて、驚くべき発表をした。それは「ジョイント・ユース制」を年内に全廃するというものだった。

「ジョイント・ユース制」とは、日本国内にある製油所（精製施設）と油槽所（ゆそうじょ）（石油タンク）を各元売会社が共同使用（ジョイント・ユース）する制度だ。これは当時の製油所と石油タンクの絶対数が少な

いために、便宜上取られていた制度だった。これを全廃されると、九州と山口に四ヵ所の石油タンク施設しか持たず、東日本の販売に関しては、ジョイント・ユースに頼っていた国岡商店は東日本にはほとんど石油を販売できなくなってしまう。しかし全国に多くの石油タンクを持っている外油ならびに外油と提携している会社にとっては痛手でもなんでもない。つまりこれは国岡を標的にしてきた作戦だった。

さらに翌九月、ジョイント・ユース制の存続をめぐっておこなわれた官民合同の中央打ち合わせ会議で、スタンバック、シェル、カルテックス、日邦石油、昭和石油、ゼネラル物産は石油タンクのジョイント・ユース制の即時廃止を主張した。それに対して国岡商店は準備期間を長く置くように主張した。

会議は紛糾したが、結局、石油タンクのジョイント・ユース制は十一月末に廃止されることに決まった。幸運だったのは製油所の共同使用のジョイント・ユース制の撤廃が否決されたことだった。とはいえ、いずれ廃止されるのは目に見えていたが、とりあえずは首の皮一枚繋がった。

この時間を無駄にしてはいけないと鐵造は思った。今ならまだ間に合う。敵の隊列が整わない間に、こちらは戦う準備をしなくてはならない。

鐵造は、製油所と石油タンク建設の用地を太平洋岸に探した。広さは少なくとも一万坪、さらに一万トン級のタンカーを繋船可能な海沿いの地であることが条件だった。

店員たちは全国の販売店で石油の販売量をさらに増やしていた。その働きぶりは他社を圧倒し、年が明けた昭和二十五年の一月には、配給比率を九・八二三パーセントにまで上げた。ちなみに同じ月の主要な元売会社の比率は以下のようになっている。カルテックスおよび日邦石油二〇・四三六パーセン

ト、スタンバック一九・一四六パーセント、シェル一三・〇九一パーセント、ゼネラル物産七・六三六パーセント、丸善石油七・一三三パーセント、昭和石油五・八二二パーセント。わずか十ヵ月ほどの間に国岡商店が凄まじい勢いで他社のシェアを喰っていったのがわかる。

この国岡商店の攻勢を喰い止めようと他の石油会社がスクラムを組んだ。

前年の暮れには、全国石油協会は「元売会社の直売反対」を決議して、通産省に提出していたが、これには法的な拘束力はまったくなかった。石油経済新聞が国岡商店の「大地域小売業」を非難する記事を載せたが、鐵造は意にも介さなかった。

鐵造が怖れていたのは、国内の石油会社ではなく外油だった。

はたして外油は次なる作戦に出た。

外油の息がかかったPAGの意見を受け入れたGHQは、原油の輸入枠を広げ、石油製品の輸入量を減らしたのだ。これは第二次世界大戦後、中東で油田開発が進んだことも大きく影響していた。原油は世界的に供給過剰となり、メジャーと呼ばれる米英の巨大石油会社でさえ自社の製油所で処理できる量を超えてしまった。そこで彼らは、石油を消費する国に製油所を作り、原油を輸入して現地の安い労働力で石油製品を作って販売したほうが利益が大きいと考えた。この「消費地精製主義」を日本でも取ろうということにしたのだ。

この政策の転換は、原油から石油製品を作る製油所を持っていない国岡商店にとっては、非常に痛いものだった。一方、戦前から製油所を持っている石油会社や、製油所を揃えている外油と提携している

石油会社にとっては大歓迎だった。

さらに外油は輸入基地の共同使用の即時撤廃をも主張してきた。石油製品の輸入の自由化はまだ認められていなかったから、もしここで輸入基地の共同使用が禁止されたなら、国岡商店の勢いは止まる。

それどころか、他社から石油を分けてもらって売るだけの単なる小売業者に再び落ちてしまう。

「兄さん、これを見ましたか」

正明が慣った顔で店主室にやってくると、一冊の雑誌を鐡造の机に置いた。雑誌は石油業界誌だった。

「何だ」

「これです」

正明は雑誌のページをめくった。

そこには一枚の風刺漫画が描かれてあった。刀を構えて立っているひとりの武士の周囲を、十三人の刀を抜いた武士が取り囲んでいるというものだ。

鐡造は顔色を変えた。

「これは、おれんとつか」

正明は悔しそうに頷いた。

真ん中の武士は国岡鐡造あるいは国岡商店であるのは石油業界人なら一目瞭然だった。そして彼を斬り殺そうと構えている十三人の武士は内外の十三社の石油会社だ。多くの石油関係者の間で、国岡商店はつぶされることになるだろうと囁かれていたが、それを面白おかしく漫画にしていたのだ。

「抗議しましょう」

正明は悔し涙を浮かべながら言ったが、鐵造は「ほうっておけ」と言った。

「少しひとりにしてくれ」

正明が退いた後、鐵造は大きなため息をついた。

漫画に描かれていることは事実だ。今はまだなんとかしのいでいるが、この状態が続けば、国岡商店は倒れるだろう。そうなれば千人を超える店員たちは職を失う。その家族を含めると、何千人という人間が路頭に迷うことになる。

鐵造のもとには、今も外油からの提携の誘いがあった。外油にとっても、国岡商店の販売力はこの上なく魅力的だったのだ。鐵造は迷った。もし、外油と提携すれば国岡商店は生き残れる。その代わり店の独立性は奪われ、外油にくびきをつけられることになるであろう。そして石油業界で唯一残った民族資本の国岡商店が外油の軍門に下った途端、外油による日本蹂躙（じゅうりん）が始まるであろう。そのとき、日本経済は完全に外油に支配される——。

鐵造はもう一度石油雑誌に載った漫画に目をやった。十三人の武士に囲まれた武士は絶望的な状況に見える。いや、そうではない、と鐵造は思った。この武士は刀を持っている。この刀があれば、九死に一生を得ることも不可能ではない。自分も、刀さえ得ることができれば、必ずや敵陣を突破してみせる、鐵造は心で叫んだ。

——天よ、われに一振りの刀を与えよ！

三、進水

鐡造が求めた刀とはタンカーだった。

日本は今は占領軍の支配下にあるが、いずれ主権を取り戻す日が必ず来る。独立国となれば貿易枠もなくなり、石油も配給ではなく、思う存分に輸入することができるようになるはずだ。そのとき、世界に打って出るためにはタンカーが必要だ。

戦前、国岡商店は日章丸をはじめ三隻のタンカーを持っていたが、それらはすべて戦没した。今こそ再び、タンカーを持つべきときが来たと鐡造は思った。

しかし会議の席で、重役たちはいっせいに反対した。

「今、うちにはタンカーを造るだけの余裕はとてもありません」

「仮りに資金があればタンカーよりも油槽所を新設すべきです」

「タンカーを持っている石油会社はどこにもありません」

重役たちの言うことはすべてもっともだった。しかし、彼らは目の前しか見ていないと鐡造は思った。

「タンカー建造はたしかに火急のものではないかもしれぬ」と鐡造は言った。「しかしいずれは必ず必要になる。商人は五年後、十年後を見据えていなければならない。これは誰が反対しようともやる」

鐡造の強い言葉に重役たちは黙らざるをえなかった。

二十五年の三月、運輸省が第六次新造船計画の公募をおこなうと同時に、鐵造は大型タンカーの建造を申請した。当時は大型船の造船は運輸省の許可が必要だった。それが認められると、日本開発銀行から長期低利融資を受けることができた。タンカー建造は数億円にも上る大事業だったからだ。

しかしその年の第六次の造船計画にはタンカーは入っていなかった。建造計画を握る経済安定本部（安本・後の経済企画庁）は「タンカーは過剰である」として、貨物船の造船しか認めなかったのだ。

経済安定本部は昭和二十一年に戦後の日本経済の復興と安定のため設置された臨時行政機関で、長期経済計画の策定、各省庁間の経済政策の調整などをおこなった。GHQと太いパイプがあり、各省庁に対して強い発言力を持っていた。「金の予算」を司る大蔵省に対して、経済安定本部は「物の予算」を持つと言われた。またその絶大な権力から旧陸軍に模して「経済安定参謀本部」とも呼ばれていた。造船計画においても大きな発言権を持っていた。

鐵造は、経済安定本部の「タンカー過剰論」は実情と大局が見えていない判断だと思った。

「現在、わが国には、タンカーは二十五隻、四〇万トンある。しかしそのほとんどが老朽船か戦争中に作られた戦時標準船で、本来ならスクラップすべき代物である。将来の日本の産業を見据えたならば、今こそ大型タンカーが必要である」

戦時標準船とは、戦争中に資材を節約し、工程を短縮して建造されたもので、耐久性、速力、信頼性などをすべて犠牲にした油槽船だった。

鐵造は運輸省に要望書を送って訴えたが、聞き入れてはもらえなかった。それでも鐵造は諦めず、そ

れ以外の省庁にも要望書を送り、タンカーの必要性を説いて回ったが、経済安定本部がすでに決定したことに対して、あえて要望書を提出してくれるようなところはどこにもなかった。

鐵造は焦りに焦った。なんとかしなければという切羽詰まった気持ちが常に心を占め、食事も喉を通らなかった。もともと痩せていたが、気がつけば、ズボンのベルトの穴が二つも縮んでいた。

「店主、お痩せになりましたか」

ある日、東雲が心配して声を掛けてくれた。鐵造は「東雲君の気のせいだろう」と笑って見せたが、内心で大いに反省した。部下に心配されるようでは、戦場の指揮官失格だ。

その日以来、店員たちに余計な心配をさせないように、無理して食べるようにし、わずかひと月で体重を戻した。それでも体調はなかなか戻らなかったが、鐵造はそれを誰にも気づかせなかった。

私生活でも悩みがあった。長男の昭一が大学受験に続けて失敗して浪人生活を送っていたことだ。昭一は戦前、都立一中に学んでいたが、勤労奉仕や空襲が激化する中、ほとんど学生生活を送ることができなかった。戦後、学制が変わった都立一高（後に日比谷高校となる）を卒業したが、志望する大学には合格できないでいた。

鐵造は、半分は自分のせいだと思った。終戦直後から今日までは、ただひたすら国岡商店を立て直すため、店員たちを喰わせるためだけに死に物狂いで奔走した日々だった。家族に目を向ける余裕はなかったし、家で寝ていてもうなされることはしょっちゅうだった。そんな父を目の当たりにしている息子に、勉学に身を入れろと言うほうが難しい。

　四月のある日、鐵造は予備校へ行こうとしている昭一を呼び止め、「皇居に行こう」と誘った。昭一は息子とこうして並んで歩くのは久しぶりだなと思った。二人は皇居の入り口で手を合わせた後、内濠を散策した。鐵造は息子とこうして並んで歩くのは久しぶりだなと思った。お堀端の桜は満開だった。

「昭一」鐵造は声をかけた。「お前、アメリカへ行け」

　突然の言葉に昭一は思わず立ち止まった。鐵造も足を止めた。

「お前にはいずれ国岡商店で働いてもらいたい。鐵造も足を止めた。

「日本にいても広い視野を持てますよ」

「まあ、聞け」鐵造は言った。「日本はアメリカと戦って敗れた。敗れた最大の原因は資源の差だが、それだけではない。アメリカには、日本にはないすぐれた部分がいくつもある。悔しいが、それは事実だ」

　昭一は驚いた顔で鐵造の顔を見た。鐵造は息子の表情を見て、内心で苦笑した。自分にとってアメリカはビジネスの敵であったから、これまで家族にもアメリカの悪口はさんざん言ってきたが褒めることは一度もなかったからだ。しかしそれは公平ではなかったと鐵造は思った。アメリカは憎い敵ではあるが、すぐれたところもある。

「お前にはアメリカの素晴らしいところを学んできてもらいたい」

「わかりました」

「しかしけっして日本人としての誇りを失ってはならん。日本人の良さを持ちながら、アメリカ人の長所を身につけよ」

　昭一は頷いた。

この年の秋にボストンに渡った昭一は、後にハーバード大学の経済学部に入学する。昭和二十五年の海外留学は極めて異例のことだった。ちなみにこのとき、昭一が取得したパスポートのナンバーは二千番台だった。

外油を含む十三社の包囲網はじわじわと国岡商店を追い詰めていた。昭和二十五年の一月には九・八パーセントもあった石油配給比率も徐々に落ち始め、七パーセントを切るまでになっていた。加えて、日本の経済はデフレの嵐が吹き荒れ、不況に見舞われていた。デトロイトの銀行家であるジョセフ・ドッジが立案した「ドッジライン」政策が、昭和二十四年の三月から実施されていたためだった。民間企業への資金パイプである復興金融公庫を事実上閉じたことで、多くの中小企業が倒産や休業に追い込まれ、街には失業者が溢れかえった。当然、石油の需要も大幅に減った。翌二十五年の七月には、東京証券取引所の修正平均株価（現・日経平均株価）は史上最安値八十五円二十五銭を記録した。

日本経済が今まさに瀕死の状態にあるとき、大事件が勃発した。

六月二十五日、朝鮮半島の北緯三十八度線において、北朝鮮（朝鮮民主主義人民共和国）と南朝鮮（大韓民国）の軍事衝突が起き、朝鮮戦争が始まったのだ。当時、この軍事衝突は南北双方が「相手が先に仕掛けた」と主張していたが、今日では、北朝鮮が仕掛けたことがあきらかになっている。

北朝鮮軍は三十八度線を越えて南下し、南朝鮮軍を半島の南端・釜山（プサン）まで追い込んだが、ここでアメリカ軍を中心とする国連軍が南朝鮮を救うために参戦し、釜山から北朝鮮軍を押し戻した。

この朝鮮戦争が日本経済を蘇らせた。

朝鮮半島に多くの兵士を送り込んだアメリカ軍は当初、武器以外の物資を日本政府を通じて受け取っていたが、やがてそれでは間に合わなくなった。というのは、劣勢に陥った北朝鮮軍を中国やソ連が後押しするようになって、朝鮮半島は「アメリカ対ソ連・中国」の代理戦争の様相を呈してきたからだ。この膨れ上がった軍を維持するために、アメリカ軍は次々と兵士を増員し、ついには五十万人を送り込むまでになった。これによりアメリカ軍は日本の業者からさまざまな物資を直接、購入するようになった。

この「特需」により、不況に喘いでいた日本の工場が立ち直った。

まず繊維業界と金属業界が好況になり、巷では「糸偏」「金偏」と呼ばれてもてはやされた。次にセメント、肥料、パルプの「三白景気」という言葉も流行った。好景気の波はそれ以外の業種にも広がり、「特需」はあらゆる産業の景気を一気に押し上げた。

石油業界も例外ではなかった。発電エネルギーのための重油、鉄道の機械油、自動車の揮発油（ガソリン）などが需要を伸ばした。国岡商店もこの時期には大いに利益を得たが、鐵造は、これに油断してはいけないと思っていた。戦争は一時的なものだ。この好景気は本物ではない。むしろ戦争が終わった後に来る反動を恐れるべきだ。儲けに浮かれて投資した会社や工場は倒れることになるだろう。そうなれば、また不況が襲う。そのときに国岡商店も倒れないとは限らない。

だから今こそ、次なる戦いの準備をしなくてはならない。そのためにも武器となる刀が必要なのだ。

そんな鐵造に朗報が舞い込んだ。

資源庁が鐵造の主張を支持し、運輸省海運局と経済安定本部長官にあてて、タンカーを追加する旨の

要望書を出してくれた。そしてこれにより、「第六次新造船追加計画」として二隻のタンカーが建造さ
れることが決定したのだ。その報せを聞いた鐵造は欣喜雀躍した。

しかし喜ぶのは早すぎた。タンカーの追加造船が発表されると同時に、海運会社がこぞって応募した
からだ。わずか二隻の枠を国岡商店と五つの海運会社が争うことになったのだ。

十二月の半ば、二枠のうち、ひとつがタンカー業界の大手である飯野海運に決まったというニュース
が流れた。しかし、残りの一隻をどこにするのはなかなか決まらなかった。

鐵造は決定をじりじりした思いで待っていた。確率的には二〇パーセントだったが、この籤を引き当
てるのはそうとうな困難だと考えていた。なぜなら経済安定本部はもともと「石油会社にタンカーは不
要」という考えを持っている。競合相手はいずれも海運会社で圧倒的不利は明白だった。しかしこのチ
ャンスを逃すと、次の造船計画はいつになるかわからない。何としても、この機会にタンカーを手に入
れなければならない。

昭和二十五年の十二月二十六日の午後、鐵造は弟の正明をともなって経済安定本部の金融局を訪ね
た。

その日は役所の御用納めの日だった。鐵造は財政金融局長の内田常雄に面会を求めてやってきたが、
内田は約束の時刻を過ぎてもあらわれなかった。

応接室には暖房がなかった。鐵造と正明は寒い部屋でコートを着たまま、じっと待った。

なかなかあらわれない内田に、正明は気が短い兄が癇癪を起こすのではないかと心配になってき

56

た。今日は国岡商店にとって大切な日だと言っていただけに、こんなことでチャンスをつぶして年の瀬を終えるのは嫌だった。

「寒かですね。安本には石油がなかとでしょうかね」

正明は兄の気持ちをほぐすように言った。鐵造はにやっと笑った。

「満州はこんなもんではなかった。長春のヤマトホテルの庭で車軸油の実験ばしたときに比べたら、こん部屋は夏みたいなもんたい」

「満州の寒さなら、私も知っとりますよ。満鉄におったとですから」

「そうだったな」鐵造は感慨深そうな目をした。「もうずいぶん遠か昔のような気がする。日本が満州に雄飛しとったとはなあ」

その思いは正明にとっても同じだった。日本が夢見た「五族協和」の満州国は今はない。そしてアジア一のマンモス会社、満鉄も今は跡形もない。しかし国岡商店は今もこうして頑張っている。正明には、そのことが奇跡のようにも思えた。

やがて一時間が過ぎた。正明は兄の気を紛らわせるために、朝鮮戦争の話をした。

「半島の戦いはいつまで続きますかね」

「年内には停戦すると思っていたが、意外と長引いているな」

九月には南朝鮮のほぼ全土を制圧された韓国軍と国連軍だったが、猛烈な反攻により、十二月には中国国境近くまで北朝鮮軍を追いつめていた。

「最終的には国連軍の圧勝の形で終わるんじゃないですか」

「どうかな。北朝鮮の後ろには中国軍とソ連軍が控えているからな。意外と長引くかもしれん」

「日本にとっては特需をもたらしましたが、朝鮮人にとっては、悲劇以外の何物でもないですね」

正明は、兄が頷きながら少し顔を曇らせるのを見た。戦火の中で苦しむ朝鮮人たちのことが心をよぎったのだろうと思った。日本も五年前まで悲惨な戦争を経験していたのだ。

戦争の話はここまでとなり、二人とも黙った。

さらに一時間が過ぎたが、内田はあらわれなかった。正明は兄が怒って席を立つのではないかと本気で心配した。

すると鐵造が正明の顔を見て、微笑んだ。

「あの顔を見ろよ」

鐵造は壁にかかっているアメリカ大統領のトルーマンの写真を指差した。

「ぼくに似ていると思わんか」

「兄さんのほうがよか男ですよ」

鐵造はおかしそうに笑った。

そのとき、応接室のドアが開いて、内田局長が姿を見せた。内田は昭和五年に東京帝大から大蔵省に入った戦前のエリート官僚で、このとき、四十三歳だった。この二年後に衆議院議員になり、後に経済企画庁長官、自民党幹事長などを歴任している。

「申し訳ありません。今日が本年の最後の日で、いろいろと立て込んでおりまして――」

「お気になさらず」と鐵造は答えた。「今年は大変な年でしたからな」

「お話は何でしょう」

鐡造は内田に、石油業界の実情と国岡商店の置かれている状況を説明した後で、言った。

「私は今、米英を中心とする国際石油カルテルと戦っております。またそれらのカルテルと提携を結んだ日本の石油会社とも戦っています。まさに十三対一の戦いです。この状況が続けば、国岡商店はつぶれます」

「助かる道はないのですか」と内田は訊ねた。

「あります。私が国際石油カルテルに頭を下げれば、国岡商店は生き延びることができ、千人の店員は路頭に迷うことはないでしょう。しかし、もし国岡商店がメジャーに屈したなら、日本の石油産業はメジャーに完全に牛耳られます。そして日本経済もメジャーたちに支配されることになるでしょう」

内田は黙って鐡造の話を聞いていた。

「だからこそ、私は断固戦いたい。これは一国岡商店だけの戦いではありません。日本が真に独立するための戦いです。しかし、戦うためには武器が必要です。もし、私に一振りの刀が与えられたなら、国際石油カルテルを打ち破ってみせます」

「あなたのおっしゃる刀とは、何でしょう」

「タンカーです」

内田は静かに頷いた。そして、「お話はわかりました」と言った。

正明は内田の次の言葉を待ったが、彼は何も言わなかった。二時間待たされた末の会談はわずか五分で終わった。

年が明けて、二十六年の一月二十九日、運輸省内で「第六次新造船追加計画」の聴聞会が開かれた。

運輸省の役人、大学教授、それに大手造船会社の重役が居並ぶ中、出席した東雲と正明は、国岡商店がタンカーを持つことは日本の石油産業を国際石油カルテルから守ることになると訴えた。

翌日、運輸省で、運輸大臣の山崎猛を長とする幹部たち、それに審議委員の大学教授たちによる適格船主決定の会議が開かれた。

会議は紛糾した。委員たちの意見は共栄タンカーと国岡商店で真っ二つに分かれたからだ。

委員たちは、海運業界と石油業界が、国岡商店がタンカーを持つことに反対しているのを知っていた。会議では、何もわざわざ国岡商店を選んで業界を掻き回すことはないという声も上がった。しかし一方で国岡商店を推す者も少なくなかった。

午前中に始まった会議は夕方近くになっても結論が出なかった。会議は完全に膠着状態になった。明治十九年生まれの山崎は鐡造より一歳下の六十四歳だった。旧制第一高等学校を中退した後、代用教員や新聞記者を経て政治家になった変わった経歴の持ち主だった。

運輸大臣の山崎猛は自らの意見を述べることなく、委員たちの発言をじっと聞いていた。

会議で山崎があえて発言しなかったのは、大臣である自分の発言力の大きさを知っていたからだった。

しかし今日の会議は完全に膠着状態になって、どうにも結論が出ない雰囲気になってきた。

しかし今日の会議は、委員たちが出した結論に従おうと決めていた。

「大臣はどうお考えですか?」

ひとりの委員が訊ねた。全員が山崎を見た。山崎は一呼吸置くと、静かに言った。

「国岡商店に決めよう」

委員たちは驚いたが、山崎は続けた。

「外国では石油会社がタンカーを持っているという。日本の石油会社がタンカーを持ってはいけないという法はない」

大臣の淡々とした、しかし断固とした口調に、国岡反対派の委員たちも沈黙した。この瞬間、国岡商店は外油と戦う一振りの刀を手に入れたのだった。

山崎は、委員たちが諸条件の確認をしているのを見ながら、一週間前に会った経済安定本部の金融局長の顔を思い出した。この決定には、彼も喜ぶだろう——。

タンカー建造の権利を得た鐵造は、またまた世間をあっと驚かせた。一万八七七四トンという日本最大、世界でも有数の巨大タンカーの建造を発表したからだ。設計は兵庫県相生市の播磨造船所が請け負った。重役たちや造船所の技師たちも、これほどのスペックは必要ないのでは、と言ったが、鐵造は譲らなかった。国際石油カルテルを相手に戦うなら、小刀のようなものでは駄目だ。薩摩刀のような肉を斬らせて骨を断つ大段平でなくてはならぬ、という信念からだった。

昭和二十六年三月に相生市で起工式がおこなわれ、鐵造を含む国岡商店の課長以上の幹部店員たち百名ほどが式に臨んだ。

建造工事の安全を祈願して、神主が祝詞をあげるのを聞きながら、鐵造はかつての日章丸の起工式を

61

思い出していた。はるか昔の遠い過去のように思えたが、あれからまだ十年ちょっとしか経っていなかった。しかしその十年あまりの何と長い年月であったことか。

その間に日本は戦争に負け、三百万人という尊い命を失った。国岡商店もまた二十七人のかけがえのない店員を失った。しかし戦争が終わって六年、今、日本は再び立ち上がろうとしている。そして国岡商店も新しい船とともに船出をするのだ。

神事が終わった後、「起工の儀」に移った。鐵造は皆の見守る中、鉄板を金槌で叩き、溶接棒に点火した。白い火花が鐵造を祝福するようにぱっと光った。

この年、いよいよ日本とアメリカが講和条約に向けて本格的に動き出した。

二十年に「ポツダム宣言」を受諾したことにより戦争は終結していたが、講和条約は結ばれてはおらず、国際法的には日本と連合国とは今も戦争状態であった。

鐵造はこのニュースを大いなる喜びをもって聞いた。もし講和条約が締結したなら、日本は占領軍（GHQ）のくびきから解放され、独立国家としての主権を取り戻すことになる。それに貿易の自由化も実現する。

戦争が終わって六年の間、日本はGHQに外貨枠を厳しく抑えこまれ、自由な貿易はできなかった。しかも石油は重要な「戦略物資」と位置づけられていたから、その制限の過酷さは他の物資とは比較にならなかった。しかし独立すれば、もはやGHQの力は及ばない。

もう少しだと鐵造は思った。

――日本が独立するまで、何としても耐え抜くのだ。

それは店員たち全員の切なる願いでもあった。長く苦しい道のりだったが、ようやく光明が見えてき
た。暗いトンネルを抜けるまで、あとわずかだ——。

しかし試練はなおも国岡商店に襲いかかった。四月についに製油所のジョイント・ユース制の廃止が
決定したのだ。

これにより精製会社は、元売会社に対して、販売実績の比率に縛られることなく、石油製品を自由に
販売することができた。これは逆に国岡商店のように製油所を持たない元売会社は、精製会社から石油
を売ってもらえなければ、たちまち干上がってしまうことになる。製油所を持っているのは戦前からの
大手石油会社と、戦後に軍の製油所を接収した外油会社だけだ。国岡商店を目の敵（かたき）にしている彼らが石
油を売ってくれることを期待するのは甘すぎる。

ついに間に合わなかったかと、鐵造は天を仰いだ。日本が独立して貿易が自由化され、建造中のタン
カーが就航するまで、国岡商店は持ちこたえられないかもしれない。あとわずかで真の自由を獲得する
ところまできていながら力尽きるのか——。

しかし一年前から続く朝鮮戦争の泥沼化が国岡商店を救った。日本の産業の急激な復興に重油や軽油
の供給が追い付かなくなったのだ。深刻な重油不足に、GHQは重油四万五〇〇〇キロリットル、軽油
一万キロリットルを放出した。だが、そんな量ではとうてい間に合わなかった。そこでついにGHQは
民間貿易による重油の輸入を許可し、輸入用の外貨を元売会社に割り当てるように政府に指示した。

そして七月に、国岡商店も重油外貨百六万ドル、軽油外貨二十二万八千ドルの割当を受けることが決
まった。

「ようやく外貨を得たよ」

鐡造は重役室でほっとした顔で言った。「やっと貿易が可能になった」

しかし東雲は政府からの外貨割当の書類を見ながら、顔をしかめた。

「どうした?」

「店主、今回の外貨割当は四月から六月分となっています」

「それがどうかしたのか」

「九月末で期限が切れてしまいます」

鐡造は慌てて書類に目を落とした。東雲の言うとおりだった。つまり九月中に決済を済ませなくてはならないということだ。今は七月だから、あと二ヵ月もない。

「海外の重油事情も何もわからない状態で、あと二ヵ月足らずで百万ドルを超える取引をするのは簡単なことではありません」

東雲の言葉に、鐡造は、うーんと唸った。海外の石油取引の実情に関しては、日本の石油会社はほとんど情報が与えられていなかった。これはあきらかにPAGの策謀と言えた。

「今回の外貨割当をGHQがすんなり認めたのも、何か胡散臭（うさんくさ）いものを感じます」

「どういうことだ?」

「もし海外市場において重油価格が高騰しているとしたら、高値で買わされる恐れがあります。九月いっぱいしか期限がない条件というのも、危険な匂いがします」

64

「東雲君の言うとおりだと思います」と正明も言った。

たしかに言われてみれば、すべてはＰＡＧが裏で絵を書き、ＧＨＱを動かしたとなれば辻褄が合う。

しかも表向きは日本の石油需要を考慮しての英断ということになっているから、批判はかわせる。

鐵造は腕組みして考えた。

「兄さん、どうします」と正明が言った。「今回は見送りますか」

「いや。やろう」

鐵造は腕組みをほどいて言った。

「虎穴に入らずんば虎児を得ずとも言う。あえて敵の待つ火中に飛び込む勇気を持たねば、今後、彼ら

と戦っていくことはできない」

鐵造はそう言うと、重役たちにただちに重油と軽油の輸入に全力を注げと指示した。

さっそく、常務の柏井が重油の買い付けにアメリカに向かった。

柏井は現地で意外な事実に直面した。なんと、重油の価格は朝鮮戦争の影響や各国の軍備拡張の流れ

の中で、異様な高騰を見せていたのだ。しかし日本国内で売られている重油はその影響を受けず低価格

のままだった。これは大変なことになったと柏井は思った。

アメリカで重油を買い付けても、価格の安い日本へ持って帰れば、利益がほとんど出ない、あるいは

輸送費を考えると下手をすれば損失が出てしまう。ＰＡＧは、日本の元売会社が重油を輸入しても儲からないように日本国

東雲が睨んだとおりだった。

内の重油価格を抑えていたのだ。そこで発生した損失分は、日本の元売会社が輸入できない揮発油と潤滑油を高く設定することにより取り返していた。その証拠に、アメリカでは揮発油と潤滑油が日本よりもはるかに安い価格で売られていた。今回の外貨割当も揮発油と潤滑油には適用されず、重油と軽油に限定されたのもそのためだった。すべては日本の元売会社、あえて言えば国岡商店をつぶすための計画だったのだ。しかし今さら後に引くわけにはいかない。柏井はなんとか重油の取引をまとめた。

その報せを受けた鐵造はさっそくタンカーを借りる手配をした。三月に起工式を済ませたタンカーはまだ進水式も終えていない。それまでは海運会社のタンカーを使うしかない。

ところが事態はさらに悪い方向へと進んだ。海運会社が軒並み、タンカーを貸すことを拒否してきたのだ。これもPAGの策謀だった。

「今回の取引は中止しましょう」

東雲の言葉に正明以下、重役たちも賛同した。

「東雲君」と鐵造は言った。「君はかつて国益のために命を懸けて南方へ向かったではないか」

「はい」

鐵造は重役たちを見渡して言った。

「戦後、国岡商店は廃油を浚うためにタンク底に潜った。この過酷なる事業で国岡商店は多大なる赤字を出したが、これによりGHQから日本政府に石油が供給された。つまりわれわれは日本のために役立ったのだ」

東雲の脳裏にタンク底に潜った記憶が鮮やかに甦（よみがえ）った。

「われわれはもう一度タンク底に戻るべきではないかと思う。日本は今、重油を必要としている。そのために国岡商店は立つ。利益は考える必要はない」

東雲は胸が熱くなった。店主は自分たちよりもはるかに先を見ておられる——。店主のはかりしれぬスケールに圧倒される思いだった。

結局、国岡商店は高額の外国船のタンカーを雇って重油を運んだ。このため今回の貿易では利益が出るどころか、少なくない損失を出すことになった。

また国岡商店に対する他社の包囲網はさらに厳しいものになっていた。精製会社は石油製品を卸す際、現金払いという現実的には不可能な条件を出してきた。店員たちが苦闘する中、石油業界は「国岡商店が倒産する」という悪質なデマを飛ばした。取引銀行のなかにはそれを真に受けて、融資の条件を厳しくするところも出てきた。

国岡商店は十三人の敵に斬られながらも、まだ倒れなかった。早く刀が欲しい、と鐵造は痛切に願った。しかしその刀はまだ造船所のドックで静かに眠っていた。

昭和二十六年（一九五一）九月八日、サンフランシスコのオペラハウスにおいて、「日本国との平和条約」が締結された（発効は翌年四月）。

「サンフランシスコ講和条約」とも呼ばれるこの条約は、日本と連合国諸国（四十九ヵ国）との間で調印され、ここに正式に日本の戦争が終結した。同時に日本の完全なる主権が承認された。

日本国民が待ち望んだ独立がようやく実現したのだ。このニュースをラジオで聴いた鐵造は、家族の前であるにもかかわらず、感涙にむせび泣いた。

鐵造は二十年の終戦以来、毎月十五日に本社社員を国岡館の大会議室に集めて、天皇陛下の「終戦の詔」を読み上げる「詔書奉読式」を続けていた。戦後、アメリカが推し進めるデモクラシーの嵐が日本を席巻する中、鐵造は「詔書」を奉読することで、店員たちが日本人としての誇りと伝統を見失うことがないことを願い、また敗戦の苦しみを忘れない臥薪嘗胆の意味を込めて、一回も欠かすことなく続けてきたのだった。そして奉読のあとは、鐵造自身が訓示を垂れた。

国岡商店の月例行事ともなっていたこの「詔書奉読式」であったが、講和条約が結ばれた四日後の九月十一日、鐵造は最後の奉読式をおこなうことを決めた。六年の長きにわたって続けてきた尊い儀式であったが、日本が独立した今、その役目は終わったと考えた。鐵造の中で、この日をもって戦争が終わりを告げたのだった。

終戦の二日後、店員たちに「愚痴をやめよ」と言い、「ただちに建設にかかれ」と号令した。そして「この国は必ずや再び立ち上がる。世界は再び驚倒するであろう」と予言した。今、その予言が現実のものとなりつつあることに、全身の震えを抑えられなかった。

しかしあのとき、「その道は死に勝る苦しみと覚悟せよ」と言ったことも忘れてはいなかった。国岡商店にとってもこれからが本当の勝負だ。

鐵造は最後の奉読をしながら、六年前の日を思い出した。

最後の奉読式の五日後、九月十六日に、兵庫県相生市の播磨造船所で建造中のタンカーの進水式がおこなわれた。　進水が終わると、本格的な艤装工事が始まる。

鐡造はドックに聳える巨船に感動した。　半年前の起工式には一枚の鉄板にすぎなかったものが、見上げるまでの巨大な姿をあらわしていた。

進水式はドックに注水して船を浮かべる方式と、進水台を滑走して海に進水する方式があったが、播磨造船所では後者がとられた。

鐡造は重役や造船所の技師や工員が見守る中、銀の斧を持って支綱の前に立った。　進水式の支綱の切断に銀の斧を使うのは日本の伝統である。　銀の斧は古くから、魔物を祓う力が宿ると言われており、斧の刃の左側に彫られた三本の溝はアマテラス、ツクヨミ、スサノオの三貴子、右に彫られた四本の溝は四天王をあらわしている。

鐡造は気合を入れると、支綱を斧で一気に切断した。　綱が切れると同時に、それに結びつけられた一升瓶が振り子のようになって船体に叩きつけられた。　瓶が砕けて日本酒が船を清めると同時に、くす玉が割れた。　五色のテープと紙吹雪が舞い、ドックに歓声が轟いた。

高らかなトランペットのファンファーレと大勢の男たちの拍手に見送られながら、一万八〇〇〇トンの巨体は船尾のほうからゆっくりと進水台をすべっていった。　このとき、船首にかけられていた幕が外れ、はじめて船名があらわれた。

そこには白い美しい文字で「日章丸」と書かれていた。

四、新田辰男

昭和二十六年十二月二十二日、進水式の三ヵ月後、日章丸がついに完成した。

長い階段を上って甲板に辿りついた鐵造は、一〇〇メートルをゆうに超える広いデッキを見て、思わず声を上げた。

海からの冷たい風が鐵造のコートを煽ったが、寒さなどは微塵も感じなかった。

「店主、素晴らしい船ですね」

東雲の言葉に鐵造は黙って頷いた。こみ上げる思いで、言葉にならなかったからだ。

鐵造たちは船橋に上がった。艤装が終わったばかりの船橋はどこもぴかぴかに輝いていた。操舵室から一望できる眺めはさらに素晴らしかった。白い甲板の向こうに鋭い船首が見える。それは世界を切り裂く刀の切っ先のようにも見えた。

重役たちも船橋からじっと船首のほうを見つめていた。

「日章丸一世を思い出しました」

と甲賀が言った。

「あの船は――」と鐵造は言った。「不幸な時代に生まれた」

日章丸一世は昭和十九年にアメリカ軍の艦載機の空爆によって沈められたと聞いている。乗組員は全

70

員亡くなったから、その最期を知る者はいない。

「しかし日章丸二世はそうではない。この船は平和な時代に、日本の繁栄のために生まれてきたのだ」

全員が深く頷いた。

そのとき、操舵室のドアを開けて、船員服を着た小柄だががっしりとした体躯の老人が入ってきた。

「船長の新田です」

男はそう言って、鐵造に挨拶した。

「新田君、日章丸で国岡商店のために一肌脱いでくれ」

「任せてください」

新田辰男は武知が探してきた男だった。明治二十五年生まれ、年齢は五十九歳。十六歳のときから四十年以上も船に乗ってきたベテラン船長だ。短い髪の毛には半分以上白いものが混ざっていたが、短い口髭をつけた精悍な顔はいかにも「海の男」という空気を醸し出していた。

鐵造は一目見て、新田が気に入った。さすがは武知だ、素晴らしい男を見つけてきたと思った。

「新田君、この船はどうかね」

鐵造は訊いた。

「美しい船です」と新田は答えた。「それに、力強いです」

「そんなことがわかるのかね」

「船内は隅々まで見ています。これは見事な船です」

ベテラン船長の言葉は鐵造を喜ばせた。

「私はこの船で、世界を相手に戦いたいと思っている」

「この船なら戦えます」

新田は胸を張って答えた。

日章丸と新田辰男が世界を驚愕させるのは、この二年後のことである。しかしこのときは新田も鐵造もそれを知る由もない。

「日章丸をよろしく頼む」

「わかりました」

新田と鐵造は固い握手を交わした。

日章丸は鐵造たちを乗せて播磨造船所から神戸港まで短い航海をした。一万八〇〇〇トンの巨船はまるで彼の手足のごとく小さな島の間を巧みにすり抜けた。新田の指示の下にきびきびと動く乗組員たちもいずれも優秀な男たちだというのは見ていてわかった。

新田の操船は見事だった。

鐵造はデッキから瀬戸内の島々を眺めた。夕日に映える島々は実に美しかった。鐵造はこの美しい国に生まれてよかったと心から思った。

海を見つめながら、いつしかかつての若き日を回想していた。「海賊」とよばれ、小さな伝馬船（てんません）に乗って、関門海峡や瀬戸内海を暴れまわった日々が脳裏を駆けめぐった。あのときは、この美しい景色を眺める余裕もなく、ただ国岡商店をなんとか生き延びさせることに必死だった。

あれから四十年近い月日が流れた。国岡商店は大陸に雄飛したが、戦争で資産のほとんどを失った。

必死の思いで立ち直り、ようやくここまできたが、今また「十三対一」という絶体絶命の危機にある。

それを打ち破るのが、この日章丸だ——。

二日後、日章丸は鐵造たちに見送られて、アメリカへ旅立った。行く先はサンフランシスコだ。この航海で日章丸が積み込むのは、重油と軽油だった。鐵造は揮発油（ガソリン）を輸入したかったが、それは叶わなかった。

日本政府は十二月に原油、揮発油、軽油、重油をひとくくりにした石油製品の外貨一本立てを政府案として決定し、GHQに申請したが、GHQは揮発油を輸入する外貨だけは認めなかった。利益の大きい揮発油を外貨枠から外したのは、メジャーの圧力であるのは言うまでもなかった。

年が明けて二十七年の一月初め、常務となっていた武知甲太郎は、宇佐美幸吉課長をともなって、日章丸に積み込む重油と軽油の買い付けのため、飛行機でアメリカに渡った。宇佐美は徳山のタンク底の仕事を終えた後は本社に戻り、武知の部下となっていた。

九日、日章丸がゴールデンゲートを通過し、サンフランシスコ港に到着したときには、すでに武知らは積み荷の手配を終えていた。

この日、日章丸の処女航海の成功を祝い、船上でアト・ホーム・レセプション・パーティーを開いた。

普通は客船を借りておこなうものだが、武知はあえて日章丸の甲板にパーティー会場を設けた。

このパーティーにはサンフランシスコの政治家や財界人などが二百名以上も集まった。敗戦国の日本が世界最大級のタンカーでやってきたということが注目されたのだ。彼らは美しく巨大な日章丸に感銘

73

を受けた。

英語の堪能な武知は見事なスピーチでアメリカ人たちを沸かせた。そして「日本に国岡商店あり」ということを強く印象づけることに成功した。

このとき、招待客のひとりに当時世界最大の銀行であったバンク・オブ・アメリカ（BOA）の極東担当部長のハリー・クィネルがいた。クィネルは国岡商店の代表者として出席していた正明のもとにやってきた。正明はこのレセプションのために、前日に飛行機でサンフランシスコ入りしていた。

「ゴールデンゲートをこれほど大きなタンカーが通ったこととはない。その船を作ったのが、戦争に敗れた日本人だというのはすごいことだ」

クィネルはそう言って正明を祝福した。

「ありがとう。兄の鐡造は一代で会社を築いた男で、戦争で資産のすべてを失ったが、そこから立ち直り、こうして世界一のタンカーを持つまでになりました」

クィネルは驚いた顔をした。

「ボスの年齢は？」

「六十六歳です」

クィネルは「マーベラス！」と言った。そして、

「東京にBOAの支社がある。支店長はタールバーグという男だ。融資を希望するときは会ってみることを勧める」

「ありがとう」

この出会いは後に国岡商店を助けることになる。

日章丸が処女航海で持ち帰った大量の重油と軽油は国岡商店の全店員たちに勇気を与えた。自分たちの手で摑み、自分たちの手で運んだ油を売る喜びに、店員たちの士気は高まった。日章丸は休む間もなく、五日後、二回目の航海に出た。そして重油と軽油を次々と輸入し、国岡商店のタンクにどんどんと注ぎ込んだ。そしてその油は店員たちの手によって、全国の営業所に供給されていった。

一方、鐵造は経済安定本部や関係各所に、揮発油輸入のための外貨枠が欲しい、と訴え続けていた。これはもう「血の叫び」だった。鐵造は武知らの情報で、アメリカでは性能のよいガソリンが非常に安い価格で売られていることを摑んでいた。しかしPAGはGHQに働きかけ、日本の石油会社にその揮発油を輸入することを許可せず、粗悪なガソリンを高い値段で売っていた。鐵造はこの現状を政府に何度も訴えた。

このころ、日本でも自動車が一般家庭にも普及し始め、ガソリンの需要が急速に高まっていた。そこで日本政府も鐵造の要請を受けて、GHQにガソリンを輸入するための外貨の枠を要求したが、GHQは頑として許可しなかった。それどころか、GHQは覚書まで出して、「ガソリンよりも原油輸入を優先すべし」と回答した。

また日本の精製業者たちも「外貨節約のために、ガソリンのための外貨を認めるな」と主張した。鐵造は、メジャーに操られた同業者の姿を見て、同じ日本人として情けない、と思った。

しかし政府の閣議審議会はGHQの圧力に屈することなく、二月末、ついに国岡商店が申請したガソリン約一万五〇〇〇キロリットル分の四十五万ドルの外貨割当を承認した。GHQは反対したが、この決定には彼らもどうしようもなかった。というのは、国岡商店に対する外貨割当は四月から九月分のものだったからだ。サンフランシスコ講和条約の発効は、この年の四月二十八日からで、この日をもって日本国は正式に独立国となり、GHQの統治は終わりを告げる。日本政府が待ち望んだ外貨編成枠も日本政府に移管されることになっていたからである。

こうして国岡商店は戦後はじめてガソリン輸入のための外貨を手に入れた。

鐵造は外貨の割当を受けると、すぐさま日章丸をロスアンジェルスに向けて出航させた。

日章丸が太平洋を航海しているとき、鐵造は日本の石油業界と金融業界をあっと言わせることを成し遂げた。BOAとの間で四百万ドルというとてつもない額の融資を成立させたのだ。

BOAの調査能力は極めて高く、投機的な融資をおこなうことはけっしてない。そのBOAが「国岡商店」という日本でも大きくない石油元売会社に対して、四百万ドルという巨額な融資をおこなったのだから、多くの銀行家たちを驚かせたのは当然だった。それまで国岡商店は巨大な借金を抱えた「危険な会社」と見られていたからだ。

この融資を成立させたのは正明だった。一月のサンフランシスコでのレセプション・パーティーで極東担当部長のクィネルに会った後、東京に戻った彼はすぐに東京の支店長タールバーグを訪ねた。タールバーグはすでにクィネルから国岡商店のことを聞いていた。そしてガソリン輸入のために融資を申し

込むと、即座にOKしたのだ。

これには正明も驚いた。二億円の資本金に対して四百万ドルという融資額は桁外れである。当時の交

換レートは公式的には一ドル三百六十円だったが、実質的には円の価値はもっと安く、四百万ドルとい

う金額は二十億円以上の価値があった。

「なぜ、うちみたいな会社に？」

と正明は思わず訊いた。タールバーグは笑って答えた。

「あなたの会社の資本金に対しては、とても融資はできない。しかしあなたの会社の合理的経営に対し

てなら融資できる。われわれはあなたの会社と取り引きすることを名誉と思っている」

正明は深く頭を下げた。

　五月に日章丸はロスアンジェルスに着いた。現地では、すでに武知と宇佐美が五〇〇〇キロリットル

のガソリンを用意して待っていた。武知は日本に進出しているメジャーの目を逃れ、現地で独立系のサ

ンオイルという小さな石油会社との契約を秘密裏に結んでいた。もしメジャーに知られれば、どんな妨

害を仕掛けてくるかわからない。

ガソリンはわずか半日で積み込み、日章丸は翌日にロスアンジェルスを出航した。ついに国岡商店は

待望のガソリンの輸入に成功したのだ。

日章丸が持ち帰ったガソリンを、鐵造は「アポロ」と名付けて、全国の国岡商店の営業所で、驚くほ

ど低価格で販売した。

「アポロ」ガソリンは日本の消費者に衝撃を与えた。価格の低さもさることながら、日本国内で売られていたガソリンとは性能がまるで違ったのだ。エンジンのパワーを引き出す力が桁外れで、しかも何時間走ってもエンジンが焼けつくことがなかった。「箱根の山をエンストなしで越えられる」と評判になったほどだった。このとき、日本人はこれまで使っていたガソリンがいかに粗悪で高いものだったかをはじめて知ったのだ。

それまで日本で売られていたガソリンと「アポロ」とのいちばんの違いはオクタン価だった。メジャーはオクタン価六十というガソリンしか日本に輸出していなかった。また日本の製油所では、原油からオクタン価の高いガソリンを作ることができなかった。「アポロ」はオクタン価七十五だった。

「オクタン価が違うと、ここまで違うとは驚きです」

正明は店主室で感心したように言った。

「そういうことだ」と鐵造が言った。「自動車のエンジンの性能ががらりと変わる」

「ガソリンというものは奥が深いですね」

「揮発油の開発に関しては、日本は戦前からアメリカに大きく後れを取っていました」

武知が正明に説明した。

「オクタン価の違いでいちばん大きな影響を受けるのが飛行機です。アメリカは戦前、オクタン価百の高性能ガソリンの開発に成功していました。日本もその技術を手に入れようとしましたが、昭和十四年にアメリカ政府は『モラル・エンバーゴ』発動によって、高性能ガソリンの製造技術の輸出を禁止したのです。このため、日本軍が高性能ガソリンを手に入れることができないまま戦争に突入したのです」

武知はさすがに元陸軍中野学校出身らしく、そのあたりの事情に詳しかった。

「当時の日本軍が使用していた航空ガソリンはオクタン価八十から八十七のものでした」

「オクタン価百のものとそうとう違うのですね」

「エンジン性能が約一〇パーセント違うと言われています。戦後、アメリカ軍が日本の戦闘機を接収して、アメリカのガソリンを入れてテスト飛行を繰り返したところ、陸軍の四式戦という戦闘機は、第二次世界大戦中の最高戦闘機と言われているアメリカのP51ムスタングを上回ったと言われています」

鐵造は大きく嘆息した。

「そういう話を聞くと、つくづくあの戦争は、石油で敗れた戦争だという気がする」

「そのとおりです。聯合艦隊はアメリカ海軍に多くの海戦で敗れましたが、この敗因のいくつかは石油が足りなかったためです」

「そうだったのか」鐵造は言った。「石油さえあれば、勝てた戦もあったということか」

「たとえば、ガダルカナル島をめぐる戦いは大東亜戦争の分水嶺ともなりましたが、実は海軍は総力戦をおこなうことができませんでした。半年にわたる激戦の間、日本海軍は世界最大の戦艦『大和』と『武蔵』は一度も出撃させませんでしたが、それは石油を節約するためでした。なぜなら『大和』の燃料消費量は莫大で、トラック島からガダルカナルに出撃するだけで、大量の重油を消費することになったからです。ちなみに『大和』は一日港に停泊しているだけで、駆逐艦なら八〇〇キロ前後も行動できるほどの重油を消費しました」

正明が驚いた声を上げたが、武知は淡々と語った。

「また昭和十八年にガダルカナルの戦いに敗れてからも、海軍は石油が足りないために大きな艦隊作戦を展開することができず、そのため貴重な一年という時間を失いました。その一年でアメリカ軍は驚異的な増強を為し、彼我の戦力差は圧倒的になりました。十九年には、海軍は各島に基地航空隊のあるマリアナ諸島海域でアメリカ軍を迎え撃ちたかったにもかかわらず、石油が足りないために艦隊をそこまで出撃させることができませんでした。そのために迎撃に備えていたはずの基地攻撃隊をむざむざと壊滅させられました。これもガソリン不足のために偵察機をふんだんに出せず、挙げ句、乾坤一擲のマリアナ沖海戦で大敗しました」

飛行機の搭乗員の訓練もままならず、米空母の接近を察知することができなかったためです。米空母の接近を察知することができなかったためです。

鐵造は黙って頷きながら、一国の命運を握っているのは石油であるという信念をあらためて強くした。そしてこれからは石油を、平和のため、日本の復興のために使うのだと決意した。国岡商店の使命はそこにある。

「アポロ」が日本の石油業界に与えた影響は大きかった。多くの日本人が、これまでいかにメジャーの石油会社に好き勝手にされていたかを知ることとなり、ガソリンの価格は大幅に下がった。これによりメジャーはもはや暴利をむさぼることが難しくなった。

国岡商店の「アポロ」は飛ぶように売れ、在庫はたちまち底をついた。日章丸は休む間もなく太平洋を往復した。

国岡商店は今や飛ぶ鳥を落とす勢いだった。鐵造は日章丸という刀で、ついに包囲網の突破に成功し

たかに見えた。

しかしメジャーは黙って国岡を暴れさせるほど甘くはなかった。それを思い知るのは、日章丸がロスアンジェルスに向かっての五回目の航海のときだった。日章丸があと数日でロスアンジェルスに着くというときに、突然、取引先のサンオイルから「商談を取り止めたい」という電報が入ったのだ。メジャーがサンオイルに圧力をかけたのはあきらかだった。アメリカでメジャーに逆らって生き延びる道はない。

「兄さん、どうする？」正明が訊いた。「ロスで大急ぎで別の石油会社を探すか」

「いや、西海岸はおそらくメジャーに抑えられていると見ていい。探すならメキシコ湾岸だ。敵もまさか日章丸がそこまで行くとは思っていないだろう」

正明はすぐにアメリカにいる宇佐美課長に、メキシコ湾岸にある独立系の石油会社を探せという電報を打った。

宇佐美らはすぐに行動に移り、二日後には、ヒューストンにある小さな石油会社と契約を結ぶのに成功した。それを聞いた鐡造はすぐに正明に「日章丸に電報を打て」と命じた。

「大至急、パナマ運河を抜けてヒューストンに行け」

電報を受け取った船長の新田はすぐさますべてを察知した。船はもともとロスアンジェルスに行く前にサンフランシスコに寄港する予定だった。そこで輸出用のベンゾールとクレオソートを荷揚げして、港内でタンクのクリーニングを済ませてからロスアンジェルスに向かう手はずになっていた。

しかしそんな悠長なことをしている暇はない。新田はタンクのベンゾールとクレオソートをサンフラ

ンシスコで荷揚げすると、ただちに出航した。そしてヒューストンに向かう航海の間に、全乗組員に、タンクのクリーニングを命じた。

これはとんでもない作業だった。船内の数十というタンクを、わずか二十人ほどの人間でクリーニングするのだ。タンクのなかにはまだ劇薬のベンゾールの残滓がある。その中に入るのは危険極まりない仕事だった。

しかし乗組員たちはこの困難な仕事をやり抜いた。サンフランシスコを出航してから十日間、朝から夕刻までベンゾールの残るタンクの中に入り続け、ついにすべてのタンクのクリーニングを終えた。

二人が作業中に倒れ、それ以外の男たちも多くが顔や体の皮膚が剝けてしまった。メキシコ湾岸のヒューストン港に着いたとき、相手の石油会社の社員が乗組員たちの姿を見て驚いたほどだった。彼らは事情を聞くと感動して、タンクをガソリンで完全に洗浄してくれた。なお、このときの航海で、日章丸は日本のタンカーとして戦後はじめてパナマ運河を通過した。

こうして日章丸はヒューストンで、ほぼ満杯の揮発油二万一〇〇〇キロリットル、機械油二五〇〇キロリットルを積み込み、メジャーの裏をかくことに成功した。

その報せを宇佐美からの電報で知った重役たちは沸きたったが、鐡造はひとり厳しい顔をしていた。メジャーの包囲網がじわじわと押し寄せているのをはっきりと感じていたからだ。

五、イラン石油

鐵造が予想していたとおり、まもなくヒューストンにもメジャーの手が回ったという報せが届いた。

今さらながら「セブン・シスターズ（七人の魔女）」と呼ばれるメジャーの力の強さを、肌で感じた。

鐵造たちは新たにベネズエラの石油会社と契約を結んだが、それもいずれはメジャーたちの知るところとなるであろう。この包囲網を突破するには尋常の手段では無理だ――。

「兄さん、大事な話がある」

六月の終わりのある日、正明が常務の武知甲太郎と東雲忠司を連れて店主室にやってきて言った。

「いったい何だ？」

「前に話したイランのことだけど――」

「あれは駄目だと言ったはずだ」

正明がその話をしたのは三ヵ月前の春のことだった。

――昭和二十七年（一九五二）三月二十八日の夜七時すぎ、渋谷の自宅で夕食を済ませた正明は、ブリヂストンタイヤの社長・石橋正二郎から電話を受けた。

石橋は国岡鐵造と同じ福岡県出身で、日ごろから鐵造とは親しく、正明とも昵懇の間柄だった。一代

でブリヂストンタイヤを築き上げた大立者で、このとき、六十三歳だった。ちなみに正明は五十二歳だった。

石橋は気さくな感じで、「今、私のところにホス何とかちう名前の珍しか人が来とるけん、ちょっと遊びにおいでんですか」と博多弁で言った。正明はこんな時間に何だろうと思いながら、麻布の石橋邸に赴いた。門を入ると公園のような広い庭園のある豪邸だった。

洋館の応接室には石橋夫妻のほかに五人の客がいたが、部屋の中は異様な空気が張りつめていた。客の顔ぶれを見ただけで、その理由はわかった。その部屋の男たちは、経済安定本部総務長官の周東英雄（後、農林大臣）、戦前の東条内閣で国務大臣と大東亜大臣を務めた青木一男（後、長野放送社長）、石橋の女婿で通産省経理課長の鳩山威一郎（後、外務大臣）、同じく石橋の女婿で通産省渉外課長と公益事業委員会の渉外課長を兼任していた郷裕弘（後、三井液化ガス相談役）だった。そしてもうひとり、目のぎょろりとした浅黒い肌の外国人がいた。皆が自分を待っていたのが彼らの様子でわかった。

郷が正明に外国人を紹介した。男はモルテザ・ホスロブシャヒというイラン人で、現在はアメリカの市民権を持ち、貿易商をしているということだった。

互いに紹介が済むと、石橋がいきなり言った。

「国岡さん、あんたのとこでイランの石油を買わないか」

あまりに唐突な話なので、正明は驚いた。

当時、イランの石油の埋蔵量は世界一と言われていた。戦後は年間三〇〇〇万トンという途方もない原油を産出し、アメリカを抜いて世界一の原油産出国となっていたが、その油田は一九〇〇年代初めに

イギリスが開発したもので、長年にわたりイギリスの国策会社アングロ・イラニアン（現ブリティッシュ・ペトロリウム＝ＢＰ）のものだった。アングロ・イラニアンはかつてスタンダード（ニュージャージー・スタンダード）、ロイヤル・ダッチ・シェルと並ぶ「ビッグ・スリー」と呼ばれ、今もセブン・シスターズの一角を担う大石油会社である。

しかし一年前の一九五一年（昭和二十六）、イランは石油国有化法案を国民議会で通過させ、アングロ・イラニアンの全施設を接収したのだった。イギリスはこれを認めず、軍艦をペルシャ湾に出動させた。イランはイギリスの示威行動にさらに態度を硬化させた。自国民の生命の危険を感じたイギリス大使館はイラン在住のイギリス人に対して帰国を命じるほど事態は緊迫していた。

アングロ・イラニアンの全施設を接収したイランは、世界に向けて石油を売り出そうとしたが、イギリス政府は「イランの石油はイギリスのものである」と宣言し、国際司法裁判所に提訴した。さらに世界の国に対して「イランの石油を買わないように」と警告を発した。大英帝国の怒りを買うことを怖れ、イランの石油を購入しようという国はあらわれなかった。またアングロ・イラニアンと結ぶセブン・シスターズもイラン石油ボイコットを支援した。

イランはありあまる石油を抱えたまま、たちまち経済的に困窮した。正明もそのあたりの事情は知っていた。それだけに、いきなりイランの石油を買わないかと言われても即答はできなかった。

「イランの石油はイラン国民のものです。これは正当な権利です。イギリスには権利はありません」

ホスロブシャヒは力説したが、正明はその言葉を真に受けるわけにはいかないと思った。

「問題は、あなたたちがイランの石油を買う意思と勇気を持っているかです。今なら、国際価格よりも

はるかに安く石油を手に入れることができる。イギリス海軍はペルシャ湾に軍艦を派遣しているが、あれは単なる脅しにすぎない。あなたがたがイランの石油を買うと決めれば、莫大な利益を上げることができます」

ホスロブシャヒは顔を紅潮させて、熱弁をふるった。

「大変魅力的なお話ですが——」と正明は言った。「おそらく、兄はうんとは言わないでしょう。もちろん、明日、このお話は兄にします」

ホスロブシャヒはあきらかに悲しい表情を浮かべた。石橋たちも仕方がないという顔をした。

正明は周東や郷の落胆する顔を見ながら、彼らは以前からイラン石油の購入を計画してきたんだなと思った。おそらくいろいろ手を尽くして、最後の頼みとして国岡商店に声をかけてきたのだろう。それを確信したのは、別れ際にホスロブシャヒが、

「私は明日、アメリカに帰国します。何かあれば連絡してください」

と言ったからだ。

翌日、正明は兄にその話をした。鐵造は即座に、「いかん」と言った。

「国岡商店は、盗品は買わん。いかに安かろうが、イランの石油には手は出さない」

正明はわかりましたと答え、その日、石橋に電話して、正式に断りの電話をした——。

「あれから、情勢が変わりました」

正明は兄に言った。

「四月にアメリカがイランと技術援助協定を結びました。これはアメリカがイランの石油国有化を認め
たことと同じです。アメリカ資本がイランの石油国有化を認め
ようとしています」

「なるほど」と鐵造は言った。「それは有り得ることだ」

戦前からイランの石油はイギリスが押さえていて、アメリカは喰い込むことができなかった。アメリ
カの技術援助協定はこの機を利用して、新たな原油資本を得ようとしている証だった。

鐵造には、アメリカはイランの騒動を利用した火事場泥棒にしか見えなかった。

「兄さんは盗品故買と言ったけど、ぼくが調べたところ、けっしてそのようなものではないと思いまし
た。イランの言い分にも理はあります」

「ぼくにはそうは思えない。油田の開発には莫大な金がかかる。イランの石油を発見したダーシーはイ
ランの国王から正式に権利を買った上で、油田開発に成功した。それを戦後、儲かるからとイランが取
り上げることの、どこに理がある」

イランの油田を発見したダーシーは石油業界ではその名を知らないものがないくらいの伝説的人物だ
った。一八〇〇年代の終わり、オーストラリアの金鉱発見で大きな財産を手にしたイギリスの探検家ウ
イリアム・ノックス・ダーシーは、ペルシャでは何百年も燃える「神の火」があったという伝説を聞い
た。これは石油のことではないかと思った彼は、ペルシャ王国に乗り込んだ。そして一九〇一年、時の
ペルシャ国王であるモザファール・デイン・シャーから許可を得て、油田採掘に取り組んだ。しかしイ
ランの砂漠は彼の努力を拒み続けた。掘れども掘れども石油は出ず、七年間の間にダーシーはほぼ全財
産を失った。しかし彼は諦めなかった。いったんイギリスに戻り、懸命に金をかき集めると、最後の勝

負に出た。そして一九〇八年、ついにペルシャ南西部のアスマミ山のマイダン・ナフトゥーン（「石油の野」という意味）に中東初の大油田を掘り当てた。鐵造が神戸高商の四年生のときだ。

ダーシーの発見した石油利権は、その後、アングロ・ペルシャ石油会社が引き継いだ。以後、同社は砂漠の上に、原油を送るパイプラインをめぐらせ、さらに精製工場を建設し、ペルシャの地に巨大な石油会社を作り上げた。そして一九二〇年代には、スタンダード（ニュージャージー・スタンダード）、ロイヤル・ダッチ・シェルとともに石油界の「ビッグ・スリー」となった（アングロ・ペルシャ石油会社は、後にペルシャが国名をイランと変えたときに、アングロ・イラニアン石油会社と社名を変更する）。

鐵造の目には、イランがおこなったことは、ダーシーおよび同社のこれらの努力の成果を横取りする不法行為にしか見えなかった。

「いや、兄さん。最初はぼくもそう思っていた。でも、そうとばかりは言えないようなんだ。ぼくらが知らされている情報は全部、イギリスからのもので、実情はかなり違うらしい」

鐵造の眼鏡の奥の目が鋭く光った。

「東雲」と鐵造は言った。「イランの国情と、石油国営化の事件を調べてくれ。できるだけ詳しく知りたい」

「わかりました。中東問題に精通している知人がいますから、さっそく、調べてみます」

一週間後、今や常務となっていた東雲忠司はイランとアングロ・イラニアン社の歴史と関係をつぶさに調べ上げ、重役会議の場で報告した。

ダーシーが時のペルシャ国王から得た権利は、ペルシャ（イラン）の国土の三分の二におよぶ広大な地域の石油採掘、販売、輸出をすべて含めた莫大なものだった。その代価としてダーシーが国王に渡した金はわずか八千ポンド、それと事業純益の一六パーセントを支払うというものにすぎなかった。

一九〇一年と言えば、明治三十四年、鐵造が十六歳のときだ。前近代国家のペルシャの王が、石油など何の価値もないと思っていたとしても無理はない。イランのその後の苦難の歴史はこのときに作られたのだった。

一九一四年に始まった第一次世界大戦は、先進諸国に石油の重要性を知らせた。フランスの首相クレマンソーがアメリカ大統領に送った「石油の一滴は血の一滴」という電報文は象徴的な言葉になった。

そのときのイギリス海軍大臣であったウィンストン・チャーチル（第二次世界大戦中・戦後の英首相）は石油の重要性を誰よりも早く認識し、ダーシーの開発したアングロ・ペルシャ石油会社の株式の五二・五五パーセントを買収し、同社を半国営会社とした。これによりイギリス海軍は莫大な石油の供給源を確保し、世界に先駆けて主力戦艦の燃料革命に成功した。日本の聯合艦隊が燃料を石炭から石油に全面的に切り替えたのは、イギリスに遅れること十年以上も後の一九三〇年である。

「アングロ・イラニアンが一九五〇年代までにイランの地下から吸い上げた石油による利益は初期投資額の四百倍を超えるとも言われています」

東雲の言葉に鐵造は思わず唸った。

「イランに接収されるまでアングロ・イラニアンの油田は年間三三〇〇万トンという膨大な石油を産出していました」

「想像もつかん量だ」鐵造は言った。「そこから生み出される利益の一六パーセントしかイラン国民は享受できないわけか」

「いえ、国民はまったくと言っていいほど享受できませんでした。なぜなら、その利益のほとんどはシャーの一族のものとなったからです」

「よくある話だな」

東雲はイラン国民の実情を話した。かつて「千夜一夜物語」を生みだしたペルシャ帝国の栄華は遠い過去のものとなり、近代化から大きく取り残された現在のイランは石油産業以外の近代的産業は何もなかった。産業と言えるのは伝統的な絨毯の生産くらいで、国民のほとんどは貧しい農民と遊牧民だった。

日本の四倍以上の国土の大半は不毛の山岳地帯と砂漠に覆われ、わずかな耕作地帯はひとにぎりの貴族や富裕地主が支配していた。農民たちはいっさいの私有地を持たず、彼らの住む泥の小屋も農具も地主のものだった。まさしく農奴と呼ぶにふさわしいものだった。極端な階級社会で、「イランは絨毯を織る者と、絨毯の上に座る者の二つの階級しかない」という言葉があるほどだった。

そんなイランの唯一の近代産業である石油産業はイギリスのものだった。アングロ・イラニアンには八万人のイラン人が働いていたが、その給料は驚くほど安く、しかも上級職に出世することは絶対にできなかった。アングロ・イラニアン本社があるアバダン市には、世界最大の製油所が聳え、その周辺には同社のイギリス人社員のための町が作られていた。街路樹が立ち並び、公園には美しい花が咲き乱れていた。社交クラブ、劇場、テニスコート、さらにゴルフ場まである豪華な街から少し外れたところに

90

は、泥と藁で作られた貧しい小屋にイラン人たちがひしめき合うように暮らしていた。

事業利益の一六パーセントという初期の契約もいつのまにかうやむやにされ、石油一トン当たりのアングロ・イラニアンによる支払額は、他の中東諸国に支払われる三分の一前後という不当に安いものになっていた。イギリスは第二次世界大戦で、戦後の経済開発を約束してイランを連合国として参戦させたが、その約束も反故にしていた。

「大英帝国のやりそうなことだな」

鐵造は小さく呟いた。

東雲の説明によって、鐵造にもイランの石油を取り巻く状況が徐々に摑めてきた。泥棒はイランではなく、むしろイギリスではないか。

東雲はさらに今回のイランの反乱について説明した。戦後アジアで澎湃として起こった民族主義の嵐はイランにも波及した。さらに経済的窮迫は反英国の気運を高めた。

一九四五年のメーデーでは、アングロ・イラニアンのイラン人従業員たちが先頭に立ち、八万人が食糧や住宅の保障、賃金の増額を求めてデモ行進した。翌年にはアバダンの製油所での労働争議をきっかけにゼネラルストライキが起こり、国内のほとんどの労働者が参加した。イラン政府は戒厳令をしき、軍隊がデモ隊に発砲し、多数の死傷者が出た。しかしデモ隊の勢いはとどまらず、ついにイギリスが軍艦をアバダン港に派遣し、イラン国民を威嚇した。イラン政府がイギリスに発砲の中止を求めてゼネストはおさまったが、イラン国民の反英感情はこれで一気に高まった。

一九五〇年代に入ると、イラン国民の間で、「イランの油田を国有化する」という運動が起こった。

この運動は熱狂的に支持され、これに反対する者は「政治的にも、生理的にも生命の維持は困難であろう」と言われた。その言葉どおり、親英派であったラズマーラ首相は一九五一年二月の議会で「国営化は現実的ではない」と演説したとき、他の議員たちから「売国奴」と罵倒され、四日後、狂信的民族主義者の手によって暗殺された。その十日後、ラズマーラ首相と意見を同じくした教育相も暗殺された。

もはや石油国有化の流れを食いとめることは誰にもできなかった。危機を感じたイラン政府は国有化の討議を始め、「石油委員会」を設置して、委員長として国民戦線派の指導者ムハンマド・モサデクを指名した。

モサデクはイランの名家出身で、若いころはフランスに留学しソルボンヌ大学を出た法学博士だったが、帰国後、イギリス政府を激しく非難して、一時亡命を余儀なくされた。再び帰国した後、三十五歳で国会議員となり、法務大臣、大蔵大臣、外務大臣を歴任したが、その後、国王と衝突して四年半投獄された経歴を持つ七十歳の気骨ある男だった。民族主義者であるモサデク率いる国民戦線は石油国有化推進運動の先鋭的存在だった。

モサデクを委員長とする「石油委員会」は、イランがこの悲惨な状況から抜け出すには石油国営化以外の道はないとして、議会にそう答申した。この動きに対して、イギリス政府はただちにイラン政府に覚書を送り、イランによる国営化は非合法であると宣言した。

しかしイラン議会は一九五一年（昭和二十六）三月、石油国有化法を可決し、翌月、アングロ・イラニアン会社接収法を成立させた。そして国民議会はモサデクを首相に任命した。モサデク首相はただちにアングロ・イラニアンの接収を開始した。

「一年前の三月か——」鐵造は呟いた。「日章丸の起工式をおこなったときだな」

鐵造はこのとき、運命的なものを感じた。日章丸が誕生しようとしていたまさにそのとき、はるか海のかなたでそのようなことが起こっていたのは、偶然ではないような気がしたのだ。

「イギリス政府は、国有化を認めないと声明を発表し、艦隊を中東海域に派遣して、落下傘部隊も待機させました。武力によってイランの民族主義運動をつぶそうと動き出しました」と東雲が言った。

「イギリスがイランの石油を失えば、世界の覇権を失うことになるからな」

「そのとおりです。またこれを許せば、イギリスから離反する中東諸国が他にも出ることが考えられます」

「ほう」

そのとき、鐵造の頭の中にある疑問が浮かんだ。

「なぜ、イギリス政府はイランを軍事制圧しなかったのか。自国の会社を守るという名目なら、出兵は可能だったのではないか」

鐵造の質問に他の重役たちもいっせいに東雲を見た。

「おそらく、アメリカの圧力があったと考えられます」

「モサデクはイラン国民にこんな声明を発しています。もしイランが石油国有化に失敗するなら、イラン国民は将来、世界平和に有害となるような事態に自らを直面させることになるだろう、と。この声明はおそらく世界に向けて発信されたものと思われます。ワシントンもロンドンも、この声明は、『イランが共産化するぞ』という警告と判断しました。実は今現在もソ連がイランを共産化しようという動き

があります。ソ連は戦後、イラン北部に長らく進駐していました。それでアメリカは、イギリスが軍事行動を起こせば、イランはソ連に助けを求めるかもしれないと判断したのです。そうなれば第二の朝鮮戦争が起きる、と」

鐵造は東雲の国際情勢の把握に感心した。

「それでアメリカはイギリスを牽制したわけか」

「もうひとつ、アメリカはこれを好機と捉えて、イランの石油資源に喰いこもうとしているという側面もあると思います」

「なるほど、状況はすっかり飲み込めた。イラン政府のやり方は過激だが、彼らには十分すぎる正当性がある」

東雲は頷いた。

戦前、アメリカは石油の輸出大国だったが、戦後は一転して石油輸入国となっていた。アメリカは中東の安い石油を虎視眈々（こしたんたん）と狙っていたのだ。

「その後、イギリス政府はどんな動きに出たのだ？」

「軍事行動を抑えられたイギリスは外交交渉で解決を図ろうとしました。事業利益配分の見直しで手を打とうとしたのでしょう。しかし、イラン政府は交渉を拒絶しました。そこでイギリスは国際司法裁判所で争おうとしましたが、イランは出廷を拒否しました。困ったイギリスはイランを経済封鎖することにしたのです。世界各国にイランの石油を買うことを禁じる通告を発し、『イランと取り引きする者に対しては、必要と思われるあらゆる措置をとる』と警告しました」

94

「それは本気かな」

鐵造の問いに、東雲は即答を避けた。重役たちも判断に苦しんだ。

「戦争状態でもないのに、第三国の民間船を公海上で拿捕などできるものだろうか」

「わかりません」と東雲は言った。「ただ、イギリスは、イランの石油は自分のものであると思っています。そしてアングロ・イラニアン社はイギリスの国営会社ですから、あるいは——」

鐵造たちの疑問は意外に早く答えが出た。

六月十九日、イランの原油を積んだイタリアの「ローズ・マリー号」がイギリスの軍艦に拿捕されるというニュースが飛び込んできた。同船はイギリスの警告を無視し、アバダンに入港し、原油一〇〇〇トンを積んで帰るところをアラビア海で拿捕され、イギリス直轄植民地のアデン（現在はイエメンの都市）に強制入港させられ、そこで積み荷を差し押さえられた。

この事件はイラン石油購入の検討を始めようとしていた鐵造たちにも大きな衝撃を与えた。

「まさか、ここまでやるとは思っていませんでした」

正明は新聞を机の上に投げるようにして言った。「イギリスは本気だったということですね」

「イランの石油購入は時期尚早だったようですね」

東雲の言葉に重役たちは頷いた。しかしひとり鐵造だけは頷かなかった。彼は正明が投げた新聞を拾い上げると、その記事をあらためてじっと見つめた。六十六歳の店主の胸の奥に、静かな闘志が湧き起こりつつあるのを、重役たちは誰も気づかなかった。

95

六、極秘任務

　七月の半ば、鐵造の元にウィリス・マホニーというアメリカ人が、知人である加藤辰弥を通して面会を申し入れてきた。加藤はかつて西園寺公望や山本権兵衛の首相秘書をしていた男で、GHQにも顔が広かった。加藤の話では、マホニーはニューヨークにあるコンサルタント会社のメンバーで弁護士でもあった。一時はGHQの法務局員を務めていた経歴もあった。ビジネスの世界に広く精通し、三月に正明が石橋邸で会ったモルテザ・ホスロブシャヒとも親交があった。

　マホニーの要件は「イランの石油の購入」に関してのことだと聞いた鐵造は、会うことを決めた。場所は帝国ホテルの地下のグリルだった。マホニー、加藤、鐵造、正明の会談だった。通訳は英語が堪能な加藤が受け持った。

　マホニーは五十歳半ばの、立ち振る舞いが優雅な紳士だった。

　彼は鐵造たちにイランの国情を説明し、アングロ・イラニアンとイランの関係を語った。すべては東雲から聞いていたことと同じだった。

　あらかたの事情を説明すると、マホニーは言った。

　「私はスタンダード・リサーチ・コンサルタント会社の日本における代理人を務めているが、ボスのポール・コフマンは友人でもある。そのコフマンが言うには、イランの石油を買い付けるチャンスは今だ

96

というAIことです」
マホニーはさらに続けた。
「私はモルテザ・ホスロブシャヒ氏とも連絡を取り合っている。正明氏が三月に石橋邸で彼と会ったときは、まだその時期ではなかった。しかし四ヵ月経って、状況は変わりつつある。この時期を逃してはならない」
マホニーはそこで驚くべき情報を教えてくれた。なんと、ハーグの国際司法裁判所がイランに有利な決定を下したというものだった。これはまだ鐵造たちが知らないニュースだった。日本は独立はしていたものの、海外の情報はなかなか入ってはこなかった。
「国際司法裁判所は、『当裁判所はイランに対して管轄権を有しない。イランの石油資源を国有化するのはイラン国権の範囲内であり、イギリス側は別の角度からこの問題に接近すべきであった』と言ったのです。つまりあえて言えば、イギリスは司法の後ろ盾を失ったのです」
この情報は鐵造の気持ちを大きく後押しした。
慎重な鐵造はこの場で旗幟（きし）をあきらかにすることはなかったが、マホニーとは今後も交渉を続けることを約束して別れた。
後日、鐵造たちはマホニーが言っていた国際司法裁判所の決定が事実であることを確認した。この判決は「イランの石油はイギリスのものではない」と宣言したようなものであった。これ以降、世界の石油業界は色めき立っていたこともわかった。鐵造は、このときを逃してはならないと思った。
十日後、鐵造とマホニーは再び会った。今度は国岡館での会談だった。

そこでマホニーは、ボスであるポール・コフマンが自分に宛てた手紙を見せた。その手紙に書かれた文面には、今イランの石油の買い付けをおこなえばいかに利益の多いビジネスになるかが力説されていた。そしてそれをおこなう日本の石油会社を探せ、というものだった。

「なぜ、コフマン氏はアメリカの石油会社に働きかけないのか」

鐵造はマホニーに尋ねた。

「アメリカはイギリスとの関係があるので、簡単には動けない。イギリスが自分たちのものと主張している石油を、アメリカが買うわけにはいかない。もし、それをやれば外交上の問題に発展する可能性もある。それに国際石油カルテルのメジャーたちはイラン石油ボイコットで結束している」

鐵造は頷いた。すべてが摑めてきた。石橋たちが正明に話を持ちかけたのも、国岡商店がアメリカやイギリスの石油会社と提携を結んでいない「民族会社」だったからだ。

「むろん、われわれは慈善事業で国岡商店に声をかけたわけではない。イランとの取引が成立すればビッグビジネスになる。われわれはその手数料をいただくことになる」

「それは当然だ」

「現在、イラン政府と国民はイギリスの経済封鎖によって危機的状況に陥っている。だから一刻も早くペルシャ湾にタンカーがあらわれるのを待っている。今なら、イラン政府は価格や条件で買い手に非常に有利なものを提示するだろう。この情勢は、今イランにいるホスロブシャヒ氏からも報告を受けているから、まず間違いない。イランの石油を買うなら、今をおいてない」

鐵造は即答を避けた。

「コフマン氏と直接、話ができないだろうか」

「言ってみる」

マホニーとの二度目の会談の後、鐵造は重役たちにイランとの話は誰にも漏らさないように緘口令を（かんこうれい）しいた。そして有楽町の日活ホテル（現在はザ・ペニンシュラホテルが建っている）の八階に秘密の専用会議室を設けることにした。国岡館が手狭になってきたこともあったが、社外の人間も大勢出入りする中で、どんな拍子に話が漏れるかもしれないと心配したのだ。

八月半ば、スタンダード・リサーチ・コンサルタントの社長・ポール・B・コフマンが来日した。その前に、鐵造らはコフマンについての調査をしていた。年齢は五十一歳、その経歴は驚くほど華やかだった。戦前はハーバード大学やボストン大学の講師を務め、何と戦後は「ストライク対日賠償使節団」の事実上の団長として来日していたこともわかった。「日本の製油所をすべてスクラップしろ」と発表して石油業界を震撼させた「ストライク報告」をした調査団だ。また戦後日本の電力会社の再編成にも深くかかわっていたこともわかった。また二年前にオーバーシーズ・コンサルタンツの社長も務めていて、パーレビ国王からの依頼でイラン経済再建についての調査にもかかわっていた。

鐵造はすぐに日活ホテルの作戦本部で、コフマンとマホニーを呼んで極秘の会談を持った。国岡側は鐵造、正明、武知の三人だった。通訳は武知が務めた。

コフマンは痩せた学者タイプの男だったが、全身から「大物」の雰囲気を漂わせていた。国岡商店のイラン石油購入はビッグビジネスとなると踏んでおり、自分は、その契約代理人として契約

したいとはっきり言った。契約料も成功報酬も安くはなかったが、鐵造はコフマンとの契約を前向きに考えることにした。

コフマンは鐵造たちに二つの大きな情報を与えた。ひとつは、アメリカ政府がイギリスを説得して、近く共同声明を申し入れるというものだった。その内容は、

「一、アメリカ・イギリス両政府は、イランの石油国有化を認める。

二、イランとアングロ・イラニアンの紛争解決に関しては、国際司法裁判所に委ねる。

三、イラン石油の購入に関しては、アングロ・イラニアンにイランと交渉する優先権を与える。

四、アメリカは、イランが海外に石油を販売できるようになるまでの援助資金として、一千万ドルをイランに贈与する」

というものだった。

二つ目の情報は、先日モルテザ・ホスロブシャヒ氏がニューヨークからテヘランに飛び、モサデク首相に会い、国岡商店のことを話した際、モサデク首相は「もし国岡商店が石油購入のためにイランにくるならば、自分が直接、店主と会談する」と言明したというものだった。

二つの情報とも驚くべきものだった。もしアメリカがイランの石油国有化をイギリスに認めさせることに成功すれば、世界中の石油業者がイランに殺到することは火を見るよりあきらかだ。そうなってしまってからでは、もはや遅い。極東のちっぽけな石油会社が割り込める余地はない。

しかしコフマンの情報がどこまで正しいかはわからなかった。それに、アメリカが声明を発表しても、イラン政府がそれを呑むかどうかもわからない。コフマンもそれを知っているからこそ、「時は今

だ」と言ったのだ。

その後も鐵造とコフマンは会合を重ねた。その間、武知はアメリカとイギリスの新聞を取り寄せ、隅から隅まで読みこんでいた。すると、アメリカ政府の動きはコフマンが語っていたとおりであることが見えてきた。

コフマンにはじめて会った二週間後、「トルーマン大統領とチャーチル首相がモサデク首相に対して、石油問題の危機を回避するために、アメリカがイランに一千万ドルの贈与を含む提案をした」というワシントン発のニュースを見つけたとき、武知は思わず声を上げた。

「コフマン氏の情報はすごい」

武知が日活ホテルの会議室で感心したように言った。

「トップシークレットのアメリカ大統領の動きを二週間も前に知るというのは、よほどの情報源を持っているに間違いありません。コフマン氏の発言は尊重すべきものです」

鐵造たちはさらに情報収集した。それによると奇妙なことに気づいた。それはイランの石油問題に関して、アメリカもイギリスも「国有化」に関しての言及がまったくないということだった。両国が問題としているのは、アングロ・イラニアンに対する「補償問題」であり、「イランの国際市場への石油供給」の方法だった。

「これはどう見る?」

鐵造が武知と正明に訊ねた。

「迂闊に結論を出すのは早計ですが、アメリカもイギリスもイランの石油国有化を既成事実として認めているということではないでしょうか」

武知が言うと、正明がそれを受けて言った。

「少なくともアメリカはそう見ているでしょう。ただイギリスは内心では認めていないのではないでしょうか。今はアメリカを刺激したくないと思って、言及を避けているように思います」

鐵造は目を閉じてじっと熟考していたが、ぱっと目を開けると、言った。

「イランの石油を買おう」

その場にいた重役たちは驚いた。

「まだ決めるのは早すぎます」甲賀治作は言った。「もっと情報が必要じゃないでしょうか」

「いや、もうすでに十分すぎるほどの情報は得た。これ以上慎重を期すれば、時宜を失う。コフマンが言っていたように、時は今だ」

「しかし兄さん――」正明が言った。「イギリスの意志がはっきりしていません。ローズ・マリー号事件は二ヵ月半前の出来事です」

正明の言葉に、各国の石油会社もそのことを思い出した。

「あれ以来、各国の石油会社は怖れてペルシャ湾にタンカーを送りません」

正明の言葉に、鐵造はにやりと笑った。それを見て、正明はあっと思った。兄がこの笑いをするときは、本気だ――。

「皆が恐れるからこそ、行くのではないか」と鐵造は言った。

102

「し、しかし、もし、船が拿捕されて、積み荷を没収されでもしたら——」柏井耕一がどもりながら言った。「国岡商店はどうなります」

鐵造は断固とした口調で言った。「リスクのない商売はない」

「君たちはイランとの取引で、国岡商店の未来を心配しているようだが、これは未来を切り拓くための取引である。国岡商店は今、国際カルテルの包囲網の中でもがいている。彼らは配下におさめた日本の石油会社と手を結び、国岡商店をつぶそうとしている。このわれわれの状況はまさに、国際社会におけるイランと同じ状況である」

鐵造は立ち上がって言った。

「イランの苦しみは、わが国岡商店の苦しみでもある。イラン国民は今、塗炭の苦しみに耐えながら、タンカーが来るのを一日千秋の思いで、祈るように待っている。これをおこなうのが日本人である。そして、わが国岡商店に課せられた使命である」

重役たちは誰も言葉を発しなかった。

「武知」

と鐵造は言った。

「はい」

「ただちにコフマンとの契約にかかれ」

「わかりました」

昭和二十七年八月二十七日、国岡商店とコフマンとの間に契約が結ばれた。コフマンとマホニーは国岡商店の独占代理人となり、国岡商店はイランの石油購入に向けて本格的に動き出した——。

しかしその道は、鐵造たちが想像していたよりもはるかに険しい茨の道だった——。

イギリスとイランの交渉は進展しないままだった。

イギリスは、イランが製油所を一方的に国有化したことに対する賠償を含んだ補償問題を国際司法の場に持ち込もうとしたが、イランはこれを拒否し、イラン法廷で争うことを主張した。

またアメリカがイランに一千万ドルを贈与するという件を含むアメリカ・イギリスの提案も、イランは拒否した。その提案の中に、イランの石油の購入の優先権がアングロ・イラニアンに与えられるという条件が入っていたからだ。

モサデク首相は、アメリカとイギリスが「国有化を認める」という甘い餌をちらつかせ、実質的に石油国有化を骨抜きにして、再びイランを喰いものにしようとしている意図を鋭く見抜き、九月のイラン国会で両国を激しく非難した。

イギリスは怒り、再び各国の新聞に「通告」を載せた。これは前回の通告と同様、「イランの石油を購入した船に対して、イギリス政府はあらゆる手段を用いる」という怖ろしい警告だった。「あらゆる手段」という言葉には、「拿捕」「撃沈」も辞さないという脅しが含まれていた。

「イギリスはやはり本気ですよ」

新聞を見た正明は鐵造に言った。

「それがどうした」

鐵造は平然と答えた。兄の断固とした決意を見て、正明はもう何も言わなかった。

今や国際社会におけるイラン石油ボイコットは公然のものとなっていた。セブン・シスターズを中心とする国際石油カルテルは、「イランの石油を輸送するタンカーを提供した船会社とは、今後、傭船契約を結ばない」という通告を発していた。しかし鐵造の決意は揺るがなかった。

九月の終わり、鐵造は正明と武知を呼んで言った。

「テヘランへ行け」

テヘランはイランの首都である。そこには交渉相手のモサデクが待っている。

武知と正明は突然の指令に驚いた。

武知は昭和二十二年から国岡商店に入って、名参謀ぶりを発揮しているが、石油に関しては素人同然である。戦後満鉄から引き揚げて国岡商店に入った正明も石油は専門外だ。

しかし鐵造があえて二人を選んだのは、理由があった。なまじ石油に詳しいと、かえって専門知識に邪魔され、交渉がこじれる可能性があると見たのだ。今度の商談は普通の石油取引ではない。下手に商品知識があるよりは、むしろないほうがいい。石油という魔物に振り回されては、しくじる。大事なことは豪胆さと粘り強さだ。

正明と武知のイラン行きは一部の重役だけが知る超極秘事項とされた。国岡商店の幹部二人がイラン

に向かったということが公になれば、大騒ぎになる。セブン・シスターズに知られれば、彼らと提携し

ている国内の石油会社から、妨害を受ける恐れすらある。そうなればこの商談はつぶれる。二人は表向

きには北海道に営業所を新設するための出張ということにされた。敵を欺くためにはまず味方からだっ

た。武知は家族にもイラン行きを伝えなかった。

しかしイランへ潜入するのは簡単なことではなかった。そもそも当時の海外渡航は簡単に許可が下り

ず、複雑で面倒な手続きを経なければならなかった。

それらを日銀に提出し、担当官に口頭説明し、提出した書類は「海外渡航外貨割当審議会」にかけら

れる。それをパスしてはじめて外貨割り当てが決まり、ようやく旅券申請ができた。

揃えなければならない書類だけでも膨大なものだった。戸籍謄本、住民票、詳細な履歴書、医師の診

断書、最寄りの警察の証明書、それに、会社の海外派遣理由書と、それを証明する契約書、取り引き実

績の証拠書類、旅費見積もりとその全額を会社が負担する証明書、それが可能となることを示す銀行の

預金残高証明書が必要だった。

しかも、イランと日本は国交が回復しておらず、それどころかサンフランシスコ講和条約を結んでい

ない両国は、国際法上は戦争状態であった。したがって正規の手続きでは入国できず、第三国経由で入

国することになる。

武知は重役室に文書課課長の宇佐美幸吉を呼んだ。サンフランシスコにガソリンを購入するときに連

れていった部下だった。ちなみに宇佐美は徴兵で陸軍に入り、最終的な階級は伍長だった。当時の日

本はまだ軍隊の名残が残っていて、元下士官の宇佐美にとって元大佐の武知は「神様」みたいに怖ろし

106

い存在だった。

「宇佐美」と武知は言った。「今から誰にも漏らしてはいけない極秘任務を与える」

宇佐美は緊張して「はい」と答えた。

「俺と正明専務のイラン行きのための旅券を取れ。ただしイランへ行くことを係官に知られてはいけない。やれるか」

「やれます」

「これは大変な任務だ。ミスは許されない。それから超極秘事項だ。わかったな」

宇佐美は旅券を取るための必要な書類を揃えたが、いちばん大きな問題はどうやってイランへ入るかということだった。イランへ行くということでは旅券は下りないから、架空の目的地を作らなければならない。宇佐美はその場所をパキスタンに決めた。パキスタンのカラチでイラン大使館に行き、そこでイランへの入国ビザを取り、イランへ入るというルートを考えた。

しかしパキスタンに行く目的が必要だ。宇佐美は国岡商店の関連会社で使えないところがないかを調べた。すると店主の弟の達吉が福岡で「新国岡」という会社をやっていて、そこでオート三輪を販売していることを知った。

「これだ！」

宇佐美は、武知常務と正明専務がオート三輪の販売のためにパキスタンに渡るという目的をでっちあげた。宇佐美はパキスタン大使館に行き、入国ビザを申請したが、担当係官は「パキスタンはオート三輪なんか買わない」と言って、ビザの発行を拒否した。

「いや、販売するための交渉に行くのだ」

「パキスタンは貧しい国だ。オート三輪なんか不要だ」

　ここで引き下がるわけにはいかない。武知大佐に一喝されることも怖かったが、任務をまっとうでき

ないことはそれ以上に耐えられない。

「日本は七年前、戦争に負けて世界一貧しい国になった。しかし戦後、みんなで頑張って、ここまで復

興した。オート三輪は、パキスタンの発展に必ず役に立つことを信じる」

　係官の表情が変わったのを見た。

「日本の中古のオート三輪は安い。しかし優秀だ」

　係官は宇佐美の申請書を受け取り、入国ビザを発行してくれた。

「パキスタンのために尽くしてほしい」

　ビザ発行の際、係官は言った。宇佐美は「わかった」と答えながら、彼らに嘘をついたことに良心が

痛んだ。そして、いつか必ずパキスタンに恩返しするから、許してほしいと心の中で詫びた。

　宇佐美が奔走している間も、イランの状況はさらに緊迫の度を高めていた。

　十月十六日、モサデク首相は「イギリスとの外交関係が破綻した」と声明し、二十二日、「国交断

絶」を通告した。数日後、イラン駐在のイギリス大使館員家族が引き揚げ、イギリスとイランは一触即

発の事態となった。世界は最悪の結末を予想した。というのは前年の十月、スエズ運河をめぐってエジ

プトとイギリスとの間に軍事衝突が起こり、多数の死者を出していたからだ。

108

「店主、やはりイランの石油を買うのは危険です」

甲賀が言った。

「大丈夫だ。戦争にはならない」と鐵造は言った。「スエズ運河とは状況が違う。イギリスはイランの石油国有化をほぼ認めている。また国有化はアメリカをはじめ世界から承認されている。イギリスとイランの国交断絶は補償問題がこじれたからにすぎない」

実際、世界の石油会社がイランを訪れていた。その情報はコフマンから送られていた。鐵造はさまざまな情報から、イラン石油を購入することは国際法上でも道義的にも何の問題もないという確信を持った。もはや一刻の猶予もならない。イギリスの報復はたしかに脅威だった。各国の新聞に載せた「通告」は単なる恫喝ではないだろう。イランに軍隊を送り込むことはできないだろうが、タンカーを拿捕することくらいはやるだろう。現に六月には「ローズ・マリー号」を拿捕して積み荷を差し押さえている。それを目の当たりにした各国の石油会社は、イラン石油購入をためらった。その事件以降、イランと契約を結んだという情報は皆無だった。

しかし、イギリスを怖れては何もできないと鐵造は思った。国岡商店のために、日本のために、そしてイラン国民のために、今、自分がやらねば誰がやるというのか。

一方、イラン行きのためのパスポート取得に動く宇佐美は、外貨の割り当てに苦労していた。武知と正明の二人を輸出業者として送り出すことを決めてはいたが、本来、輸出業者なら社員海外渡航費や海外支店設置などのために自由に使える「優先外貨」があるが、輸入業者である国岡商店には、

それがない。しかし正式に外貨割り当てを申請すれば、国岡の動きは露見してしまう。そこでアメリカの海運会社に勤める日系アメリカ人に相談した。彼は了承してくれ、表向きは海運会社が武知と正明の渡航費を全額持つという「オール・ギャランティ」の申請をしてくれた。もちろん、その費用はアメリカにある国岡商店の営業所が支払うことになっていた。

宇佐美は外国の会社から「費用全額持ちの招待」の形を取るしかないと思った。

すべての書類を提出し、旅券が下りるまで一ヵ月半近くかかった。

十月の終わり、宇佐美は重役室に武知を訪ねると、

「武知常務、オート三輪の報告書です」

そう言って机の上に封筒を置いた。封筒の中に入っているのは二枚の旅券とビザだった。

武知は読んでいた資料から少し目を離すと、無表情で「ご苦労」とだけ言って、封筒を受け取った。

宇佐美が下がろうとすると、武知は小さな声で「待て」と言った。宇佐美が振り返ると、武知がにっこりと笑うのが見えた。武知が宇佐美に笑顔を見せたのははじめてだった。

「よくやった。さすがは宇佐美だ。俺が見込んだだけのことはある」

武知はそれだけ言うと、再び資料に目を落とした。

宇佐美は黙って一礼して引き下がった。しかし胸のうちには、嬉しさと仕事をやり終えた充実感が込み上げてくるのをはっきりと感じていた。

宇佐美が旅券の手続きをおこなっている間、鐵造はタンカーの手配に奔走していた。

ホスロブシャヒやマホニーたちが国岡商店に話を持ちかけたのは、国岡商店が日本で唯一タンカーを持っている石油会社だったからでもあった。しかしイランに日章丸を差し向けるわけにはいかない。日章丸は国岡商店のすべてがかかっていたからだ。もし、イギリスに拿捕されたら、国岡商店は石油購入の手段が断たれて破産する。それに日章丸は現在、アメリカに向けて太平洋を航海中だ。

つまりイランの石油を運ぶには、海運会社が持っているタンカーを国岡商店が借り上げるか、あるいは国岡商店の斡旋でイランにタンカーを購入させるしかない。しかもそのどちらにしても、極秘のうちにおこなわなければならない。イギリスやセブン・シスターズに知れたら、すべての計画は水泡に帰す。現にセブン・シスターズは、世界の船会社に対して、イラン石油を輸送する会社にタンカーを提供するなという露骨な圧力をかけている。

鐵造はタンカーを借りるなら飯野海運以外にないと思った。社長の俣野健輔は福岡商業の三年後輩で親しい仲だったからだ。当時、飯野海運は業界一の船腹量を持ち、タンカーだけで九隻、一四万総トンを擁していた。ちなみにこの年、日本が持っていた全タンカーは百三十九隻だが、総トン数は四一万トンだった。飯野海運は三四パーセントを占めていた。

この年、国岡商店はすでに飯野海運から「日南丸」（七〇〇〇トン）と「東亜丸」（一万四〇〇〇トン）の二隻をチャーターしていたし、両社は良好な関係を築いていた。しかも飯野海運の本社は鐵造たちが作戦本部にしていた「日活ホテル」の向かいのビルにあった。

兄から飯野海運と話をつけてこいと言われた正明は、さっそく、飯野海運の横江透常務に面会を申

し込んだ。

二人は「日活ホテル」の最上階の食堂で会った。正明は窓際の離れた席を取った。

食事が運ばれてから、正明は切り出した。

「実は飯野海運さんにお願いがあるのです」

「何でしょう」

「兄からのたっての願いでもあります」

横江は神戸高商で鐵造の後輩に当たる。奇しくも社長と常務が、福岡商業と神戸高商の後輩という不思議な縁だった。

「今うちが飯野海運さんからチャーターしている日南丸で、イランの石油を購入に行きたい」

横江は思わず箸を止めた。

「国岡さん、本気で言ってるのか」

「本気です」正明は言った。「このことはよそで言わないでもらいたい」

「ローズ・マリー号の事件は知っているでしょうね」

横江が訊ねた。

「もちろんです」

横江はしばらく沈黙した。

「もし、イギリス軍に拿捕された場合はどうなりますか」

「飯野海運さんが被ることになる損失は、国岡商店が面倒みます」

112

「イランとイギリスが戦争になって、タンカーが被害を受ける可能性もありますね。それを考えて戦争保険をつけたいと思います」

戦争保険とは正式には「船舶戦争保険」というもので、戦争に巻き込まれた場合の船舶の被害には、通常の保険は免責になるが、「船舶戦争保険」はその場合でも保険金が下りる。

「戦争保険は駄目です」と正明は言った。「このことは極秘裏に進めたいのです。保険会社から話が漏れるようなことがあっては、元も子もありません」

「もし拿捕された場合、国岡商店がその損害を補塡してくれるのですね」

「お約束します」

横江はしばらく考えたあとで言った。

「わかりました。日南丸をお貸ししましょう」

「ありがとうございます」

それが最初で最後になった。

横江はこの後すぐに仕事でアメリカに出張したから、正明と横江が日南丸のことで話し合ったのは、十月の終わり、鐵造と俣野社長の間で、正式に契約書をとり交わした。契約書には、もしイギリス軍に拿捕された場合、国岡商店は飯野海運に百二十万ドルを支払うと明記されていた。

契約書を交わした鐵造はほっと一息ついた。これですべての準備が整った。あとはイラン側と直接交渉するまでだ。しかし、と鐵造は思った。おそらく、これがいちばんの難所になるだろう――。

113

七、モサデク

昭和二十七年十一月五日の夕方、武知と正明が羽田空港から、パキスタンのカラチに向けて出発した。極秘の旅のため、空港には鐵造の姿も重役たちの姿もなかった。見送りに来たのは宇佐美ら三人だけだった。

「武知大佐、ご武運をお祈りいたします」

宇佐美はそう言って陸軍式の敬礼をした。武知は笑った。このとき、武知甲太郎は五十五歳、正明は五十二歳だった。

飛行機はスカンジナビア航空だった。中型のプロペラ機で、長距離は飛べず、途中、沖縄、バンコク、ラングーンに着陸して給油しなければならない。二十時間以上も乗っていたが、時差の関係で、カラチに到着したのは六日の朝だった。

その日は木曜日だった。イスラム教国では木曜日の午後はいわゆる〝半ドン〟である。翌日の金曜日は礼拝日のため、役所も会社もすべてが休みである。だからこの日の午前中にイラン大使館でビザを取らないと、土曜日まで時間を無駄にすることになる。

二人は空港からすぐに駐パキスタンのイラン大使館に向かった。大使館とは名ばかりの、ぼろぼろの小さなビルだった。入り口には警備員もいなかった。

正明がビザの申請をすると、応対に出た大使館員は「ビザは出せない」と言った。

「どういうことだ」と正明は言った。「本国から指示が来ているはずだ」

「本国からの指示は、アメリカ人のウィリス・マホニーとツー・ジャパニーズとなっている。ツー・ジャパニーズの名前は聞いていない」

「自分たちがそのツー・ジャパニーズだ」

正明と大使館員は互いに拙い英語でやり合った。

「マホニーというアメリカ人はどうした?」

「彼は急用で今回は来られなくなったから、自分たちだけで来た。疑うなら、本国に問い合わせてくれ」

「それでは本国に手紙を出してみる」

「それでは間に合わない」

大使館員はうんざりした顔で、「それなら電報を打つ」と言った。

「返事はどれくらいかかるのか」

「一週間くらいだろう」

正明は啞然（あぜん）とした。そんなに待てるわけがない。

そのとき、隣で黙って見ていた武知が、大きな声で、「ユー!」と言って、大使館員を指差した。

「われわれはモサデク首相に呼ばれてやってきた。もしも到着が遅れたなら、君の首が飛ぶぞ!」

大使館員の浅黒い顔が白くなった。

そしてすぐに奥の部屋に行くと、戻ってくるなり、「ビザを出す」と言った。

大使館員は二人の旅券にスタンプを押すと、収入印紙をハサミで二つに切り、二つの旅券にその半分を貼り付けた。

正明は一枚の収入印紙をそのように使う行為に、イランの貧しい経済状況の一端を見たような気がして、少し哀れに感じた。見ると、大使館員の服の袖は擦り切れていた。

旅券を手に入れてからすぐに飛行機の手配をしたが、ちょうど便がなく、結局二人がイラン航空の双発プロペラ機でカラチを旅立ったのは二日後の八日の朝だった。

客のほとんどがイラン人だった。多くが民族衣装を着ていて、背広姿の者は数えるほどしかいなかった。窓から眺める景色は茶色い山と砂漠ばかりで、緑はまったくないと言っていいほどない。パキスタンからアフガニスタン、イランへと続く土地は、まさしく荒涼たる土地だった。

やがて二人を乗せた飛行機は給油のためにイランのザヘダン空港に着陸した。二人はいったん飛行機から降りた。空港は砂漠の真ん中にあり、周囲に建物はひとつもなかった。ターミナルビルの代わりにテント張りの建物があるだけだった。その中に木製のベンチが二つ置かれていた。

これが世界最大の石油埋蔵量を誇る国の空港かと思うと、正明は胸を衝かれる思いだった。イギリスは五十年にわたって、この国の財産をほしいままに吸い尽くし、何も与えなかったのだ。イラン国民のイギリスに対する激しい憎悪の理由がわかる気がした。

給油を終えた機体は再び飛び上がり、しばらくすると、はじめて機内食が出た。アルミホイルに包まれたきつい香辛料がふりかけられたニワトリの足が一本とロールパン一個、それと紙コップに入った紅茶だけだった。パンは固くて水気がなく紅茶もやたら苦かった。

二人を乗せた飛行機は途中何度も大きく揺れた。正明は満鉄社員のころに何度か飛行機に乗ったこと

があったが、こんな不安な空の旅ははじめてだった。

日が沈み始めたころ、ようやく首都テヘランのメハラバラード空港に着いた。さすがに首都の空港だ

けあって、ターミナルビルは赤レンガ造りの立派な建物だった。しかし施設内部には方々に傷みが見ら

れた。空港内の照明の電球もいくつか切れていた。イギリスによる一年にわたる経済封鎖はイラン国民

の生活をぎりぎりまで追いつめていることが二人にも感じられた。

空港にはアメリカから先乗りしていたコフマンが迎えに来てくれていた。コフマンの横にはホスロブ

シャヒがいた。正明とは半年前の石橋邸で会って以来だった。もうひとりははじめて見る顔だった。コ

フマンの会社の弁護士のジョージ・C・バロンと紹介されたその男は、四十歳くらいの聡明そうなアメ

リカ人だった。

一行は人目を避けるように、すぐに車に乗り込んだ。

市内には自動車はほとんどなかった。道路の舗装はところどころ剝げ、そのたびに車はがたがたと揺

れた。道行く人々の顔にはどことなく生気が乏しいように見えた。街全体も活気が感じられなかった。

やがて車はテヘラン市街地を抜け、砂漠の道に入った。道の両側に見えるのは赤茶けた砂と石ばかり

で、木々や草はほとんどなかった。正明はその景色を見ながら、幼いころに読んだ「千夜一夜物語」を

思い出した。自分が今、その物語の舞台となった国に来ているということが信じられなかった。そうい

えば「千夜一夜物語」に出てくるアラジンの魔法のランプに使われた油は何だったのだろうと思った。

もしかしたら石油だったのだろうか。

四十分後、車は避暑地として知られるシミランという街に着き、二人は小高い丘にあるダルバンド・ホテルに投宿した。ダルバンド・ホテルは観光用の一流ホテルで、石造りの立派な建物だったが、外装もインテリアもメンテナンスが行きとどいていない印象だった。

ホスロブシャヒから、明日の朝九時、首相官邸でモサデク首相との会談が予定されていると聞かされた。イラン石油購入の国岡案はすでにイラン当局に提出しているとのことだった。

正明と武知はホテルのレストランで、ホスロブシャヒとバロンとともに夕食を食べた。料理は肉の入ったコロッケのようなものと茄子を炒めたものと、それなりに美味しかった。スープはヨーグルト風味のもので、いずれもはじめて食べるものだったが、それなりに美味しかった。

正明は武知らと簡単な打ち合わせをすると、それぞれの部屋に戻って休んだ。部屋は広く、調度品にもいいものが使われていたが、よく見ると壁紙はところどころ破れていた。窓枠には埃がうっすらとたまっていた。

ベッドに入った正明はなかなか眠れなかった。疲れきっているはずなのに、気が高ぶっているせいだった。明日は国岡商店の命運がかかった商談が始まるのかと思うと、全身が熱くなった。いや、兄が言っていたように、日本の石油業界とイランの将来もかかっているのだ——絶対に成功させなくてはならない。

翌朝、顔を洗った正明が鏡を覗き込むと、目が真っ赤だった。昨夜ほとんど眠れなかったせいだ。おまけに乾燥した空気に、鼻と喉が少し痛んだ。

ホテルで武知に会うと、彼は十分に睡眠をとったらしく、すっかり元気そうな顔をしていた。さすが

は兄が頼りとする男だ。

ホテルの玄関には、イラン国営石油会社から用意されていた車が待っていた。古いロールスロイスだ

った。車には正明と武知とホスロブシャヒ、それに昨日はじめて会ったアメリカ人弁護士ジョージ・

C・バロンが乗り込んだ。コフマンはこの日、ヨーロッパに出張にいくため、交渉には参加できないと

いうことだった。

一時間後、四人を乗せたロールスロイスはテヘランの首相官邸に到着した。

首相官邸は驚くほど質素なものだった。石造りの少し大きい公民館のような建物で、ブリヂストンの

石橋邸のほうが何倍も立派だった。

正明らは奥まった部屋に通された。そこは十畳ほどの広さの粗末な部屋で、調度品は何もなく、端に

は鉄製のベッドがあり、その傍らには古いラジオが置いてあった。この部屋がイラン首相モサデクのオ

フィス兼ベッドルームだった。

ベッドの上にパジャマを着たモサデクが座っていた。モサデクは就任以来続く激務が原因で病臥し

ており、国岡の代表者に会うために、この部屋を会談の場としたのだった。この日はこの後にも、アメ

リカの大使と会う予定があるということだった。

物静かな雰囲気を湛えた痩せた老人だったが、眼光の鋭さは異様だった。当時、シリアのクワトリ

（大統領）、エジプトのナギブ（首相）、そしてイランのモサデクは、「中東の三傑」と呼ばれていたが、

さすがにそう言われるだけの男だと、正明は一目見ただけで直感した。隣の武知をちらっと見ると、彼

もあきらかに緊張していた。

正明が自己紹介をして、握手のために右手を差し出すと、モサデクはその手を人差し指でちょっと触ってすぐに引っ込めた。正明は馬鹿にされたのかと思ったが、後にイスラム教徒はむやみに他人の肌にふれてはいけないための習慣だということを知った。

会談の前に、正明は持参した鐡造の手紙を読み上げた。それを武知が英語で通訳し、それをさらにホスロブシャヒがペルシャ語に通訳した。

「ムハンマド・モサデク首相閣下、われわれは貴国訪問を機会として、閣下に深甚なる敬意を表します。弊社は日本の民族独立と復興を信念として、石油業務をおこなっております。

閣下の絶大なご支援を願うものであります。また貴国の石油販売については最大の努力を為すことを誓います。閣下のご健康を祈ります。　国岡鐡造」

モサデクは手紙を聞き終えると、軽く頭を下げた。そして会談が始まった。

「イランの石油に、クニオカはいくら支払うか」

モサデクはいきなり訊ねた。

「国岡商店としては、『アメリカ・メキシコ湾岸』の最低公示価格を基準として、ＣＩＦの三〇パーセント引きで購入したいと考えています」

と武知は答えた。当時、石油の価格は「アメリカ・メキシコ湾岸」の積み出し価格が基本だった。石油そのものの価格の上に輸送料と保険料を加えた料金が「ＣＩＦ」と呼ばれるもので、これは輸出する地域によって額が違った。ちなみに戦前、ＣＩＦがもっとも高かったのは日本だった。

「それは安すぎる」

ホスロブシャヒの通訳を聞いたモサデクは言下に言い放った。

「値引きは二〇パーセントだ」

正明と武知は慌てた。『アメリカ・メキシコ湾岸』のCIFの三〇パーセント引きは二ヵ月前アメリカにいたホスロブシャヒから送られてきたイラン側との「契約草稿」に書かれていたものだったからだ。これでは話が違う。

「われわれは三〇パーセント引きという契約草稿を見てやってきた」と正明は言った。

「それは私の関知するところではない」

モサデクが提示する「二〇パーセント引き」は呑めない条件だった。イランまでの距離はアメリカ西海岸よりも遠い。その分、輸送料もかかる。それに今回の取引はリスクが高い分、保険料もかさむ。二〇パーセント引きの値引きでは利益は出ないどころか、もしかしたら赤字が出る恐れすらある。

正明らは契約草稿を盾に三〇パーセント引きを主張したが、モサデクは二〇パーセント引きを譲らなかった。会談は膠着状態になり、やがて部屋に重苦しい沈黙が訪れた。正明は、何か糸口がないものかと焦った。

そのとき、不意にモサデクが口を開いた。

「ローズ・マリー号の後、イランの石油を買いたいと多くの国がやってきた。われわれはすでに二十一の国と契約を結んだ」

それは意外な話だった。モサデクは続けた。

「しかし、実際にイランにタンカーを持ってきた国はひとつもない」

そう言ったモサデクの目は、正明には悲しみを帯びているようにも見えた。彼はもう期待することに倦み疲れているのだと思った。

「国岡商店はそんな信義のない会社ではない！」武知が言った。「われわれは信頼を裏切ることは絶対におこなわない。これが国岡商店の信念である」

しかしモサデクは静かに首を横に振るだけだった。結局、価格に関してはまったく平行線のまま、一時間の会談が終わった。モサデクは最後にこう言った。

「明日、あなた方が新たな提案を持ってくることを期待する」

首相官邸を退出すると、正明はいきなりホスロブシャヒを問い詰めた。

「君が二ヵ月前に送ってきた契約草稿に三〇パーセントと書いてあったのはどういうことだ」

「私もおかしいと思っている」

ホスロブシャヒは頭をひねりながら言った。

「もしかしたら、まだ首相のところにまで話が伝わっていないのかもしれない。しかしわれわれはイラン国営石油会社のトップと話を進めているから、大丈夫だ。契約はまとまると思う」

正明は弁解がましく言うホスロブシャヒの顔を見ながら、契約草稿に書かれていた「三〇パーセント」という数字は、もしかしたらわれわれをおびき出すためのホスロブシャヒの改竄かもしれないと一瞬思った。しかしホスロブシャヒの言うように、モサデクが知らないだけかもしれない。あるいはモサ

122

デクが駆け引きしている可能性もある。

いずれにしても、ここで引き下がるわけにはいかない。ここまで来たからには、何としても契約を成立させなくてはならない。

ホテルに戻った四人はあらためて作戦を練り直した。

「三〇パーセントという数字は考え直す余地はないのか」

弁護士のバロンが訊いた。

「いくらかは余地がある。しかしモサデクの言う二〇パーセントは絶対に呑めない。その数字で取り引きすれば、うちはおそらく赤字になる」

と正明は答えた。

「双方の数字が開きすぎているな」

バロンは仕方がないという顔をして言った。

ホスロブシャヒが「値引き以外の条件で、イラン側を納得させられないのか」と正明に訊いた。

「あるとすれば、タンカーだな」

「それだ」とホスロブシャヒが言った。

正明はイランがタンカーを欲しがっているのは聞いていた。それで、今回のイランとの商談では、いざとなれば飯野海運の日南丸をイランに斡旋する可能性も考慮に入れていた。百二十万ドルなら、おそらく飯野海運は取引に応じるはずだという計算もあった。

「しかしイランに百二十万ドルという金があるのだろうか」

「今のイランに、とてもそんな額のドルはないだろう」とバロンは言った。「イラン側はもともと石油でタンカーを購入したいという意向だ」

正明は弱ったなと思った。飯野海運は現金での決済でなければ承知すまい。せめて半分、いや三分の一くらいの現金は用意してもらう必要がある。

突然、ホスロブシャヒが「いいものがある」と言った。

「アバダン近くのホラムシャハルというところに最上級のスクラップ鋼材が二万五〇〇〇トンか三万トンはある。これを売却すれば、タンカー代金百二十万ドル以上になる」

それを聞いてバロンと武知が一瞬身を乗り出したが、正明は「それは駄目だ」と即座に言った。

「ぼくはかつて満鉄で鉄を売っていた、いわゆる『鉄屋』だ。スクラップ商売がどんなに難しいかはよく知っている。スクラップはそうとうな目利きがいないと、えらい目にあう」

武知がなるほどというように頷いた。

「今回は石油の取り引きに来ているんだ。鉄の話はやめよう。スクラップ鋼材の処分はホスロブシャヒに任せる。もし、必要なら国岡商店も協力するが、後の話だ」

ホスロブシャヒはわかったと言った。

「すると、結論としては、どうなる?」とバロンが訊いた。

「やはりタンカーしかない」と正明は言った。「タンカーを取り引きの条件に使おう」

翌日、四人は再びモサデクに会った。

正明はいきなり「タンカーを売りたい」と言った。

モサデクは最初怪訝（けげん）な顔をした。どうやらタンカーの話はモサデクの耳には届いていないようだった。

正明はモサデクに斡旋する予定のタンカー「日南丸」のカタログデータを渡した。それを見てモサデクの厳しかった顔つきに変化があらわれた。

正明はモサデクに一枚のメモを渡して言った。

「これが新しい提案です。メキシコ湾岸における最低公示価格を基礎として、ガソリン二五パーセント引き。その他の石油製品はすべて二九パーセント引き。それから日本からロスアンジェルスまでの運賃と、日本からアバダンまでの運賃の差額を値引きしてもらいたい」

この案は昨日、正明と武知が必死で計算して作ったものだった。

モサデクは正明から手渡されたメモを睨んだ。

「日本─ロス間の石油製品の運賃はトン当たり、七ドル六十セントかかります。日本─アバダン間は十ドル八十セントになります。その差額は三ドル二十セントになります」

モサデクは小さく頷き、「三ドル二十セントを超えない差額を支払おう」と言った。モサデクがはじめて見せた譲歩だった。

しかしガソリン二五パーセント引き、その他の石油製品二九パーセント引きに関しては、返事を保留した。しかし即座に断らなかったことで、正明と武知は手応えを摑んだ。

会談の終わりに、正明は「われわれは十三日に帰国する予定なので、十一日の午後五時までに回答をいただきたい」と言った。するとモサデクは「十二日の午前十時にもう一度来てほしい」と言った。

四人は了承して、官邸を退出した。

二日後の十二日、正明ら四人は午前十時に首相官邸を訪れた。

係官は四人をいつもの首相のベッドルームではなく、別の部屋に案内した。そこは部屋というよりは待合室のような感じで、大きな長椅子がいくつか置かれており、そこに数人のイラン人が腰かけて会話していた。

正明たちはその一隅に腰を降ろして待っていると、タカのような鋭い目をした四十がらみの精悍な風貌のイラン人が近づいてきた。

「石油を買いにきたのか」

男はロンドンなまりの英語でいきなり訊ねた。男の背広はくたびれ、ネクタイは手垢（てあか）でてかてかに光っていた。

「そうだ」と正明は答えた。

「イランの石油を安く買い叩くつもりなんだろう？」

「買い叩くつもりはない。これはビジネスだ」

「不当な要求をしているそうじゃないか」

「あなたはいったい誰なのか」

男は正明の質問に答えず、「なぜ、不当な要求をするのか」と重ねて訊いた。

「われわれは不当な要求はしていない。ビジネスは双方が納得する形でなければ、成立しない」

126

男は無遠慮な目で正明を見つめた。

気がつけば、いつのまにか待合室には正明たちを除くと、その男以外、誰もいなくなっていた。ホスロブシャヒが武知に何やら小声で話していた。正明は驚いた。

渉相手らしい」と教えてくれた。

「ホスロブシャヒによると、彼は国会議員ということだ」

正明はあらためて男を見た。とても国会議員には見えない。第一、名前も名乗らないし、名刺も渡さない。

「あなたがわれわれの交渉相手なのか」

武知が訊ねると、男はそうだと言った。それはおそらく本当だろうと思った。官邸の係官は正明たちをこの部屋に案内したし、モサデクもあらわれない。

「交渉相手なら、名前を名乗るのが当然だ。それに君が何者であるか、どんな権限を持つかを教えてほしい」

「私の名前はハシビイだ」男は言った。『対外石油販売委員会』のひとりで、石油販売に関しての権限を持っている」

ハシビイの名前を聞いたバロンは驚いた顔をした。そして正明に小さな声で、「彼は与党の国会議員で、モサデクに次ぐナンバー2の男だ」と告げた。

ハシビイは言った。

「首相は石油のことは詳しくない。そのため、私は君たちと交渉するために、今日、出張先のオランダ

のハーグから戻ってきた。これからは私が交渉に当たる」

正明は手強い相手があらわれたと思った。前日十一日の五時までに回答をよこさなかったのも、彼が帰国するのを待っていたのだ。

「仮に君たちの提案を首相が受け入れたとしても、私はノーと言える。それに君たちの提案は国会で否決される」

ハシビイの登場で、交渉は完全に振り出しにもどった。このままでは何も得るものもなく明日帰国することになりそうだった。切羽詰まった焦りに襲われた。隣の武知を見ると、彼もまた顔を強張らせていた。

「われわれは今、イタリアから三五〇〇トンのタンカーを買う交渉を進めているが、その代金は全額石油で支払うことになる」

ハシビイは正明たちにも、タンカーの代金を石油で支払うことを認めるようにほのめかした。正明はその言葉の中にハシビイの強がりを見た。

不意にハシビイがポケットから小瓶を取り出し、「ベンジン、ベンジン」と言い出した。

正明は彼が何を言おうとしているのかわからなかったが、イギリスではガソリンのことをベンジンと呼んでいるのを思い出した。

ハシビイはさらに別の小瓶を取り出して正明たちの前に出した。正明は彼がイランの石油がいかに良質であるかを示そうとしているのだなと思った。しかし正明も武知も石油製品の良し悪しを見きわめられるほどの専門的な知識は持ち合わせていなかった。

128

そのとき、正明は門司にいたころの兄が油の性質を調べるのに、紙の上に油を垂らして日に透かしたり、匂いを嗅いだりしていたのを思い出した。それで、ハシビイの小瓶の蓋を開け、ハンカチに垂らして、同じような仕草をしてみた。

すると、ハシビイの表情がにわかに変わった。正明を石油の専門家と見做したようだった。

「国岡商店とは、どのような会社なのか。どこから石油を輸入して、どれだけ販売しているのか」

とハシビイは訊ねた。

「昨年、われわれは五〇万キロリットルを販売した。輸入先はロスアンジェルスから約六〇パーセント、サンフランシスコから約四〇パーセント、あとは若干ヒューストンからだ」

「メジャーとの関係は？」

「われわれはメジャーとはまったく提携していない完全な民族系の会社だ」

「そういう会社は日本では少ないのか」

「日本の石油会社の六〇パーセントは完全にメジャー系である。残り三〇パーセントの会社はメジャーと半分程度提携している。民族系の石油会社は一〇パーセントだ」

武知はそう答えた後で言った。

「われわれはイランとともに、メジャーと戦っていきたいと思っている。だからこそイランの石油を購入したいと考えている」

「われわれの石油は完全にイランのものだ。イランが石油を国有化したときに在庫になっていた石油は、すべてイラン国内の消費に充てた。だからわれわれが外国に売る石油は、完全にイランの地下から

汲み出したもので、イギリス人の手はいっさい入っていない。だから所有権は完全にイランにある」

正明は、それなら以前の在庫の所有権は誰のものだったのかと思ったが、それは口にはしなかった。

交渉は再び膠着状態に入った。

「明日、もう一度、話し合おう」

ハシビイの言葉に正明たちも同意した。

翌日は帰国予定だったが、数日ずらすことにし、本社にその旨を電報で送った。今回、正明らと本社のやりとりは、通信の秘匿のためにすべて暗号を使用していた。暗号文を知らされているのは限られた者だけだった。この暗号を作ったのは武知と元ラジオ部の部長である藤本壮平である。旧中野学校の教官であった武知にとって暗号はお手のものだった。かつてラジオ修理を持ち込んで国岡商店に入った藤本も元海軍大佐である。二人は専門家でなくても使える便利な暗号を作った。

ハシビイとの二回目の交渉は正明たちが泊まっているダルバンド・ホテルでおこなわれた。午後一時の約束だったが、ハシビイがあらわれたのは、三時間も遅れた四時過ぎだった。

正明の部屋に集まったのは正明、武知、ホスロブシャヒ、バロン、ハシビイの五人だった。

正明と武知はハシビイに、石油ビジネスのことを詳しく説明した。これが前日に二人で打ち合わせていたことだった。イランはこれまでアングロ・イラニアンに経営のすべてを握られ、石油ビジネスのことは何も知らないはずだ。だから、世界の石油業界の現実を説明しようということになったのだ。

イランから石油を日本に運ぶ場合、多額の輸送費がかかる。これは日本で石油を販売する価格の約半

130

分を占めること、またモサデクが基本とするメキシコ湾岸の公示価格はロスアンジェルスの公示価格よりも安いことなどを説明した。

ハシビイはそんなことは知っていると言いつつも、二人の説明にじっと耳を傾けていた。

しかし交渉が始まると、両者とも譲らず、結局何の進展もないままに夜になり、続きは明日ということになった。

この日の会談が終わって、正明は激しい徒労感を覚えた。慣れないイランの食事と水のせいで、体調も良くなかった。

テヘランに来て六日間、まったく無駄に時間を過ごしているように思えた。これまでの四回の会談では、契約に辿りつけるような見込みはまるでなかった。イラン側の態度はまるで石油の大会社のようだった。なぜイランがこんなに強気なのか理解できなかった。

「もう駄目かもしれないな」

正明が呟くと、ホスロブシャヒは「諦めるな」と言った。「イラン人相手に交渉するのはタフでないといけない」

そしてこう付け加えた。

「ハシビイの態度に変化があらわれ始めている」

正明にはよくわからなかったが、同国人にはわかるものがあるのかもしれない。

「私もなんとかしてこの契約を成立させたいと思っている」とホスロブシャヒは言った。「もちろんそ

れは私の利益にもなることだが、それだけではない。イラン同胞を救いたい。祖国のために力になりたいのだ」

ホスロブシャヒの言葉には心がこもっていた。それを聞いて、正明は気持ちを新たにした。イランにとってもこの契約は大事なものだが、国岡商店にとっても非常に大きなものだった。

「わかった」と正明は言った。「粘り強くやろう」

「国岡商店にしても、ここが正念場だ。イランにとっても」

武知の言葉に正明は頷いた。

翌十四日、ハシビイとの三回目の会談で、正明たちはあらためて国岡側の提案を細かく書いた表を渡した。それを睨んでいたハシビイは突然、「数字がおかしい」と言い出した。

「おかしくはない」と正明は言った。「あなた方はイギリス流にロング・トンを使っているし、われわれはキロリットルの単位を使っている。表はキロリットルで計算しているが、油の比重も計算している」

ハシビイはしかし手帳を取り出して筆算を始めた。正明は呆れて武知を見たが、武知は「納得するまでやらせよう」と言った。

正明は必死になって計算しているハシビイを見ながら、何か哀れな気がしてきた。長い間イギリスに搾取され、今また経済封鎖を受けて孤立しているイラン人の心の中で膨れ上がった疑心暗鬼を目の当たりにした気がしたからだ。

132

で、非礼を詫びようともしなかった。

ハシビイは長い時間かかって計算していたが、やがて計算を終えると、「合っている」と言っただけ

「われわれは嘘をついたりごまかしたりする会社ではない」正明が言った。

「しかし会社というのは、利益の追求を第一に考えるところだろう」

「国岡商店はそんな会社ではない！」

武知がいきなり大きな声で怒鳴った。これにはハシビイも驚いた。

「国岡商店は七年前、戦争に負けてすべてを失った。日本中に失業者が一千万人も出た中、店主は千人

の店員をひとりも首を切らなかった。利益の追求を第一に考える会社がそんなことができるか！」

武知は厳しい口調で言った。今回の交渉ではじめて見せた激しさだった。ハシビイは大きな目で武知

を見つめていた。

「今も国岡商店は日本国のことを考え、国際石油カルテルと必死で戦っている。メジャーと手を結べば

楽に利益が出せるにもかかわらず、けっして提携しないでいる。そして今も危険を冒して、こうしてイ

ランにやってきているではないか」

ハシビイは黙って頷いた。彼が動揺しているのは正明にもわかった。

「しかし二〇パーセント以上は値引きすることはできない」とハシビイは言った。

「運賃の差額をイラン側が負担するなら、その数字に関しては譲歩する余地がある」

正明の言葉に、ハシビイは力なく首を横に振った。

交渉は再び膠着状態に陥った。ハシビイが思わず漏らした。

「自分は忙しい中で、貴重な時間を割いているのに——」

そのとき、ずっと黙っていた弁護士のバロンがテーブルを叩いて怒鳴った。

「貴重な時間を割いているのはわれわれも同じだ、この交渉のために、はるばるテヘランまでやってきたのだ」

ハシビイは黙った。

しばらく部屋に沈黙が続いたが、不意にハシビイが言った。

「あなた方はいろいろな数字を出してくるが、本気でタンカーをペルシャ湾に持ってくる気があるのか」

「契約が成立したら、必ずタンカーを派遣する」

ハシビイが首を横に振った。

「みんな、そう言う」

「われわれは本気だ」

「これまで、多くの国と契約した。われわれは値引きで大きく譲歩もした。しかし現実にタンカーを寄こしたところはない。われわれは騙され続けた。皆、有利な契約だけを欲して、実際にはタンカーを寄こそうとしない」

ハシビイの表情には怒りの感情が浮かんでいた。しかしその裏に悲しみが潜んでいるのを正明は見逃さなかった。

「もしイギリスの封鎖を突破してタンカーを寄こすなら、われわれは石油を即座に渡すだろう。支払い

134

は後でもいい」

ハシビイの気持ちが揺れていると正明は思った。一瞬、武知と目を合わせた。

ハシビイは続けた。

「イランの石油取り引きが安全なものとわかれば、いくらでも契約してくる国はあるだろう。そんな相手に大きなディスカウントはできない。われわれは今すぐイランにタンカーを寄こす勇気のあるものに石油を安く売る。あと七、八ヵ月もすれば、イランへの経済封鎖も終わるだろう。あなた方がそのころになってタンカーを寄こすつもりでいるならば、有利な契約を結ぼうというのは虫が良すぎる」

正明は、ついにハシビイの本音を引き出したぞ、と思った。

八、決断

十一月十九日、正明と武知はイランから大きな土産を持って帰国した。土産はイランとの契約の手応えだった。ハシビイに、契約の成立後六十日以内に必ずタンカーを寄こすと正明が明言したとき、彼は態度を大きく軟化させた。さらにチャーターしている日南丸のカタログデータを見せると、ハシビイはそれを食い入るように見た。

「もし、国岡商店が本当にタンカーをペルシャ湾に送るなら、価格に関しては考えよう」

ハシビイはついにそう言った。正明は、いったん本社に戻って契約草稿を作り、再度イランにやってくると言うと、ハシビイは、待っていると答えた。別れ際にハシビイはこう言った。

「われわれは二パーセントや三パーセントの差額の問題で、この交渉を打ち切る気はない」

正明と武知から詳細を聞いた鐡造は、さっそくニューヨークのコフマンに連絡し、本契約のための草案作成を依頼した。草案はハシビイとの交渉に同席したバロン弁護士が作成することになった。当時はテレックスもなく、東京とニューヨークの間で、何度も郵送で草案のやりとりをした。

そのやりとりの手紙の中で気になる一文があった。それはコフマンが新木栄吉駐米大使（元東京電力会長、後、日銀総裁）に会って、このことを話したというものだった。おそらく今後日本でビジネスを

136

続けていく上で、ややこしいことにならないようにとの配慮だったのだろうが、鐵造は少し嫌な予感がした。新木大使の口から外務省に漏れる可能性を怖れたのだ。鐵造は急がねばならないと思った。

草案がようやくでき上がったのはその年の暮れ、十二月三十日だった。

その間、イランの石油に関して、国際状況に大きな変化があった。十二月六日に、アメリカの国務省が「アメリカの石油会社がイランの石油を購入することに反対しない」という発表をしたのだ。これまでアメリカ政府は自国の石油会社がイランの石油の供給を受けることを禁止していたから、これは大きな政策転換だった。イランの石油国有化は国際的に徐々に既成事実化していた。しかし国務省は同時に、「イランの石油を購入した会社はイギリス政府によって法的措置が取られるかもしれない」と警告もしていた。

年が明けて昭和二十八年一月九日、また大きく流れが変わった。前年六月、イギリス海軍によって拿捕され、アデンに強制入港させられていたイタリア船籍の「ローズ・マリー号」の裁判の判決が出たのだ。アデンの最高裁判所の判決は、「ローズ・マリー号が積んでいた石油は、アングロ・イラニアンの所有であるから、同社に返還すべし」というものだった。

この判決はイランの石油購入を狙っていた世界の石油会社を怯ませるに十分なものだった。今後、イラン石油を積み込んだ船に対して、イギリス海軍が片っ端から拿捕をおこなうのは火を見るよりもあきらかだった。

「店主、よくないニュースですね」

甲賀の心配を鐵造は問題にしなかった。

「アデンはイギリスの直轄地だ。アングロ・イラニアンはイギリスの国営会社のようなものだから、自国に有利な判決を出すのは当然だ。これはむしろイギリスの横暴を世界に発信したようなものだ」

「すると、イラン石油の購入はそのまま進められるのですね」

「もちろんだ」と鐵造は言った。「ただし、今後はいっそう隠密作戦で行く。われわれの動きをイギリスに察知されたら、お終いだ」

翌一月十日、東京の雅叙園（がじょえん）ホテルで、垣内外務次官はある財界の懇親パーティーに出席していた。

来賓挨拶に立ち、短いスピーチを終えた後、壇上から降りて親しい者たちと歓談していると、情報通信課の黒澤課長がそばにやってきて、お話があります、と小さな声で言った。

「何だ」

黒澤は、この場では話すことはできないという素振りを見せた。

垣内は歓談していた者たちに、「ちょっと失礼」と言ってから、その輪を抜けた。

廊下に出た垣内は黒澤に訊ねた。

「大事な話なのか」

「一時間前にワシントンから国際電話があったのですが、日本の石油会社がイランと接触しているようです」

少しほろ酔い加減だった垣内の顔色が変わった。

「それはどこだ？」

「まだ確認中です」

「アメリカ政府はそのことを知っているのか？」

「いえ、まだアメリカ政府もイギリス政府も知りません。アメリカの民間コンサルタント会社からの情報のようです」

「もし、本当に取り引きがおこなわれでもしたら、イギリスとの外交問題に発展するぞ」

黒澤は頷いた。

サンフランシスコ講和条約が発効して日本が正式に独立してまだ一年も経っていない。ちょうど占領中に結ばれた不利な貿易協定を改定するための日英交渉が始められようとしており、このタイミングでイギリスと揉めたら厄介なことになる。

それに六月にはエリザベス二世女王の戴冠式（たいかんしき）がおこなわれる予定で、日本から明仁皇太子（あきひと）が天皇の名代（だい）として参列される。この戴冠式参列は、戦後の日本が晴れの国際社会の盛大な儀式に参加する初の国家的行事であった。もし日英の間がこじれて、皇太子の招待が取り消されるような事態にでもなれば目も当てられない。

「大至急、情報を集めろ」

垣内は去っていく黒澤の後ろ姿を見ながら、賤（いや）しい商人が、と心の中で毒づいた。奴らにとって国家のことなどどうでもよい、ただ自社の利益しか考えていないのだ。

二月六日、正明と武知は本契約成立に向けて、再びテヘランに入った。二人より一足先にニューヨー

クからテヘラン入りしていたバロン弁護士とホスロブシャヒが出迎えてくれた。

翌日、交渉場所のイラン国営石油会社を訪れると、交渉相手はハシビイではなかった。二人を待っていたのは、イラン国営石油会社の重役たちだった。ひとりは営業部長アボス・パーヒデーで、もうひとりは法律顧問の弁護士だった。

驚いたことに、交渉はまた一から出直しだった。正明らは呆れた。最初はモサデク、次はハシビイ、そして今度はイラン国営石油会社の重役ときて、その都度、交渉が初めから繰り返されるのだ。しかしすでにイランとの交渉のやり方を摑んでいた正明らは慌てなかった。

イラン側は最初、国岡商店の要求を不当だと主張したが、交渉を重ねるたびに譲歩した。イラン側の譲歩の背景には、一月のアデン判決も影響していたのかもしれない。

国岡商店とイラン国営石油会社はさまざまなケースをひとつずつ検討していった。そして一週間のやり取りの末、二月十三日、ついに双方がすべての点で合意にいたった。

何十ページにわたる契約書は複雑なもので、さまざまな条件が多岐にわたって記されていたが、基本的に、正明らが初期に主張した「アメリカ西海岸の公示価格」のCIF価格の三〇パーセント引きのラインにほぼ近い価格で合意することができた。正式調印は翌日の十四日と決まった。

三ヵ月にわたったタフな交渉がついに終結を見た瞬間、正明はほっとして全身の骨が外れていくかのような錯覚を覚えた。長い会社員生活で、これほどハードな交渉をしたことはない。そして生涯二度とないだろう——。

そのころ、東京では日活ホテルの作戦本部を揺るがす大事件が起こっていた。飯野海運が日南丸のチャーターを断ってきたのだ。

その報せを聞いた鐵造はすぐさま日活ホテルの向かいにある飯野海運に乗り込んだ。しかし社長の倅野は不在で、代わりに副社長の三盃一太郎が応接室で対応した。

「三盃さん、日南丸をチャーターできないとはどういうことです」

鐵造は訊ねた。

「いや、大変申し訳ない」三盃は平謝りに言った。「機関室にトラブルが発生して、修理のためにドックに入ってるんです」

「あんた、噓が下手だな」

「何ですって?」

「ここに来る前に、日南丸のことは調べてある。ドックなんかには入っていないし、機関室のトラブルも起こっていない」

三盃は何も言わず顔をしかめた。

「いったい、どういうつもりなんだ」

「とにかく、日南丸は出せない」

三盃は開き直って言った。

「あんたんとこは出すと言ったじゃないか」

「イラン情勢は今、最悪じゃないですか。アングロ・イラニアンは世界中の新聞に広告まで出して、イ

ラン石油の買い付けを許さんと言っているし、あらゆる手段を用いると言っているではないですか」

「あれはイギリスの脅しです。国際法上、何の権利もない。イランの石油はイランのものです。世界もそれを認めている」

「ローズ・マリー号の裁判はどうなります?」

「茶番ですな」

日南丸が拿捕されたら、茶番ではすまない」

「もしそのときはうちが百二十万ドルを支払うと言っているではないですか」

三盃は答えなかった。

「飯野海運は損をしないはずだ」

三盃はそれにも答えなかった。鐵造はかっとして言った。

「あんた、うちには契約書があるんだよ」

「国岡さん、契約書を盾にして言うつもりですか」

三盃の口調には、いざとなれば裁判も辞さないという意思が見えた。鐵造は怒鳴りつけたいのを必死でこらえた。ここでことを荒立てるわけにはいかない。裁判など起こせば、イラン行きの計画がすべて白日の下となってしまう。

「わかった。もういい」

鐵造は言った。

「ただし、このことは他言はしないでもらいたい。もし漏れたら、そのときは裁判を起こす」

三盃は黙っていた。
このとき、飯野海運がなぜ契約を反故（ほご）にしたのかは不明である。三盃は死ぬまでその理由を口にしなかった。

鐵造は日活ホテルに戻ると、今回の作戦に参加している重役たちを集め、状況を説明した。
部屋は重苦しい沈黙に覆われた。
東雲もまた大きなショックを受けていた。武知常務や正明専務がイランで苦難の末にようやく契約を成立させようとしているときに、イランへ差し向けるタンカーを失ったとなれば、契約はすべて吹き飛ぶ。必ずタンカーを派遣すると言った約束を違（たが）えることは、国岡商店、いや日本人の信義を失うことにもなる。

「飯野海運が断った理由は何でしょう」
と東雲は訊ねた。

「三盃は何も言わなかった。しかし、政府からなんらかの圧力がかかったと見ていいだろう」
部屋の空気はいっそう重くなった。もし政府が飯野海運に圧力をかけてきたとなると、このビジネスの前途はそうとうに厳しいものとなる。あるいはセブン・シスターズが組織する国際石油カルテルからの恫喝があったのかもしれない。
部屋にいた多くの重役たちも沈痛な面持ちだったが、なかには、どこかほっとしたような表情を浮かべる者もいた。東雲はそれを見ながら、それも仕方がないと思った。今度のプロジェクトは下手すれ

ば、国岡商店が破滅するかもしれない危険なビジネスだ。飯野海運がタンカーを出さないと言い出したことで、国岡商店が救われたと考える者がいたとしても責めることはできない――。

沈黙は数分以上続いた。

「日章丸だ」

鐵造が呟くように言った。一同が顔を上げた。

「日章丸をアバダンに送る」

鐵造の言葉に、重役たちは顔を強張らせたが、鐵造は表情ひとつ変えなかった。東雲はしかし店主がその言葉を発する数分間に、あらゆることを考え、そしてすべての責任を自らが負うという決死の覚悟をしたのを感じた。

東雲は今、国岡鐵造という一代の傑物の、生涯でもっとも美しい決断の瞬間を見た、と思った。

イラン国営石油会社からダルバンド・ホテルに戻った正明らは、ホテルのフロントで電報を受け取った。電報は店主からのもので、暗号ではなく平文だった。

電文にはこう書かれていた。

「Sanbai changed attitude suddenly」

サンバイというのは飯野海運の三盃一太郎副社長であるのはすぐにわかった。直訳すると、「三盃、態度を突然変更した」ということになる。鐵造はよく冗談で謎めいた「警句」を手紙や電報で送ることがあった。これもその類だと正明は思った。

「それにしても、今回のはちょっと意味がわからんね」

正明は笑った。しかし武知は電報をじっと見つめていた。

「これはもしかすると——」武知は言った。「日章丸を出すということではないか」

「何ですって！」

「三盃副社長が態度を変えたということは、飯野海運がなんらかの事情で日南丸をキャンセルしたのだろう」

正明は慌てて電報を読み直した。たしかに武知の読み以外に考えられなかった。

「そんなことが——」

あとは言葉にならなかった。

鐵造は東雲を店主室に呼び、もし日章丸が拿捕された場合、国内の石油製品の供給はどうなるかを質問した。東雲はそのことはすでに調べていたのか、即座に答えた。

「消費者への供給は約三割削減されます。海外からの輸入がすべてストップすると、約七割の削減になります。しかしながら、在庫分と国内の仕入れでつないでいけば、三割削減で六ヵ月持ちます」

鐵造は黙って頷いた。

「しかしながら、日章丸を拿捕されたなら、国岡商店は破産を免れません」

「半年あればなんとかなる」

鐵造が考えていたのは、店員たちのことだった。半年あれば、彼らの身の振り方を案配できる。国岡

商店の店員たちの優秀さは折り紙つきだ。鐡造が石油業界に頭を下げて回れば、彼らが新たな職を得ることができるだろう。

日章丸が拿捕されれば国岡商店は倒産することになるが、日本人が信義を果たす国民であることをイランの国民は知るであろう。そして、このことは必ず両国の今後の友好関係にとって大きな力となる。

それだけでも日章丸を派遣する意味はある。

「よし」

鐡造はそう呟くと笑みを浮かべた。それから東雲を見て、「六十七歳で乞食になるとは思わなかったよ」と笑いながら言った。

しかし東雲は真面目な顔で、「そのときはお供いたします」と答えた。鐡造は東雲が本気で言っているのがわかった。

実は鐡造が最後まで決断を迷ったいちばんの理由は、日章丸の乗組員の安否だった。

もし、イギリス海軍が日章丸を沈めにかかる可能性がわずかでもあるなら、このビジネスは潔く諦めるつもりだった。しかしこの一年の世界情勢を見るかぎり、それはないと確信した。

「店主、ひとつお聞きしていいですか」

「何だ」

「なぜ、イランとの取り引きを急ぐのですか」

「イギリスが経済封鎖を受けて一年が経つ。もうギリギリの状態で、これ以上は持ちこたえられないはずだ。イギリスはそれを待っている。このままではイランはイギリスに屈服するか、あるいはモサデク政

146

「権が倒れるだろう」

「はい」

「だからこそ、国岡商店は今、イランに乗り込まねばならない。日章丸は国岡商店とイランを救うことになるだろう」

東雲は店主の言葉に頷きながら、あるいは日章丸はイランと国岡商店を滅ぼすことになるかもしれないと思った。

二月十四日、正明たちが契約書調印のためにイラン国営石油会社に出向くと、営業担当部長のパーヒデーが驚くことを言った。

「調印は明日にしてほしい。実は契約書の最終チェックがまだ済んでいない」

あまりにも意味のない時間の引き延ばしだった。彼らは契約書に調印することを、さしたる根拠もなく臆しているだけだと正明は思った。

「それは有り得ない話だ」武知常務が厳しい口調で言った。「今日、調印することは昨日決めたはずだ。われわれはこれ以上は待てない。予定どおり、本日帰国する」

国営石油側が慌てて引きとめたが、二人は車を拾って、空港に向かった。

ところが空港に着くと、航空会社がチケットを発行しなかった。国営石油が空港会社に連絡してチケットの販売をストップしていたのだ。もっとも正明らにしても本気で日本に帰国する気はなかった。一時パリにでも滞在しておこうと思っていたのだ。

結局、調印は翌十五日におこなわれた。なぜか契約書の日付は十四日になっていた。契約書はイラン国営石油会社がタイプしたもので、外交文書と同じように各ページごとに双方代表がイニシャルを記していくものだった。

この契約書には、「売買契約の基本精神」として、「イラン石油の堅実かつ継続的供給を確保し、またその販売増加に相互協力し合うこと」とし、とくに「買い手をして買い手の市場における競争的地位を維持せしめること」と明記されていた。

契約の有効期間は九ヵ年となっていたが、「それ以前に双方同意により終息せざるかぎり、そのときにおいて相互協議の上、更新することを得る」となっていた。

取引量は無制限。価格は「競争的地位を維持せしめる」という基本方針に則って、最初の十八ヵ月に取り引きする七十五オクタン価以上のガソリンがキロリットルあたり約七千百三十三円（米ガロン当たり七・五セント）と決められた。これは輸送料を加算しても、国際価格より約三割安いものだった。ガソリン以外の石油製品についても、ほぼ同様の条件だった。これは国岡商店にとって、破格の契約だった。

四十年の国岡商店の歴史の中でも、これほどの契約を結んだことは一度もなかった。ただし、これを実行するために乗り越えなければならない障壁はまだまだあった。そしてその成功の可能性はあまりにも低かった。

148

九、サムライたち

国岡商店は日章丸をイランへ派遣するための具体的な検討に入った。

鐵造は今まさに自らの生涯でもっとも困難なことに立ち向かおうとしているのを自覚していた。これに失敗すれば、国岡商店はつぶれ、六十七歳の自分は全財産を失う。いちばん末の娘はまだ十二歳だ。

いや、国岡商店や自分のことなど小さなことだ。もっとも大きなことは、これに失敗すれば日本の石油業界がメジャーに蹂躙され、経済も産業も彼らに首根っこを押さえられてしまうことだ。そしてイランは永久にイギリスに従属することになる。誇りあるイラン国民は再び荒れ果てた砂漠の中で、泥の家に住み、城のような製油所を見上げて生きることになるのだ。それは断じて許されることではない。

契約書には、「契約成立から二ヵ月以内に、国岡商店は少なくとも四万五〇〇〇バレルの石油製品をイランから積み出す」ということになっていた。ということは、日章丸は四月十三日までにはアバダンに着いていなくてはならない。日本からアバダンまでの約一万二〇〇〇キロを航海するには、二十日はかかる。すると三月二十日前後には日本を出港しなければならない。つまりわずかひと月あまりですべての準備を終えなければならないのだ。

鐵造は船舶部の村田善次部長を日活ホテルの作戦本部に呼んだ。船舶部は日章丸の完成と同時に新た

に設けた部署だ。新田船長以下の乗組員たちも船舶部に所属する店員だった。

「日章丸をイランに運びたい」

村田はその一言ですべてを察した。

「極秘裏に運べるか」鐵造は訊ねた。

「途中で一度も寄港せずにイランまで行くことは十分可能です」村田は答えた。「ただ、正午問題があ

ります」

「正午問題とは何だ？」

「GHQの要請で、日本のすべての船舶は正午の位置を海運局に毎日報告しなければならないのです」

「そんな規則があったのか」鐵造は呆れた。

「占領時代の名残ですが、講和条約後もなぜか残っているのです」

鐵造はうーんと唸った。そんな規則があるなら、日章丸の行動はGHQに筒抜けになる。

「しかし、たしか罰則はなかったはずです。それにGHQの命令ではなく、要請です」

鐵造の眼鏡の奥の目が光った。村田は阿吽の呼吸で頷くと、力強く言った。

「正午報告は無視します。いざとなれば、私が責任を負います」

鐵造はここにも誇らしい国岡の店員がいたと思った。

日章丸を秘密裏にイランに派遣することは可能であることがわかったが、いちばんの問題は船長と乗

組員だった。彼らが乗船を拒否すれば、すべてはご破算だ。鐵造は日章丸の処女航海のときに見た新田

辰男船長の顔を思い浮かべた。白い髭を生やした豪快な男だった。たしか辰年だったから今年六十一

150

歳、普通ならとっくに船を降りて引退していてもおかしくない。

その新田船長が乗る日章丸は今、ロスアンジェルスからガソリンを積んで、太平洋を日本に向けて航海中で、帰国予定は三月半ばだった。イランへ向けて出港するまで余裕は数日しかない。新田船長に断られれば、短期間で、しかも秘密のうちに新しい船長を探すことは至難のわざだ。つまり新田船長の乗船拒否は、イランとの商談がつぶれることを意味していた。重役たちは代わりの船長候補を探しておくべきだと言ったが、鐵造には、新田船長は断ることはないだろうという確信に似たものがあった。

一方、正明はイランから帰国するなり、保険を取り付けるために奔走した。

彼が向かったのは、当時、国岡商店の保険の七割を受け持っていた東京海上火災保険会社だった。正明が藁にもすがる気持ちで東京海上火災保険会社を訪ねたのは、同社の和田正義常務が正明の東筑中学・東京高商の一年先輩だったからだ。大正当時、東筑中学から東京高商に進む者は滅多にいなかったが、和田は腕試しのつもりで受けてみたら合格したという。和田を兄貴分として慕っていた正明は、それに大いに触発され、一年後和田を追って同じ東京高商に進学したのだった。

実は正明はイランへ旅立つ前にも、何度か和田に会い、個人的に保険の相談をしていた。ただ、それはあくまで「仮定の上で」という相談だった。しかし今回は正式な保険の申し込みだ。いかに学生時代からの先輩後輩の仲とはいえ、情実でまとまる話ではない。

「和田さん、今日は真面目な話があって、やってきました」

東京海上の応接室で向き合うなり、正明は言った。

「いったいどうしたんだ、深刻な顔をして。イランとの話でもまとまったのか」

「はい」と正明は答えた。「一週間前に契約を終えました」

和田は一瞬絶句した。

正明から、国岡商店がイランの石油を買いたがっているということは聞いていたが、実現はしないだろうと思っていた。まさか、本当にやってのけるとは、さすがは国岡商店だと思った。正明の兄の国岡鐵造という男は噂どおりのすごい奴に違いない。

「君がうちに来たということは、保険をかけたいということだな」

「そうです。日章丸に保険をかけたい」

「日章丸には一年契約がついているから大丈夫だが、問題は戦争による免責だな」

普通の保険では、戦争による被害の場合は保険会社は免責される。つまり正明は日章丸が撃沈されることも考えているということだ。そのためには「戦争船舶保険」という保険に入っていなければならない。

『戦争船舶保険』は割増金さえ払えば、大丈夫だ」

和田の言葉に正明は頷いた。

「ただ、ローズ・マリー号のように、積み荷が差し押さえられ、それが裁判で『盗品だから返却せよ』という判決が出たような場合は、保険は下りない」

「つまり、それ以外のケースなら、保険は下りるということですね」

「基本的には下りる」

和田はしかしそう言った後で、難しい顔をして腕組みした。「しかし、この保険は保険会社にとって

152

も実に危険な代物だ」

「和田さん、保険を受けてもらえませんか」

和田は組んでいた腕をほどくと言った。

「受けよう」

「本当ですか」

「ただし、条件がある。国岡商店がかけている全部の保険をそっくりうちに任せてもらいたい」

「全部ですか」

「東京海上に限らず、どの保険会社もそうだが、大きな額の保険は必ずロンドンのロイズに再保険をかける。この関係書類はタイプにしてロンドンの東京海上の代理店に郵送するが、ふつう再保険が下りるまで一ヵ月くらいかかる。しかし、ロンドンでは日章丸がイランの石油を積みに行ったことが筒抜けになる。ただ法律的にはロンドンの代理店とは一年間の特約だから、第一船については、この特約規定によって再保険が付く。しかし第二船以降はどうなるか見えない」

「はい」

「しかもこの第一船にしても、イランの石油ということがわかれば、イギリス政府が再保険を受けるなと圧力をかけてくる恐れもある。わが社はその『再保険キャンセル』に対応するつもりだ。そのためにも国岡商店のすべての保険をわが社に任せてもらいたい」

「わかりました。国岡商店のすべての保険を東京海上さんにお任せします」

数日後、和田が東京海上の重役会議の席上、イランの石油を買いに行く国岡商店の日章丸の保険を受

けると言ったとき、何人かの重役が反対した。

「これは保険の約款に抵触する品だ」

ひとりが言った。

「和田さんもご存じのように、輸出入品の保険は英文証書で発行するのが慣習だが、そこには『アコーディング・ツー・イングリッシュ・ロウ・アンド・ユースィズ』という条項があります。これはつまり、イギリスの法慣習に従うというわけだ。したがって、イギリスから見れば、イラン石油は違法のものであるから、保険の対象にならない」

何人かの重役が、うんうんとばかりに頷いた。

「違います」と和田は言った。「その文章の続きにはこうあります。『この保険から生じた損害発生の場合には』と。つまり、契約そのものの成立にかかわる問題ではないのです」

それでもなお反対する者がいたが、和田は「責任は私が取ります」と言って、保険を認めさせた。

しかしその会議の後、和田はアメリカの保険会社は、元請け、再保険ともに引き受けない決議をした」という記事を見つけた。そこで和田はアメリカの保険会社に再保険を肩代わりさせようと、電報を送った。

アメリカの保険会社は受けるだろうという読みが和田にはあった。というのは、イランをあまり追い詰めると、ソ連に助けを求めて共産化するのではないかという危惧をアメリカが持っていたからだ。そ
れはアメリカの世界戦略として歓迎すべきことではないはずだ。

翌日、アメリカの保険会社から「再保険を受ける」という電報が届いた。

154

和田はふうっと大きな息を吐きながら、椅子に大きく凭れた。中学時代の後輩の顔を思い浮かべながら、正明よ、保険は下りたぞ、と心の中で言った。

あとは見事、イランの石油を運んでこい！

待望の保険は下りたが、国岡商店のイラン石油購入にはまだ大きな壁があった。

それはイランに支払う外貨をどうするかという問題だった。これはある意味でいちばん大きな難所だった。金がなければモノが買えないのはあらゆる商売の常識だった。

国岡商店がイランに支払う石油代金は、ドルと円が半分ずつという契約だった。円のほうはイランが必要とする日本の物資を買い付ける一種のバーター取り引きだったが、問題はドルだった。常識的に見ても、石油業界のバランスを大きく崩しかねないイランの石油輸入のために外貨が下りるとは考えられなかった。まして、今回の国岡商店のイラン石油購入は、ひたすら秘密裏におこなってきた。そんな購入計画に外貨が割り当てられるものだろうか。

外貨割り当ての担当は昭和二十四年に商工省から名称が変わった通産省である。国岡商店は商工省時代から鉱山局の石油課とはうまくいっていなかったが、外貨担当は貿易局の輸入課だった。

東雲が輸入課に赴き、輸入課の倉八正課長（後、石油公団総裁）に会った。倉八は九州出身で第五高等学校の後輩だった。東雲はこれまでにも何度か倉八に会っているが、豪放磊落なこの男には好意を持っていた。

東雲は単刀直入に言った。

「このたび、国岡商店はイランと石油購入の契約を交わしました」

「そうですか」

倉八は驚いたような顔で言ったが、すぐに破顔した。東雲は倉八が愛国者と言われていることを思い出した。

「通産省としては、どこの国が最初にイランの石油を買うことになるかと見守っていたのですが、まさか日本の会社が買うことになるとは思っていませんでした」倉八は愉快そうに笑った。「しかし、もし日本でそれをやるところがあるとすれば、国岡商店さんのところだろうと思うとりました」

東雲は苦笑した。

「しかしわが社は今、外貨が足りません。なんとか外貨を割り当ててもらう必要があるのです」

倉八の顔から笑顔が消えた。

「外貨割り当ては簡単な問題じゃありません」

「わかっています」

「日本は今、石油が喉から手が出るほど欲しい。しかし石油業界はほとんどメジャーに押さえられて、供給が需要に追いつきません。だからこそ、通産省としては、国岡さんとこがイランの石油を持ってくるのは大歓迎です。しかし——」

倉八はそう言って腕を組んだきり、押し黙った。

東雲はじっと倉八の顔を見た。外貨割り当てが無理となれば、この契約は流れる。

「わかりました」と倉八は言った。「外貨の件はなんとかしましょう」

「本当ですか」

倉八は頷いた。

「ありがとうございます」

「礼を言うのはこっちです。日本のために、よくぞやってくれました」

倉八が一礼した。

「契約にこぎつけるまで大変な苦労があったでしょう。いや、本当に大変なのは、これからでしょう。日本のためにもぜひ頑張ってください」

倉八の温かい言葉に、東雲は思わず涙がこぼれそうになった。

倉八課長から、国岡商店のイラン石油購入の外貨割り当ての指令を受けた若い課員の間淵直三（後にまぶちなおぞう

東京工業品取引所理事長、防衛庁装備局長）は驚いた。

「すごいことです」二十九歳の間淵は興奮して言った。「日の丸を掲げた日章丸がイランに行くなん

て、これほど痛快なことはないです」

「この件は絶対の極秘事項だ。どこにも漏らすな。同じ通産省の中でもだ」

「わかっています」

間淵も、石油に関してはメジャーに対する鬱屈を溜めていた。本来メジャーに対抗すべき日本の石油うっくつ

会社の多くがメジャーと屈辱的な提携を結び、子会社のようになっている現状は嘆かわしいことだと

常々思っていた。それだけに民族会社で頑張っている国岡商店がイランの石油を買いにいくということ

を聞き、官僚としても日本人としても応援したいと思った。

間淵は自分が申請の書類を揃えると言った。外貨割り当ての申請書には「船積み場所」を具体的に記入しなければならなかったが、「アバダン」と書けば、すべてが露呈してしまう。そこで間淵は「Dollar Area」（ドル地帯）と書いた。他にも重要項目をいくつもごまかして記入した。

あきらかに法令遵守に反する行為だったが、間淵は「これは日本のためだ」という信念で遂行した。事前に倉八に相談すると、後に問題になったとき、彼の責任問題になると思い、すべて自分で責任を負うと決めて独断でおこなった。しかし倉八は間淵がやっていることは全部知っていた。露見すれば、自分が間淵に命じてやらせたと言うつもりだった。

三月十六日の朝、アメリカから戻ってきた日章丸が川崎港に入港した。

この帰港を待ちわびていた鐡造と村田善次船舶部長は、日章丸に乗り込んだ。航海が終わったばかりの新田船長は二人を船長室で出迎えた。新田は相変わらず立派な髭をたくわえていた。

「新田君、ご苦労様。久しぶりだな」

鐡造は声を掛けた。

「ありがとうございます」新田は一礼した。「店主にお目にかかるのは処女航海以来ですな」

「覚えているよ。日章丸はいい船だと言ってくれた」

新田は笑った。

「店主がわざわざお越しになったのは、どういう御用件ですかな。特別のお話でもありますか」

「イランのアバダンに行ってもらいたい」

鐵造は前置きなしに言った。

「ああ、行きましょう」

新田はいとも気軽に答えた。まるで大根でも買いにいくかのような言い方に、横にいた村田船舶部長は拍子抜けした。

「新田船長は、アバダンがどこにあるのか知っているのですか」と村田は訊ねた。

「イランでしょう」

「イランへは行ったことがあるのですか」

「ありません」新田は答えた。「しかし海図さえあれば、どこへでも行きますよ。陸地でないかぎりね」

それを聞いて鐵造は笑った。新田もまた豪快に笑った。

鐵造は笑い終えると、静かに言った。

「今回の航海は今までの航海とは違う」

新田も笑うのを止めた。

「万が一のときには——」鐵造は言った。「沈むかもしれない」

新田はにやりと笑うと、髭を指で撫でた。

十、「アバダンへ行け」

三月十八日の朝、日章丸は川崎港でガソリンの大半を降ろした後、残りのガソリンを降ろすため神戸港に向かった。神戸に着くのは翌十九日の夕刻になる。イランへ向けて出航する日は、四日後の二十三日の予定だった。

船舶部長の村田は日章丸で同行し、船中、新田と細かい相談と打ち合わせをした。まずいちばんの問題となったのは、乗組員たちに「イラン行き」をどう説明するかということだった。

「秘密にしましょう」と新田は言った。「彼らには申し訳ないが、ここは完全なる隠密行動でやりたい」

「それは賛成だ。イラン行きとわかれば、船を降りると言い出す者も出るかもしれないからね」

「それはない！」

新田は強い口調で言った。

「俺の部下にそんな臆病な男たちはひとりもいない」

村田は「すまない」と謝った。新田は、気にするなというふうに手を振った。

「俺が心配しているのは、出発の際の見送る家族たちの表情です。イラン行きとなれば、これまでとまったく違う雰囲気になる。港には他の船や関係者も家族も大勢いる。彼らに、日章丸は何かあるかもしれないと思われると厄介だ。それに航海中、家族の誰かから秘密が漏れないとも限らない」

160

村田はなるほどと思った。

「彼らには、航海中、しかるべきときに打ち明ける。大丈夫。反乱が起きるなどということは絶対にない」

新田はそう言って自慢の髭を指でさすった。村田はそれを頼もしい思いで見ていた。

「ただ、竹中機関長にだけは伝えておきます。彼は俺の右腕です」

村田は頷いた。

「ところで」と新田は言った。「本社としては、日章丸は表向き、どこへ向かうことにしようと考えているのか」

「サウジアラビアのラスタヌラ港に向かうことになっています。ですから、コロンボ沖で本社から暗号電を受信したら、アバダンに向かってください」

「正午報告は?」

「もちろん無視してください。そして航路を変更した後は、無電もすべて封鎖してください」

「そうすると、本社でも日章丸の位置はわからないということになりますよ」

村田はにっこり笑って言った。

「本社がコロンボ沖で日章丸を見失ってから、次にその姿を発見するのは、アバダン港ということになるでしょう」

「それでは、本社の目の届かないところで、存分に羽を伸ばしますかな」

「それはご随意に」

二人は笑った。

新田は笑いながらも、強く意気に感じていた。本社は、コロンボ沖からアバダンまでの航路は、すべて新田に任せたと言ってくれたのだ。

「こちらからもひとつ要求があります」と新田は言った。

「何でしょう」

「通常より一ヵ月分多くの食糧を積んでおきたい」

「了解しました」

新田は、万が一インド洋でイギリス海軍に追われることになれば、そのまま大西洋に抜けてアメリカ経由で帰国する腹積もりだった。

二十日、神戸港で残りのガソリンを降ろした日章丸に、ただちに食糧が積み込まれた。五十五人の二ヵ月分の食糧は大変な量だった。主なもので、米三七八六キロ、調味料一〇〇貫、牛肉一二〇貫、豆腐・カマボコ一五〇貫、生野菜九〇〇貫、漬物六〇貫。さらにビール、ウイスキー、日本酒に、缶詰やお菓子類なども山ほど積み込まれた。他にも、イランの関係者に配るための日本人形などのお土産もあった。

鐵造は二十二日に汽車で京都に入り、その日は八幡市の石清水八幡宮に参拝した。

日本屈指の「厄除け」の神社としても知られる石清水八幡宮は、貞観元年（八五九）に大安寺の僧・行教律師が平安京の裏鬼門を守るために宇佐八幡を勧請したのが始まりである。国岡家の先祖は宇

162

佐八幡宮の大宮司（だいぐうじ）と伝えられている。また石清水八幡宮は「水運の神」でもあった。

鐵造はそこで日章丸の無事を祈願した。

翌二十三日早朝、鐵造は神戸港に着いた。

この日は素晴らしい快晴で、六甲の山並みが朝日を浴びて光っているのが見えた。

岸壁には日章丸が静かにその巨体を浮かべていた。

今からこの船がはるかペルシャまで旅するのだと思うと、鐵造は武者震いがした。

不意に、酒井商店の丁稚（でっち）として大八車を引き、神戸港に来た日の光景が脳裏に鮮明に甦った。あれは

明治四十二年、二十三歳の春だった。港に並ぶ船を見ながら、いつかは自分も船を持って世界に打って

出る夢を見た。そして今、ついにそのときが来た――。

鐵造はタラップを上り、日章丸に乗り込んだ。そして船橋の操舵室に奉祀（ほうし）してある宗像神社に、前

日、石清水八幡宮でいただいてきた白羽の矢を捧げ、新田船長と竹中機関長とともに、乗組員全員の無

事を祈った。宗像神社に祀られている三女神、田心姫神（たごりひめ）（沖津宮）、湍津姫神（たぎつひめ）（中津宮）、市杵島姫神（いちきしまひめ）

（辺津宮）は海の神であり、古くから海上交通の神として信仰されていた。

「新田君、いよいよ出発だな」

新田は口髭の下の口で微笑んだ。

「竹中君も、しっかり頼むぞ」

「任せておいてください」

四十歳の竹中幹次郎は精悍な顔付きをしていた。その右頬には大きな火傷の痕があった。

「それでは、私は機関室に行きます」

竹中はそう言うと、二人に一礼して、操舵室を出た。

「いい男だな」

鐵造がそう言うと、新田は嬉しそうな顔をした。

「肝の据わった奴です。元海軍の機関兵で、駆逐艦に乗っていました」

それははじめて知った。

「もしかして、顔の火傷はそのときのものか」

「肩にもありますよ。昭和二十年に台湾沖で撃沈されたときのものです」新田は言った。「もうずいぶん昔のことですね」

いや、と鐵造は思った。昔ではない。戦争が終わってまだ八年しか経っていないのだ。

そのとき、鐵造の心にフィリピンで亡くなった長谷川たち、二十七名の店員たちの顔が浮かんできた。

思わず目頭を押さえる鐵造を、新田は黙って見ていた。

鐵造は眼鏡をかけ直すと、胸ポケットから一通の封筒を取り出して、新田に渡した。

「日章丸が航路を変えてイランに向かうときに、この手紙を開けて、皆の前で読んでもらいたい」

「わかりました」

「では、無事を祈る」

新田は深く頷いた。

164

昭和二十八年三月二十三日午前九時過ぎ、日章丸は出航を告げる汽笛を鳴らした。

見送る乗組員の家族たちが手を振っている。船べりでは乗組員たちも顔を並べて笑って手を振っている。

彼らは今回の行き先はサウジアラビアだと思っているから、悲痛な雰囲気は微塵もなかった。いつもの出航と変わらない光景を見て、鐵造は胸が詰まった。何も知らされていない彼らに対して申し訳ないという気持ちもあったが、それ以上に鐵造の胸を占めていたのは、怒りにも似た気持ちだった。

今まさに日本の未来を懸けた国家的使命を帯びた日章丸の船出は、本来なら多くの国民に熱狂的に見送られるはずのものなのに、国岡商店の重役さえも参列しない寂しい出航であることが、悔しくてならなかった。

日章丸の巨体が埠頭を離れ、ゆっくりと動き出した。見送りの人たちの声が港に響いた。鐵造の耳に

「とうちゃーん」「あなたー」「お元気でー」という黄色い声が突き刺さった。

もし彼らの別れが永遠のものとなったら──、と鐵造は思った。そのときは、自分の命もない。

船は次第に遠ざかり、やがて船影は東のほうに消えた。

見送る者たちが皆いなくなっても、鐵造はいつまでも埠頭に立っていた。

日章丸は大阪湾を南下し、紀伊水道を抜けた。

太平洋に出ると、波が急に大きくなったが、一万八〇〇〇トンの巨体は波などにはびくともしなかった。

船は黒潮に逆らうように南へと進んだ。

新田は船橋から太平洋を見渡した。船は一五ノットの巡航速度で順調に進んでいるが、黒潮の流れが幾分（いくぶん）船の速度を緩めている。日章丸の船長になって約一年、これまで太平洋を八回も往復している。その距離は地球を何周もしている距離に等しい。船はもう自分の体の一部のようだった。

新田は今回の航海に運命的なものを感じていた。

昨年、還暦を迎えた新田は、この年かぎりで船を降りようと決めていた。十六歳で船員となって以来、海の上で四十年以上も生きていた。船長になったのは昭和六年、三十九歳のときだ。「日本タンカー」の油槽船・宝洋丸だ。宝洋丸はその後、海軍に徴用され、昭和十九年、アメリカの機動部隊によるトラック島の空襲で沈んだ。新田自身も戦争中は海軍に徴用され、輸送業務に就いた。

しかし戦後の日本にはまともな油槽船は残っていなかった。新田は食べるためにいろんな仕事をしたが、海への思いは止まず、つてを頼って能登で小さな漁船の船長になった。もう一度、大きなタンカーに乗りたいという思いはあったが、そんな夢は叶わないだろう、自分の船乗り人生は漁船の船長として終えるのだ、と諦（あきら）めていた。だから、国岡商店から日章丸の船長にならないかと言われたときは、夢を見ているのではないかと思った。

新田は、このイランへの航海が自分の四十数年にわたる船乗り人生の集大成になるだろうと思った。過ぎ去った時間が頭の中に流れ、多くの仲間の顔が浮かんだ。長年海の世界で生きてきた仲間の多くはあの戦争で永久に帰らぬ者となった。軍は船員を片っ端から徴用し、護衛艦も付けずに海に放り出した。鈍足の油槽船や貨物船は敵潜水艦に狙われたらひとたまりもない。仲間の多くはいずこともしれぬ太平洋や東シナ海で消息を絶った。

店主には言わなかったが、新田はあの戦争で二度撃沈されていた。

一度目は昭和十九年の四月だった。ボルネオで石油を油槽船に積んで日本へ向かうとき、南シナ海で敵潜水艦の魚雷攻撃により沈められたのだ。見張り役の加山は十七歳の少年だったが、目のいい男だった。しかし夕陽で海面が光り、雷跡の発見が一瞬遅れた。加山の「右舷、雷跡！」という声と同時に、面舵を切った新田の目に、こちらに向かう三本の雷跡が見えた。新田は必死で船首を魚雷の方向に向けた。三本の魚雷の隙間に船を入れたら、上手くいけばかわすことができる。

一本の魚雷が船の右舷をすり抜けるのが見えた。さらにもう一本の魚雷をかわした。いけたか——と思った次の瞬間、船全体がどんという衝撃を受けた。その直後、凄まじい爆発音と同時に、新田の体は壁に叩きつけられた。

操舵室の窓ガラスは粉々に砕け、船は大きく右に傾いていた。新田は立ち上がろうとしたが、床の傾斜が激しくなり、滑った。この船は沈む、と直感した新田は、伝声管に「総員退船！」と三度叫んで、自らも操舵室を飛び出した。そのとき、信じられない光景を見た。船尾がなくなっていたのだ。船は艫のほうからどんどん沈んでいく。新田は甲板から海に飛び込み、懸命に泳いだ。沈む船の渦に巻き込まれたら一巻の終わりだ。新田は魚雷攻撃から逃れた僚船に助けられて九死に一生を得たが、六十人の乗員の半分が船と運命をともにした。息子のように可愛がっていた加山も戦死した。

二度目は昭和二十年の一月、台湾からの物資を貨物船に積んで日本へ向かうときだった。連合軍の飛行機の連合軍の航空機の攻撃によって沈められた。そのときの恐怖は魚雷以上のものがあった。貨物船の上は船員たちの肉が一面に飛び散り、地獄絵は戦う武器もない貨物船を弄ぶように銃撃した。十数機の連

167

図のようだった。そうして連合軍の飛行機は満身創痍（まんしんそうい）となった貨物船に爆弾を落とした――。あのときの記憶は一生脳裏から抜けることはないだろう。

いつのまにか新田の掌が汗でぐっしょり濡れていた。

あの戦争で、友人だった船員たちのほとんどが亡くなったが、それがわかったのも戦後になってからだった。新田もそうだったが、徴用船の行動は軍事機密だったため、いつどこで沈んだのかもわからなかったのだ。彼らは遺骨もなければ、命日もわからない。徴用船の船員たちの戦死率は陸軍兵士や海軍兵士などの比ではないほど高かったということも、戦後になってから知らされたことだ。

新田はこの航海は自分の最後の戦いだと思った。見事、アバダンに入港し、イランの石油を汲み出してみせる。これが俺の弔い合戦だ。

そのとき、不意に妻、満壽子（ますこ）の顔を思い出した。二年前、夫が日章丸の船長になると知った満壽子は反対した。

お願いだから、そんな大きなタンカーに乗るのだけはやめてほしいと頼んだ。妻はこのときはじめて、戦争中、いかに毎日が怖かったかと言った。どこにいるかもわからず、いつ帰ってくるかもわからない夫を、不安と恐怖に苛（さいな）まれながら待ち続けたという満壽子の言葉を聞いたとき、新田は「日章丸に乗るのはやめる」と言った。しかし翌日、妻は「あなたの最後の船だから」と許してくれた。

太平洋を行き来するとき、新田はいつもすべての航海スケジュールを満壽子に知らせていた。彼女を安心させるためだった。

しかし今回は満壽子にも内緒の航海だった。自分がイランに向かったと知れば、満壽子の奴はかんかんになって怒るだろうな、と思った。無事任務を果たして戻ってくることができたなら、満壽子に百回

でも土下座をしよう。ああ、満壽子の怒る顔が見たい。

日章丸が出航した同じ日、東京の本社から二人の若い店員が羽田からテヘランに向かっていた。営業部次長の近田良平と営業部員の木下雄一だった。二人の使命は、日章丸の受け入れと事務所の設立だった。二人はモサデク首相の官邸から五〇〇メートルほど離れたところにある小さな二階家を借りて、そこを国岡商店イラン事務所兼住宅とした。

二人は慣れない異国で、ホスロブシャヒやイラン国営石油会社の担当者と連絡を取りながら、日章丸受け入れの準備と、石油製品の積み出しのスケジュールを立てた。

一方、東京ではまだ最後の難関が残っていた。それは Letter of Credit（信用状）を手に入れることだった。「L／C」と呼ばれるこの信用状は、貿易取引には絶対に必要なものだった。銀行が信用供与する「L／C」があることで、輸出者は船積みと同時に輸出代金を回収することができる。また輸入者にとっても、輸入代金を前払いする必要がなくなる。逆にこれがなければ、いくら「国岡商店だ」と言っても、イランは石油を日章丸に積むことはない。

この役目を担当した小松保男は、国岡商店とは太いパイプがある東京銀行の営業部次長の志賀定夫に相談した。ところが志賀は「L／C」は出せないと言った。というのは、同銀行はちょうどロンドンに戦後初の為替銀行としての支店開設を申請中で、まもなく許可されようとしているところだった。これは東京銀行にとっても将来を左右する大きな出来事だっただけに、いずれイギリスを怒らせることになる

169

国岡商店の信用状を出すことはできないというものだった。

落胆する小松に、志賀は言った。

「お宅がニューヨークに出されるというなら、うちは止めようがないけどね」

「え、何ですか、それは」

「たとえば、国岡商店が取引されているニューヨークの会社宛に『L／C』を組んで、それを第三国の銀行に移すということをされたら、うちとしては、どうしようもない。そんなことを国岡さんはしないと思うけどね」

そうか、と思った。イランの石油をアメリカから輸入する形にすればいいのだ。小松が志賀の顔を見ると、志賀は煙草をふかしながら、そっぽを向いた。

「志賀さん、ニューヨークのサンオイル株式会社に『L／C』を組んでいただけますか」

「それはかまわんよ」

志賀は表情も変えずに言った。

小松は心の中で、ありがとうと礼を言った。

しかし当時は世界の貿易界は未熟で、「L／C」と言っても何のことかわからない関係者も多く、ましてそれが譲渡できるシステムなど知る者も少なかった。そのために手続きに大きく手間取った。

もし日章丸到着に間に合わなければ、イランの石油を積み出せなくなってしまう。小松は連日、ニューヨークとのやりとりに追われた。

170

日章丸は東シナ海をひたすら南に向かっていた。

出航以来、毎日、正午の位置は知らせている。これにより国岡本社も日章丸の位置を把握していた。

乗員にはのどかな航海だった。機関長の竹中を除いて、全員が行く先はサウジアラビアのラスタヌラと思っている。はじめてのインド洋の旅に浮かれていた。

しかし新田にはとても航海を楽しむ余裕はなかった。その緊張感は並大抵のものではなかった。イランから石油を積み込んで日本に持ち帰るという世紀の大事業が成功するか失敗するかは、すべて自らの両肩にかかっているのだ。

航路を変更して無線封鎖をしてからが本当の勝負だったが、それ以前にどんな突発的なトラブルに出くわすかはわからない。どんな小さなミスさえ許されない。たとえば乗員に急病人が出ただけでも、計画は瓦解（がかい）する。だから新田は五十人を超えるすべての乗員の健康状態まで目を配らせていた。

しかし一方で、乗員たちに彼の緊張感を悟（さと）られてはならなかった。そのため、新田は乗員と顔を合わせると、いつも以上に朗らかな笑顔を絶やさなかった。

船は三日目の夜、台湾を過ぎ、フィリピンの北、バリンタン海峡を抜けた。

夜になると、南十字星が見えた。新田にとってはおよそ十年ぶりに見るものだったが、乗員たちははじめて見るサザンクロスの美しさに感嘆の声を上げた。赤道が近くなり、陽射しは強さを増し、昼間は甲板が焼けるような熱さになった。

翌日には南シナ海に入った。

日本を出て一週間目、三月三十日の夕刻には、マレー半島に到着した。

その夜、乗員たちは右舷に見えるシンガポールの夜景を楽しんだが、新田の気持ちは張り詰めていた。シンガポールはイギリスの植民地で、極東軍の基地があった。日章丸はイギリスの領海に足を踏み入れていたのだ。

突如、無線が飛び込んできた。発信先はシンガポールの海運局で、船名と行き先を問うものだった。新田は慌てず、無線士に「船名は日章丸、行き先はラスタヌラ」と打たせた。

深夜、日章丸はスマトラ島とマレー半島の間のマラッカ海峡に入ると、翌日の午後、同海峡を抜けた。インド洋に出た日章丸はひたすら西を目指した。

四月五日正午、日章丸がセイロン（現・スリランカ）の南、コロンボ沖にさしかかったとき、国岡本社から無電が入った。日本を出て十三日目のことだった。

「SAKUR NXRQT LPRDX BFNOW TXKPJ」

通信長は意味のわからない無電に首を傾げながら、船長の新田に電文を持ってきた。

新田は「とうとう来たな」と思った。これは事前に打ち合わせていた暗号電だった。彼はすぐに手帳の暗号解読表を見て電文を読み解いた。

そこにはこう書かれていた。

「アバダンへ行け」

新田はただちに、持ち場を離れられない者を除いて、全員、キャビンに集まるように命じた。

まもなく日章丸の乗員たちがキャビンに集合した。

新田はマイクを手にすると、「諸君に告げる」と大きな声で言った。マイクは持ち場を離れられない者に船内スピーカーを通じて伝えるためのものだった。

「今から本船は、本社からの指令により、イランのアバダンに向かう」

乗員たちの顔に驚きと動揺が走った。

「今から店主の手紙を読む」

新田はそう言うと、胸のポケットから鐵造から渡された封筒を取り出して、封を切った。そして中から便箋を取り出すと、力強い声でそれを読み上げた。

「日章丸乗組員諸君——」

新田の声がキャビンに響いた。

「終戦後、国岡商店は日本の石油産業確立のために猛進した。しかしメジャーと、彼らと手を結んだ石油会社のために、さまざまな圧力と妨害を受け、ついに重囲の包囲網を敷かれ、身動きが取れなくなった。この絶体絶命の窮地を打ち破るために、与えられたのが日章丸である」

新田の太い声が続く。乗員たちは身じろぎもせずにそれを聞いていた。

「世界の石油業界は『七人の魔女』と呼ばれる欧米の石油会社に長い間支配され続けてきた。イランはそれに立ち向かった勇気ある国である。しかしイランはそのために厳しい経済封鎖を受け、彼を助ける者は誰もない中、世界から孤立し、困窮に喘いでいる」

新田は便箋をめくった。

「国岡商店はイランの石油を購入することによって、彼を助け、また日本の石油業界の未来に貢献す

る。今や日章丸はもっとも意義のある矢として弦を離れたのである。行く手には防壁防塞の難関があり、これを阻むであろう。しかしながら弓は桑の矢であり、矢は石をも徹すものである。ここにわが国は、はじめて世界石油大資源と直結したる確固不動の石油国策の基礎を射止めるのである。この矢は敵の心胆を寒からしめ、諸君の労苦を慰するに十分であることを信じるものである」

鐵造の檄文を新田船長が読み終えると、キャビン内は静まり返り、異様な緊張が張り詰めた。

新田は乗組員たちの顔を見渡しながら言った。

「諸君らもすでに知っておるように、イギリスはイランの石油を積んだ船にはあらゆる手段を取ると宣言しておる。したがって今から日章丸とわれわれは、戦場に赴くことになる」

新田が言い終えたとき、誰かが「日章丸、万歳!」と叫んだ。次の瞬間、全員が口々に、「日章丸、万歳!」「国岡商店、万歳!」と叫んだ。

狭いキャビンの中に「万歳」の声が何度も轟き、やがてその声はひとつになった。

「日本、万歳!」

174

十一、輝く船

「店主、新田船長から無電が入りました」

宇佐美が日活ホテルの作戦本部にやってきたのは、日付が変わった四月六日の深夜だった。この日は午前一時を過ぎているにもかかわらず、鐵造をはじめ主だった重役たちがずらりと並んでいた。

「読み上げてくれ」

鐵造の言葉に、宇佐美は解読した電文を読み上げた。

「航路変更承知、画期的重大任務を自覚、乗組員一同結束固く、意気天を衝く」

重役たちの間に、「おおっ」という声が漏れたが、鐵造は静かに頷いただけだった。

日章丸はインドの鼻先を抜けると、アラビア海に向けて北上した。

五日に本社に送った無電を最後に、いっさいの無電を封鎖していたから、完全なる隠密行動だった。

新田が見ても、乗組員たちの動きは見違えるようだった。命を失うかもしれないという緊張と恐怖の中にも、使命感と誇りをいっぱいに感じているのが、目の光と働きぶりからあきらかだった。

「船長、一言、申し上げたいことがあります」

檄文を読み終えた夜、航海士の大塚が怖い顔をして新田に言った。

「なんだ」

「なぜ、私に事前にアバダン行きを教えてくださらなかったのですか」

大塚は三十歳を過ぎたばかりの一等航海士だった。優秀な男で、新田が日章丸に乗ってからずっと素晴らしい補佐役を務めてくれていた。

「極秘事項だったからだ」

「私が妻に漏らすと思われたのですか」

大塚は前回のアメリカ行きの直前に結婚していた。三年付き合った末に結ばれた恋女房と聞いていた。大塚の目には涙がうっすらと滲んでいた。

「大塚、すまない」新田は帽子を取り、深く頭を下げた。「俺を殴ってくれ。それで気が済んだなら、職務を務めてくれ」

新田はそう言って目を閉じた。しかし大塚の拳は飛んでこなかった。

「船長——」

という大塚の声に、新田は目を開けた。

「今の一言で気が済みました。職務は必ず務めあげます。見事、イランの石油を持ちかえりましょう」

新田は黙って大きく頷くと、帽子をかぶった。

四月七日の夕刻、日章丸はオマーン湾に入った。このまま順調にいけば、あと三日でアバダンに着く。しかし新田には気がかりなことがあった。操舵

176

手の一人に黄疸（おうだん）の症状が出ていることだった。操舵手は「大丈夫です」と気丈なことを言ったが、新田は仕事から外して休ませた。

新田は無理もないと思った。一航海が終われば、何週間か休みを取るのが普通だが、もう何ヵ月も日章丸はほとんど休みなしに航海している。乗組員たちには疲労が蓄積している。彼らのためにも一刻も早くアバダンに着かねばと思った。新田は機関長の竹中に速度を上げるように命令した。

翌八日の午前五時、日章丸はホルムズ海峡に入った。

ここはオマーン湾とペルシャ湾を結ぶ狭い海域だ。北にイラン、南には半島が突き出していて先端にはオマーンの飛び地がある。もっとも狭いところは約三三キロメートルの幅しかない。この海峡を一日に何十隻というタンカーが通過する。

レーダーには三〇海里以内に十八隻の船影が見られたが、いずれもタンカーのようだった。おそらくサウジアラビアかクウェートを往復する船だろう。

ホルムズ海峡を抜けると、ぽっかり広がったペルシャ湾に入った。アバダンはペルシャ湾のいちばん奥にある。その夜、新田がデッキに出て手すりにもたれて煙草を吸っていると、後ろから声をかける者がいた。

振り返ると、機関長の竹中だった。

「ホルムズ海峡を抜けましたね」

「すでにペルシャ湾の奥深くまで来ている。明日はいよいよイランの領海に入る」

「イギリスの軍艦はいますか」

177

「レーダーにはまだ軍艦らしき姿はない」

機関長はほっとした顔をした。

「月が明るいですね」

「そうだな」

新田は空を見上げた。月がまるで照明灯のように輝いていた。その光を受けてペルシャ湾の凪いだ海
は鏡のように光っていた。

「戦争中は月夜が怖かったよ。明るい夜は米潜の魚雷攻撃があったからな」

新田の言葉に竹中は頷いた。

「もっとも戦争末期になると、潜水艦にもレーダーが装備されていて、闇夜だろうがスコールだろう
が、おかまいなしに魚雷攻撃を受けたがな」

「もうずいぶん昔のように感じますが、戦争が終わってまだ八年しか経ってないんですね」

二人はしばらく黙って夜の海を見つめていた。

甲板の後ろのほうから歌声が聞こえてきた。

「若い奴らが集まって歌をうたっています」

「俺の使命は彼ら全員を無事に連れて帰ることだ」

新田の言葉に竹中は頷いた。

甲板の後ろからの歌声はいつまでも続いていた。

九日の昼過ぎ、予定より半日早く、日章丸はシャット・アル・アラブ河口に着いた。

イランでアルヴァンド河と呼ばれるシャット・アル・アラブ河はチグリス川とユーフラテス川が合流した河で、イランとイラクの国境ともなっている。また両国の重要な航路ともなっていた。アバダンはこの河口から大蛇のように曲がりくねった河を四五海里（約八三・三キロ）遡ったところにある。

日章丸は河口でいったん停船した。いよいよここからが難所なのだ。

シャット・アル・アラブ河口一帯は干湿地帯で水深が非常に浅く、大型船は航行できない。そのため川底を深く掘ったチャネルと呼ばれる人工の水路が作られている。海図によれば、満潮時の深さは三〇フィート（約九・一メートル）。日章丸は翌朝の満潮時を待つことにした。

チャネルとシャット・アル・アラブ河の航行はイラクの管轄であり、水先案内人もイラクから来ることになっていた。入港手続きを済ませた日章丸は、十日の早朝、乗り込んだ水先案内人の誘導にしたがって、ゆっくりとチャネルを遡航した。

チャネルは船の上からでは見えなかった。新田は海図と水先案内人の言葉を頼りに船を操った。海図の上での深さはあてにならなかった。というのもこのチャネルは一年以上もタンカーは行き来していなかったから、新たな浚渫（しゅんせつ）がおこなわれているかはなはだ怪しかった。チャネルは定期的に川底を浚っ（さら）ていないと、すぐに泥や砂がたまる。一ヵ所でも大量に土砂が溜まっていれば、座礁（ざしょう）は免れない。

事実、日章丸のスクリューは何度も川底の泥を掻き上げて、川を黄色く濁らせた。

船長の新田も一等航海士の大塚も真剣そのものだった。チャネルの長さは四海里（約七・四キロメートル）、その間、ミスは絶対に許されない。

一時間後、ようやくチャネルを抜けた。新田はふうーと大きな息を吐くと、大塚の顔を見てにっこり笑った。

チャネルを抜けると水深は再び深くなったが、今度は曲がりくねった河が延々と続いた。他の乗組員たちははじめて見るペルシャの風景に心を奪われているようだったが、新田と大塚はひとときも緊張を解くことができなかった。

北上する日章丸から見て、右岸がイラン、左岸がイラクだった。両岸ともナツメヤシの木が一面に生い茂り、その間に現地住民の土作りの粗末な家が見えた。その向こうには茶色の砂漠が見える。岸辺の男たちはズボンと半袖シャツだったが、女性は皆、頭からベールをすっぽりかぶっていた。

河には手漕ぎのカヌーや木造の帆船が何艘も行き来していた。漁師たちが魚を取っている光景も見られた。シャット・アル・アラブ河を航行するタンカーは久しぶりだったせいか、両岸の住民たちが日章丸を珍しそうに眺めた。乗組員たちが手を振ると、何人かは手を振って応えた。そののどかな光景に、新田もつい緊張が緩んだ。

ときどき、風に乗って、岸辺で誰かが歌うイランの歌が届く。子供たちの歓声も聞こえる。異国情緒たっぷりのペルシャの河を航行すること約三時間、右舷はるか前方に何本もの細長い角のようなものが見えてきた。アバダン製油所の煙突だった。

さらに進むと、銀色に輝くタンクが見えてきた。新田はそれを見て思わず唸った。これほど巨大な製油所はアメリカでも見たことがない。岸一面、まさしくとも言えるほどの数だった。タンクの数は無数

見渡すかぎり、地平線のかなたまで製油所の施設が立ち並んでいる。世界一の製油所というのは嘘では
なかった。

しかしそれ以上に新田を驚かせたものがあった。それは港を取り囲んでいた何万人という群衆だっ
た。国岡商店がイランの石油を購入する計画はイラン国民にも極秘事項であったが、日の丸をはためか
せた巨大タンカーがシャット・アル・アラブ河を遡上するにしたがって、噂が燎原の火のように広が
り、日章丸がアバダンに着いたころには、すでに熱狂的な市民が港に押し寄せていたのだ。手を振りな
がら懸命に走っている子供たちの姿も見える。

長い経済封鎖によって困窮に喘いでいたイランの民衆にとって、はるか極東の国からあらわれた巨大
タンカーは救世主のように見えたのかもしれない。イラン人たちの上げる歓呼の声は新田の胸を熱くし
た。ふと隣を見ると、一等航海士の大塚が声も出さずに泣いていた。

やがてアバダン港のジェティ（桟橋）が見えてきた。この港のジェティは一度に二十七隻のタンカー
を横付けできるほどスケールの大きなもので、製油所を含めてアングロ・イラニアンが総力を上げて築
いた施設だった。

ジェティからハーバー・マスターが小舟に乗ってやってきて、日章丸に乗船した。新田は水先案内人
と交代したハーバー・マスターの誘導に従い、製油所に響く大歓声の中、アバダン港一九番ジェティ
に、ゆっくりと日章丸の巨体を横付けした。

時に四月十日、午後零時五十分だった。

日章丸がアバダンに着いたというニュースは、AFP電、次いでロイター通信により世界中を駆けめぐった。それまで完全なる隠密行動を取っていただけに、石油業界や関係者たちに与えた衝撃はあまりにも大きかった。日本の新聞社や各省庁は確認に追われ、国岡本社の電話は殺到する電話で一時不通となった。

イギリス政府はただちに反応した。同日夜、イギリス外務省は、「デニング駐日大使に、日章丸がイギリスの封鎖を破ったことについての調査を命じた」と発表した。ただし、どのような対策に出るかは言明しなかった。

国岡商店でも外電が入った瞬間、重役たちは歓声を上げたが、鐵造は冷静だった。

「外電はミスということもある」

それからまもなくして現地駐在の木下雄一から、「日章丸アバダン到着」という電報が本社に届いた。鐵造は「よし」と言うと、すぐさま外務省に赴き、国岡商店が「イランの石油購入のためにアバダンへ行った」と報告した。外務省の役人たちは、どう対処してよいのかわからず、鐵造の報告を黙って受け取るだけだった。

翌日、鐵造は国岡館において記者会見を開いた。会議室には三十名を超す記者たちが集まった。彼らは外電による不確かな情報しか得ていなかっため、国岡商店がイランの石油購入を実行したということに対して半信半疑であった。

鐵造は居並ぶ記者たちの前に出ると、淡々とした口調で言った。

「四月十日、国岡商店のタンカー、日章丸がイランのアバダンに入港しました。目的はイランの石油購入です」

会議室にどよめきが起こった。正明は記者たちの目が喜びに輝くのを見た。彼らがこの事件を快事（かいじ）と捉えているのがわかった。

記者たちは矢継ぎ早に質問を浴びせたが、鐵造はそれらを制して言った。

「国岡商店がイランの石油購入を計画したのは、国際石油カルテルの壁を打ち破り、自由競争の石油市場を作りたいと考えたからに他なりません。メジャーの手を離れたイランとの貿易は、それを可能にすることとなるでしょう。なお、イランの石油はイラン国民のものであり、イギリスの主張は通らないと考えております」

鐵造はこれだけ言うと、あとの質疑応答は正明に任せた。

正明は記者たちの質問に一つひとつ丁寧に答えたが、彼らの多くが国岡商店に対して、好意を抱いているのがはっきりと感じ取れた。

質問が終わりかけたところ、ひとりの記者が鐵造に訊ねた。

「昭和の紀文となった気持ちはいかがですか」

それまで落ち着いた表情だった鐵造の顔色がにわかに厳しくなった。

「私を紀伊国屋文左衛門（きのくにやぶんざえもん）と喩（たと）えられたのは、おそらく褒め言葉の気持ちを込めての発言であろうと思われるが、その喩えははなはだしく不愉快である」

そして立ち上がって言った。

「私は国岡商店のためにおこなったのではない。そんな小さなことのために、日章丸の五十五名の生命を賭けることはできない。このことが、必ずや日本の将来のためになると信じたからこそ、彼らをアバダンへ送ったのです」

鐵造の強い口調に、記者会見の部屋は一瞬、静まり返ったが、やがていっせいに拍手が起こった。

アバダン港に着いた新田たちはイラン国営石油会社の一行から熱烈な歓待を受けた。全員が感動と喜びを満面に湛えていた。

新田は上陸の手続きを済ませると、すぐに黄疸の操舵手をイランの病院に送った。港には小銃を持った多数の兵士が日章丸と乗組員たちを守るために配備されていた。

乗組員たちは重責を果たした嬉しさに笑顔を浮かべていたが、新田の顔には笑みはなかった。彼は帰国の難しさを考えていたのだ。もともと往路はそれほど難しい航海ではない。問題は復路だ。石油を積み込んだ日章丸を、イギリスは死に物狂いで捕まえにくるだろう──。

日章丸が入港した午後には、早くもガソリンの積み込み態勢が整った。積み荷の監督をする航海士の大塚は、イラン国営石油会社が一年間ほとんど稼働していなかったにもかかわらず、従業員たちの動きが迅速で無駄のないことに驚いた。

ただちにガソリンを積み込もうとしたが、イラン側は日章丸のタンクがクリーニングを済ませていないから入れられないと言った。クリーニングができなかったのは、日本での出港を急いだからだった

が、同じガソリンだから問題はないと思っていた。ところがイラン側は、しっかりクリーニングして完全な混じり気のない製品を供給したいと言い、結局イラン国営石油会社が二十四時間かけてタンクをすべてクリーニングしてくれた。

実はこのとき、とんでもない事態が起こっていた。イラン国営石油会社に「L／C」が届いていなかったのだ。「L／C」が届いていなければ積み荷を船に運ぶことはできないし、そもそも「補足協定」によれば、「L／C」は積み荷役の五日前に到着していなければならなかった。これにもかかわらず、イラン国営石油会社の重役たちは、日章丸にガソリンを積み込む決断をした。これは商ビジネスとしては異例のことである。

翌日の十一日、国岡商店テヘラン事務所からアバダンにやってきた近田良平と木下雄一は、「L／C」が届いていないことを知って顔色を変えた。もし何かの手違いで「L／C」が届かなければ、日章丸はイランから出航できない。

近田が慌ててテヘランに戻り、イラン国立銀行に行くと、何と係官が「L／C」のことを知らず、為替書類一式を机の中に放り込んでいたことがわかった。

その日の昼過ぎから日章丸にガソリンが積み込まれたが、途中、品質チェックの際、木下は驚いた。自分たちがこれまで扱っていたアメリカ製のガソリンよりもはるかに性能がいいものだったからだ。

「これは特別にいいガソリンなのか」

木下はイラン国営石油会社の担当に訊ねると、彼は「これはいつものガソリンだ」と答えた。そして驚く二人に「イランの石油はどこにも負けない」と胸を張った。

二人はそれを聞き、あらためて国岡商店は素晴らしい取り引きを成し遂げたと思った。しかし取り引きは日章丸が石油を日本に運び込んではじめて成功したと言える。

積み込み作業の間、乗組員は港の船員クラブの出入りは自由に許されたが、市内へ入ることは禁止された。しかしイラン国営石油会社の厚意により、希望者はバスによる市内観光が許され、多くの乗組員がバス観光を楽しんだ。

さらにイラン国営石油会社は同社の迎賓館ホテルで歓迎会を催し、新田船長をはじめとする日章丸の幹部船員を招待した。この様子は翌日の新聞の一面に大きく写真入りで報道された。今やイラン国民にとって、「日章丸」は最大のニュースだった。一年にわたるイギリスの経済封鎖によって困窮生活を余儀なくされている国民は、今回の取り引きの成功を祈るような気持ちで見ていたのだ。

積み込み作業は丸二日以上かけて、十三日の夕方に終わった。かかった時間は正確には五十三時間二十分。ほぼ満船状態のその中身は、ガソリン一万八四六八キロリットル、軽油三三二五キロリットルというものだった。

その夜、日章丸側が感謝の意を込めてパーティーを開いた。

最初はどこか会場を借りるつもりだったが、現地の人々に喜んでもらおうと、新田船長の発案で、日章丸の船上を会場とした。

パーティーのオープニングで、新田船長とイラン国営石油会社のバヤット社長が互いに挨拶して、握

イラン国営石油会社の社長や重役、地元の有名人たちが夫人同伴で訪れた。

手を交わすと、船内は割れんばかりの拍手が起こった。

この夜のために日章丸の甲板を見学し、その大きさと美しさに感嘆の声を上げた。イラン人たちは日章丸の司厨員たちが腕によりをかけた日本食は、招待客に大好評だった。イラン船内に設けた即席ステージでは、芸達者な船員たちが、尺八や三味線などさまざまな芸を披露して、招待客を喜ばせた。言葉はわからなくとも、イランと日本の友好を願う思いは完全に通じ合っていた。

夜も更けてパーティーが終わりかけたころ、イラン人たちが「イラン国歌」を歌い始めた。日章丸の乗組員たちにとってははじめて耳にする曲だったが、それは心に染み入るような歌だった。

「イラン国歌」が終わると、日章丸の乗組員たち全員が「君が代」を歌った。

異国ペルシャの地で「君が代」を歌う彼らを見守るように、船橋の上には日章旗がはためいていた。

二つの国歌が終わったとき、船の上にいるすべての者たちは皆、目にうっすらと涙を浮かべていた。

やがてパーティーは幕を閉じ、招待客たちは船から降りていった。イラン国営石油会社の取締役でもある営業部長のアボス・パーヒデーと握手を交わした。

やがてパーティーは別れ際、新田船長に「この次は日本で会おう」と言った。新田は大きく頷いてパーヒデーと握手を交わした。

後片付けが終わり、明るかった船内の照明が落とされた。

新田は「宴は終わった」と言って、大塚の肩をぽんと叩いた。そして、心の中でひとり呟いた。

──いよいよ命を懸けた戦いが始まる。

十二、倭寇(わこう)

昭和二十八年四月十五日、午前六時すぎ、日章丸はアバダン港を出航した。

早朝にもかかわらず、イラン国営石油会社の人たちが大勢見送りに来ていた。彼らに向かって甲板にいる乗組員たちは懸命に手を振っている。

「ありがとう!」
「さようなら!」

乗組員たちは声をかぎりに叫んでいる。なかには泣いている者もいた。

埠頭にいるイランの人たちも口々に何かを叫んでいた。ペルシャ語などひとつも知らない新田だったが、彼らが何を言っているのかはわかった。イランの人たちは、日章丸の航海の無事を祈り、必ず日本に石油を送り届けて欲しい、と訴えていたのだ。

新田は心の中で彼らに答えた。

――どんなことがあっても石油を日本に持ち帰り、必ずまたここに戻ってくる。

船はゆっくりと向きを変え、アバダン港をあとにした。新田は港を振り返り、もう一度砂漠の上に浮かんだ巨大な製油所を見た。朝日を浴びて輝くタンク群の銀色の光は、イランの輝く未来を象徴しているように見えた。この光景は一生忘れないだろう。

188

やがてイラン人たちの声が聞こえなくなり、製油所が小さくなった。

日章丸はシャット・アル・アラブ河の流れに乗って、速度を増しながら河口に向かって進んだ。

いい感じだ、と新田は思った。この調子で行けば、チャネルにさしかかるころには、ちょうど満潮になる。

チャネルの水深は満潮時に三〇フィートと聞いていたが、あらためて確認すると、三〇フィート六インチまでは航行可能という。それで新田は日章丸の吃水が三〇フィート六インチになるまでガソリンと軽油を積み込んだのだ。イラン国民のためにも、そして国岡店主のためにも一滴でも多く積み込まなければならないという執念だった。

計算どおり正午にチャネルに差しかかった。ここからの四海里は操船にいっさいのミスも許されない。おそらくチャネルと船底の隙間は数十センチしかないだろう。座礁すれば、積み荷を陸揚げしなくてはならないし、そうなればすべては終わる。

新田の慎重な操船が続く。河の真ん中に掘られたチャネルは船橋からは見えない。すべては新田の勘にかかっていた。操舵室の空気は張り詰めていた。一等航海士の大塚をはじめ操舵員の誰も口を利く者はない。

それは甲板にいる乗組員たちも同じだった。両岸の異国情緒を楽しむ者などひとりもいない。日章丸全体が異様な緊張に包まれて、シャット・アル・アラブ河を下っていった。

あと一海里でチャネルを抜けるというときだった。突然、船体に鈍い衝撃が走った——座礁だ。

大塚は新田の顔を見た。

「大丈夫だ。船底がふれただけだ」

新田は落ち着いて言った。

しかし船足はがくんと落ちた。

新田は大塚に、「機関室にフルスピードのシグナルを送れ」と言った。大塚はすぐに言われたとおりにした。

そのシグナルを受けた機関室はエンジン出力を上げた。プロペラが猛回転したが、船足はさらに落ちた。

「船長、川底に乗り上げたようです」

大塚がひきつった声で言った。

新田は機関室に通じる伝声管に向かって、「フルパワーにせよ！」と言った。

その声を聞いた機関室では一気に緊張感が走った。機関長の竹中が「フルパワー！」と指示を出す。

機関士が指示どおり、目盛りいっぱい近くまで、出力を上げた。

しかし日章丸の速度は上がらなかった。甲板にいる乗組員たちは青ざめた顔で河を見つめていた。船尾ではプロペラが掻き上げる泥で、河が白く濁っていく。

「船長、スピードが上がりません」大塚が悲痛な声を上げた。「座礁です」

新田はもう一度伝声管に向かって、「もっと上げろ！」と怒鳴った。「何をしている」

機関室でそれを受けた竹中は、「これ以上、上げると危険です！」機関士が叫んだ。「エンジンが焼ける恐れがあります」

190

「焼けたってかまわん。出せ！」

機関士はひきつった顔で出力を最大限まで上げた。日章丸が出航以来、最大出力を出すのははじめてだった。その目盛りは赤く表示されていて、通常出してはいけないと言われている出力だった。

機関室のエンジンが唸りを上げた。まるで日章丸が怒りの声を上げたかのようだった。

操舵室の大塚は船体全体が振動するのをはっきりと感じた。船底をこする音が甲板にいる乗組員の耳にも聞こえた。しかし船の速度は上がらなかった。

大塚は新田の顔を見た。しかし新田の顔には動揺の色はなかった。

これでスピードが上がらなければ、エンジンは焼ける──。

一分が十分のように感じられた。

やがて日章丸は徐々にスピードを上げ始めた。

「抜けました！」

大塚は新田の顔を見たが、船長は表情ひとつ変えなかった。川底をこする音が消え、船は浅瀬を乗り切った。大塚はその豪胆さにあらためて驚かされた。

甲板では乗組員たちが「万歳」と叫んでいた。

船は再びチャネルを航行し始めたが、このとき、機関室では思わぬトラブルが起こっていた。

「機関長、プロペラのシリンダーの温度が上がっています！」

機関士に言われるまでもなく、竹中は気づいていた。はじめて遭遇する事態に機関士たちは慌ていた。このままでは主軸が焼けてプロペラが駄目になる。

「心配ない」竹中は言った。「船底弁に泥が入ったんだ。川底をこすると、こうなる」

「大丈夫なんでしょうか」

「いったん、停船して、泥を取り除く」

竹中は伝声管を通じて、新田船長にそのことを告げた。新田は「了解した」と言い、「どれくらいかかるか」と訊いた。竹中は「一時間以内に終える」と答えた。

一時間後、船底弁の泥を取り除く作業を終えた日章丸は、再び航行を始め、午後三時、ついにチャネルを抜け、河口に到着した。河口を出ればペルシャ湾だ。

新田は新たに気持ちを引き締めた。イギリスが日章丸がアバダンを出航したことを摑んでいるはずだ。これから死に物狂いで追ってくるだろう。

さあ、今からが本当の勝負だ。一世一代の航海を見せてやる。

「日章丸がアバダンを出たようです」

十五日の夜、東雲が日活ホテルにいた鐵造に報告に来た。重役たちはどよめきの声をあげた。

「イギリス政府は日章丸に対して、どう対処すると発表している？」

鐵造に訊かれて、東雲は、「現時点では、それに関してははっきりしたことは述べておりません」と答えた。

重役たちの顔にわずかに安堵（あんど）の色が浮かんだが、だからと言って、イギリス軍が日章丸の拿捕に向かわないとは限らなかった。

192

本社にしても、無線封鎖している日章丸の位置はいっさい摑めなかった。

「拿捕はあるでしょうか」甲賀が言った。

「イギリスにはその意思はあると考えておいたほうがいい」

鐵造の言葉に、重役たちは深刻な表情で頷いた。

「すべては、新田船長にかかっている」鐵造は言った。「あの男なら、必ず戻ってくる」

そのとき、鐵造の脳裏に、かつて伝馬船で関門海峡に乗り出した若き日の光景が、鮮明に記憶に蘇っ
てきた。

北九州沿岸から瀬戸内海にかけて暴れまわり、同業者たちから「海賊」と恐れられた自分が、四十年
後に大英帝国を相手に戦うことになるとは――。これが己の宿命だったのか。

新田よ、頼んだぞ、と鐵造は心の中で呟いた。ジョン・ブルに倭寇（わこう）のすごさを見せてやれ。

十六日の夜、日章丸はホルムズ海峡を通過し、ペルシャ湾を抜けた。レーダーにはイギリスの軍艦ら
しき船影はなかった。

新田は、イギリス軍は狭いペルシャ湾では行動は起こさないだろうと思っていた。世界の耳目を集め
ているペルシャ湾で強引な行動を取れば、国際世論の上で不利になりかねないからだ。それにここは他
のタンカーが多すぎる。

イギリス軍が日章丸を拿捕するならアラビア海かインド洋だと睨んでいた。しかし逃げおおせる自信
はあった。いざとなれば、大西洋を抜けてアメリカ経由で逃げ切る――。

新田が怖れていたのは拿捕ではなく、撃沈だった。

イギリス軍飛行機が前方に機雷を落としてくることは十分考えられた。触雷すれば、ガソリンを満載している日章丸はたちどころに爆発する。そうなれば乗組員全員は死ぬことになるだろう。その後で、日章丸は不運にも浮遊機雷に当たったようだと発表すれば、それに反論する者はこの世にいない。

当時はまだ第二次世界大戦に使われた浮遊機雷が各地の洋上に残っていて、船舶がそれに触れて沈没する事件が稀にあった。そうやって処理されてしまえば、死人に口なしだ。

そんなまわりくどいことはせずに、いきなり潜水艦で魚雷攻撃を仕掛けてこないとも限らなかった。おそらく日章丸は「SOS」を打つ間もなく沈むだろう。これも浮遊機雷に触れたらしいと発表されば、こちらは反論することもできない。

新田はしかしそうはさせるものかと思っていた。通信長には、「日章丸が衝撃を受けたら、ただちに『イギリスの攻撃を受けた』と打電せよ」と命じていた。たとえ日章丸が沈んで乗組員全員が死ぬことになるにせよ、世界中に最後の叫びを届けてから沈んでやる——。

新田は甲板員に見張りを徹底させた。潜水艦の潜望鏡が立てる波の状態、それに魚雷の航跡などを説明し、それらを発見すれば、ただちに知らせよと命じた。甲板員たちは緊張したが、怖気付く者はひとりもいなかった。たのもしい奴らだと新田は思った。

アラビア海からインド洋を航海する間、新田はけっして単純な直進航路を取らなかった。まるで気まぐれのように、操舵手に「面舵」と「取り舵」を命じた。

「不思議な動きですね」大塚は訊いた。「之字航行ですか」

194

新田は曖昧に頷いた。

戦前、海軍に徴用された貨物船や油槽船は「之字航行」というのを命じられていた。これは簡単に言えばジグザグ航行で、途中、敵潜水艦に発見されても、航路を読めないようにするためのものだった。

「実は、これは之字航行とは少し違う」

「そうなのですか」

「海軍が徴用船に命じた之字航行には致命的な欠陥があった。というのは、一定の機械的な動きでもあり、それを把握されると未来位置を予測されてしまう。日本の徴用船が多数沈められたのは、そのせいだと俺は睨んでいる」

「すると、今、この日章丸の動きは？」

新田はにやっと笑った。

「出鱈目な動きだ。俺の勘で右へ行ったり左へ行ったりだ。だから、付きっきりで見張っていないかぎり、動きは予測できん」

大塚はなるほどと感心したが、簡単にできるものではない。頭の中に海図が完全に入っていなければ不可能な技だった。生半可な者がやれば、自分の位置さえ見失ってしまうだろう。

「新田船長は、潜水艦にやられたことがあるのですか」

大塚の質問に、新田は「ない」と答えた。ここで撃沈された話などして余計な恐怖感を与える必要はない。

「でも戦争中は、油槽船や貨物船相手には、敵の潜水艦も隠密行動しなかったんじゃないですか」

「ああ、民間船は武器がないからな。だから、われわれは電柱などを積んで、大砲に見せかけたんだ」

「本当ですか」

大塚は驚いた顔をした。

「ああ、本当だよ」

新田は苦笑したが、悲しげな口調で言った。

「徴用船は本当に命懸けだった。海軍の連中よりも勇敢に戦ったよ」

アバダン港を出港して八日目の四月二十三日、日章丸がインド洋を大きく南に向けていることに気づいた大塚は、「航路が大幅にずれています」と新田に言った。

「わかっている」と新田は答えた。「マラッカ海峡は通らない」

大塚は驚いた。通常の航路のマラッカ海峡を通らないとすれば、スマトラ島を大きく南に迂回することになる。二日以上は余分に時間を食う。

「マラッカ海峡の出口には、イギリス領のシンガポールがある」

新田の言葉に大塚は頷いたが、スマトラを迂回するとなれば再び赤道を越えることになる。

大塚は乗組員の体調を心配した。数日前から、熱帯の気候と異常な緊張状態から、乗組員の間で体調を崩す者が出ていたからだ。

しかし新田の意志は固かった。イギリス軍の裏をかくにはそれしかないと思っていた。

翌二十四日の正午、日章丸は赤道を越えた。太陽はほぼ真上にあった。燃える陽射しは甲板を焼き尽

196

くすかと思われた。船内は蒸し風呂のようになり、機関士が何人か倒れた。甲板員の中にも黄疸の症状があらわれたものが二名、激しい下痢に悩まされる者が数名出た。さらに脱水症状を起こす者も出た。日章丸はまさに満身創痍の有り様だった。しかし途中の港に寄港して、彼らを降ろすわけにはいかなかった。そんなことをすればたちまち港で拿捕される危険性がある。

新田は心を鬼にして、一路日本へ向けて日章丸を進めた。そして病気で苦しむ船員たちに心で言った。辛いだろうが、なんとか耐え抜いてくれ──。

二十七日の夕刻、日章丸はスマトラ島とジャワ島の間のスンダ海峡を抜け、ジャワ海に入った。大塚の緊張は一気に高まった。なぜならこの海は船乗りたちにとっては難航路の海として知られていたからだ。

ジャワ海は全体に水深が浅いだけでなく、暗礁や珊瑚礁がいたるところにある。また海図にはない海底火山がいくつもあり、それらはときに海面近くまで隆起していることがあった。それらにぶつかれば間違いなく座礁する。下手すれば沈没さえありうる。

さらにこの海には大東亜戦争中、多くの日本の艦船が沈められていた。それらの沈没船にぶつかっても大事故は免れない。

この恐ろしい海を夜に突っ切るのは至難のわざだと思った。よほどの幸運に恵まれる必要がある。この夜は月夜ではあったが、雲が月を隠していた。

新田は暗い空を見上げながら、はじめて神に祈った。長い船乗り生活で、神頼みは一度もしたことが

なかった。

彼は大塚に操舵を任せると、ひとり船橋を出て、船首のほうに向かった。舳先に立つと、胸ポケットから懐中時計を取り出した。妻の満壽子が結婚二十五年を祝って送ってくれた金時計だ。少ない生活費からこつこつやりくりして買ってくれたものだ。

新田はボタン穴から時計の鎖を外すと、それをジャワ海に投げ入れた。そして田心姫神、湍津姫神、市杵島姫神の三女神に、日章丸と乗組員の加護を願った。

そのとき、雲が裂け、月があらわれた。ジャワ海の海面が昼間のように明るく照らされた。

再び船橋に戻った新田は、舵を握った。

日章丸は月夜のジャワ海をゆっくりと進んだ。

明け方近くになり、再び月が雲に隠れた。あたりは闇に覆われた。

「船長、いったん船を止めましょう」大塚が言った。「あと一時間ちょっとで夜明けです。日が出てから航行しましょう」

「いや、このまま行く」

新田は大塚の意見を退けた。今は一刻を争うときだ、ぐずぐずはしていられない。

日章丸はそのまま闇夜の海を北上した。

やがて東の空にうっすらと暁の光があらわれた。そのとき、何気なく船尾のほうを振り返った新田の背筋に戦慄（せんりつ）が走った。

日章丸が通った航跡の両側に沈没船の舳先とマストが突きだしていたからだ。日

198

章丸の航路がほんの数メートルどちらかにずれていたら、大事故になっていただろう。

その沈没船はおそらく大東亜戦争で沈んだ日本の貨物船だ。新田はその船員たちが自分たちを守って

くれたのだと思った。そして手を合わせて黙禱した。

二十九日の朝、日章丸はスマトラ島とボルネオ島の間のガスパル海峡を抜けた。

ここまでくれば、もうイギリス海軍による撃沈はまずない。

しかし慎重な新田は甲板員たちに「ジャンク船に気をつけろ」と命じた。新田の心配は、ジャンク船

と呼ばれる木造の小舟をぶつけられることだった。もちろんそんな小舟をぶつけられて、びくともする

日章丸ではない。大破するのは木造船のほうだが、そうなれば当然、彼らは海に投げ出される。

海事法では、彼らを救助する義務があるし、もし怪我人が出た場合、速やかに最寄りの港に寄港し

て、彼らを降ろさねばならない。そんなことをすれば、日章丸はただちにイギリスに拿捕される危険が

ある。

この海域はシンガポールにあるイギリスの極東基地から近く、公海とはいえ、まったく油断できなか

った。

新田は慎重に航海を続け、ついに三十日、南シナ海に出た。

十三、俯仰天地に愧じず

三十日の昼過ぎ、日章丸から南シナ海にいるとの無線を受け取った国岡商店は沸きに沸いた。十五日にアバダンを出航してから十五日ぶりの消息だった。

そのころでは「日章丸事件」は大きな国際事件に発展していた。

イギリスは日に日に態度を硬化させ、ロンドンではイギリス外務省の次官が松本俊一駐英大使を呼び、「日章丸が積んでいる石油はアングロ・イラニアンのものである」とあらためて強調した。

またイギリスは日本政府にも厳重に抗議し、事件の真相の調査を要請した。

日本の外務省は、国岡商店はドル地域から石油を買い取ることを届けたために外貨割り当てを受けたもので、政府としてはイランとの取り引きは知るところではなく、したがって日本政府に責任はないと発表した。

道義上の問題はあるものの、国岡商店とイランの契約は私企業の合法的商行為と認められるから、政府が介入することはできない。したがって、アングロ・イラニアンは、日本の裁判所に提訴するよりほかないだろう、というのが日本政府の見解だった。

実際は外務省も通産省も国岡商店のイラン石油購入は事前にある程度は摑んでいたが、公式にはこう発表するしかなかった。

200

日本の石油業界は、イラン石油がもたらす国内への影響を懸念するというコメントを発した。彼らはメジャーとの提携によって得ている独占的な石油製品の販売が崩れることを怖れたのだ。前に国岡商店の「アポロ」ガソリンで業界は掻き回されたが、今回はそれどころでは済まないことは容易に予想できた。

マスコミやジャーナリストは概ね国岡商店に好意的だったが、今回の事件が日英関係に悪影響を及ぼさないだろうかと、やや腰の引けた論調の記事が多かった。サンフランシスコ講和条約が発効して一年、日本は独立国として認められていたが、大英帝国の威圧感の前には怯まざるをえなかったのだ。

しかし国民世論は圧倒的に国岡商店の側についていた。多くの日本人は、国際石油カルテルの一角に日本の小さな石油会社が堂々と勝負を挑んだことに対して賞賛の声を上げた。また今回の一連の報道によって、イランがいかにイギリスに長い間搾取され続けていたかを知り、義憤にかられる者も少なくなかった。それで新聞には「よくやった」「あっぱれ」という投書が何通も載った。

東京で発行されているイギリス系の英字新聞には、「アングロ・イラニアンは、日章丸が日本で石油を陸揚げしたならば、あらゆる対抗措置を取る」という記事が載った。この報道のとおり、アングロ・イラニアンは訴訟代理人を日本に送り込んでいた。

裁判は避けられない様相となってきた。日本の司法関係者の間では意見が真っ二つに分かれた。「アングロ・イラニアン社の所有権は認められない」とする見方がある一方、「国岡商店は裁判で敗れるだろう」という見方をする学者もいた。国際法の大御所的存在であった東京大学の横田喜三郎教授は、新聞記者たちに「国際法上、イギリスは公海上においても日章丸を拿捕できる」と言った。横田は後にア

201

ングロ・イラニアン社の要請に応じて、同社の主張を支持する鑑定書を作成した。

もし裁判で敗れれば、国岡商店のこれまでのすべての努力は水の泡となる。

しかし鐡造は裁判など微塵も怖れていなかった。「正義は必ず勝つ」という堂々たる信念のもと、負けることなどまったく考えていなかった。だが、武知や正明を始めとする重役たちは、訴訟に備えての準備は怠らなかった。

正明は東京商科大学の同級生である元外務官僚の北沢直吉（後、内閣官房副長官）に腕の立つ弁護士の紹介を頼んでいた。北沢は戦後に吉田茂外相の秘書官から政界入りしていたが、このときはちょうど落選中だった。

北沢は国際弁護士として活躍している柳井恒夫を紹介した。柳井は元外務官僚で明治二十八年生まれ、このとき、五十八歳。東京帝国大学を卒業後、外務省に入省、戦前は在ドイツ大使館参事などを務めた経歴の持ち主で、英語、ドイツ語、フランス語に堪能で、かつては外務省きっての国際法に詳しい男と言われた人物だった。極東軍事裁判いわゆる「東京裁判」において、重光葵元外務大臣の弁護人として法廷に立ったこともあった。

柳井は正明から話を聞いたとき、これは「勝てる」と思った。というのは、一年前に丸善で買った国際法判例集の中に、今回の事件によく似た「ルーテル・サゴール事件」というのがあったからだ。それは一九一八年、革命直後のソビエトがルーテルという男から接収した資材を、サゴールというロンドン在住の男がソビエトから購入したとき、ルーテルが資材の所有権を主張して仮処分を求めたものだっ

202

た。イギリスの法廷は、サゴールとソビエト政府の契約を認め、ルーテルの主張を退ける判決を出していた。

ちなみにこの本は二年前にロンドンで出版された千ページ近い大部のもので、丸善で五千円近くもするものだった。これは当時の大卒初任給に近い額だった。柳井は三十分も書店で悩んだ末に書店に取り置きを頼んで、数日後にやっと手に入れたものだったが、それが一年後に役立つことになった。

柳井はさっそく、正明と武知と会った。

「アングロ・イラニアンはどう出ますか」

と武知が訊ねた。

「十中八九、仮処分を求めてくるでしょう。日本に着いた石油を押さえてしまうには『仮処分』しか有り得ません。『仮差し押え』では、相応の金額を積めば、その石油は船から出せるので、アングロ・イラニアンはそんな間抜けなことはしない」

「もし『仮処分』をされると、どうなりますか」と正明が訊いた。

「異議を申し立ててひっくり返さないかぎり、石油はアングロ・イラニアンに取られます。仮りに裁判で勝ったとしても、その間は石油も船も動かせないということになります」

正明と武知は唸った。そんなことになれば、この取り引きは失敗に終わる――。

「どうすれば、いいのですか」

「前もって東京と横浜の地裁に、もしアングロ・イラニアンが処分禁止の仮処分申請を出してきた場

203

合、私を審訊してくれという『上申書』を提出しておきましょう」

「審訊とは何ですか」

「詳しく問い質すという意味です。つまり、私の言い分も聞いてほしいとお願いすることです。法廷における口頭弁論を経たうえで、ご裁決をたまわらんことをという『上申書』を出しておけば、いきなり仮処分が下されるということはないでしょう」

このとき、柳井の頭にあったのが、「ルーテル・サゴール事件」を「上申書」の付属文書にすることだった。

正明からその報告を受けた鐵造は、それでも絶対に大丈夫とは言えないと思った。

仮処分を逃れるためには、裁判所が仮処分を出す前に、日章丸がすべての積み荷を陸揚げしてしまわなければならない。タンカーを空っぽにしてしまえば、少なくとも日章丸が仮処分を受けることはない。鐵造は日章丸をすぐにでも再びイランに向けて出航させたかったからだ。

タンカーの中の二万キロリットル近いガソリンと軽油を陸揚げするには、どれほど急いでも一昼夜はかかる。陸揚げ中に仮処分が出たら、お手上げだ。

しかし鐵造は手を打っていた。

五月四日夕刻、日章丸はフィリピンの北、バシー海峡を通過した。翌日には台湾の東を抜け、琉球諸島の近くまで来た。

もうすぐ日本領海だ、長い航海もようやく終わる——乗組員たちもそう安堵した矢先、本社から嫌な

情報が入った。広島の呉に残っているイギリス海軍が、日章丸の行方を追うために軍用機を飛ばしているらしいというものだった。アングロ・イラニアンは日章丸が日本の領海内に入れば、ただちに仮処分申請をする手筈を整えていたから、それは十分有り得ることだった。

七日、鐵造は記者会見を開き、日章丸は八日、山口県の徳山に入港すると発表した。そして徳山の油槽所に受け入れ準備を命じた。

日章丸は川崎に到着すると聞かされていた徳山の従業員たちは驚いた。慌てて、九州からも助っ人を要請してタンクの清掃に取り掛かった。

にわかに徳山が日本中の注目を浴びた。報道記者たちも続々と徳山に集まった。

しかしこれは鐵造の陽動作戦だった。彼は前もって、日章丸に向けて、暗号電文で次の指令を送っていたのだ。

「川崎において差し押さえの懸念あるにつき、九日午後より揚荷開始の予定。九日正午、検疫錨地（びょうち）に入港するよう適宜考慮して航海せよ」

初めから鐵造は九日に日章丸を川崎港に入港させるつもりだった。九日にこだわったのは、その日が土曜日だったからだ。

仮りにアングロ・イラニアンが仮処分の申請をしても、上申書を提出しているので、互いに口頭弁論が開かれることになり、おそらくその日のうちに仮処分が出ることはないと踏んでいた。翌日は日曜日で、地裁は休廷である。万が一、二日後の月曜日に仮処分が出たとしても、日章丸のガソリンと軽油は日曜日の間にすべて陸揚げが終わっている。そうなれば積み荷は押さえられても日章丸は自由に動け

る。

新田船長はラジオで鐵造の記者会見の中身を聞き、九州沖で時間を稼いだ。しかし燃料と水が底を尽きかけていた。新田は乗組員に燃料と水の節約を命じ、のろのろと日本を目指した。

しかし鐵造と新田船長の陽動作戦は失敗した。八日に日本の新聞社が土佐沖を航行中の日章丸の写真を撮ったのだ。これにより、日章丸が山口の徳山に入港することは考えられず、国岡商店の大油槽所がある川崎港に入ることはほぼ確実視された。

アングロ・イラニアンもまた日章丸が日本領海に入ったことを確認しており、七日の午後に、日章丸に積んである石油製品二万一八〇〇キロリットルのいっさいの処分行為を禁止する仮処分を東京地裁に申請していた。同じ日、自動車六団体協議会は国岡商店の行動を積極的に支援するという決議をした。

八日、鐵造は記者会見を開き、あらためて「イラン石油買い付けは、国際的にも国内的にも公正な取引であり、イギリス政府の干渉は受けない」と言った後で、

「日章丸は船の手入れが終わった後、ただちにイランに向けて二回目の出航をする」

と宣言した。

この発言は、アングロ・イラニアンの仮処分申請に対しての、完全なる宣戦布告だった。

同じ日、アングロ・イラニアンの代理人であるエリック・V・デ・ベッカー弁護士は記者会見で、

「日章丸の石油の所有権はアングロ・イラニアンのものである」という主張を述べた後、「国岡商店の言い分は、戦前日本が国際的に悪評を買う原因となったやり口の典型的なものである」と辛辣な表現で非難した。これはあえて国岡商店の印象を悪くするための言葉だった。

さらにデ・ベッカーは、「もし日本の裁判所が仮処分申請を却下し、日章丸がイラン石油の購入のために出航するようなことになれば、国際公法に対する日本政府の責任問題に発展し、日英両国間の重大問題になるだろう」と言った。

この侮蔑的で挑発的な言葉は日本人の神経を逆撫でした。

しかしこの両者の言い分はどちらが正しいのかは、まもなく決着する——。

昭和二十八年五月九日、午前十一時過ぎ、大勢の新聞記者が集まる中、川崎沖に日章丸がついにその姿をあらわした。

ちょうど同じとき、東京地裁はアングロ・イラニアンの「仮処分申請」に関する口頭弁論を開くことを決定した。柳井弁護士の「上申書」が功を奏したのだ。これにより、日章丸は帰港と同時に積み荷を押さえられることはなくなり、鐵造は店員たちに、日章丸が油槽所に到着次第、イランから持ち帰ったガソリンを港のタンクに入れることを命じた。

報道陣で騒然とする川崎港外に、日章丸が投錨したのは午後零時二十分のことだった。港には大勢の報道関係者以外にたくさんの見物客も押し寄せた。大英帝国を翻弄した英雄の船を一目見ようと、朝早くから集まっていた一般市民だった。上空には新聞社のセスナやヘリコプターが旋回していた。川崎港がこれほどのお祭り騒ぎになったことはいまだかつてなかった。二ヵ月前、神戸港からひっそりと出航したときのことが嘘のようだった。

日章丸は港外の投錨地点で検疫を受けた。それが終わると、水先案内人を乗船させ、ゆっくりと川崎

港に入ってきた。

午後二時過ぎ、日章丸は川崎油槽所の桟橋に一万八〇〇〇トンの巨大な船体を横付けした。

神戸—アバダン—川崎　アバダン碇泊日数四日十七時間、航海日数四十一日二十三時間十七分、全行程一万三九八〇海里、平均時速一三・八九ノットというのが、新田の航海日誌に記された今回の日章丸の記録である。

桟橋には武知、東雲ら国岡商店の重役たちと、乗組員の家族たち、イラン政府の代表団、報道記者たちが所狭しと詰め掛けていた。ただ、そこには鐡造と正明の姿はなかった。

船橋に新田船長の姿があらわれた瞬間、大きな拍手と歓声が沸き起こった。カメラマンのフラッシュの放列の中、新田船長がゆっくりとタラップを降りてきた。

新田をいちばんに出迎えたのは、アバダンの船上で「日本で会おう」と約束したイラン国営石油会社の営業部長アボス・パーヒデーだった。彼は新田に帰還を祝福すると、モサデク首相の写真と花束を手渡し、しっかりと握手を交わした。

港の人たちの間に、「万歳！」の声が轟き、それはいつまでもやまなかった。

川崎港が喜びに溢れているちょうど同じころ、東京都千代田区霞ヶ関にある東京地裁・民事九部の法廷では、アングロ・イラニアン石油株式会社申請による、日章丸の石油仮処分の口頭弁論がおこなわれていた。鐡造と正明の姿はその法廷の傍聴人席にあった。裁判長は北村良一判事である。

開廷された途端、アングロ・イラニアンの代理人デ・ベッカー弁護士が立ち上がって英語で発言し

208

た。デ・ベッカーはイギリス人だが、実は日本生まれで日本語が堪能である。にもかかわらず英語を使ったのは、大英帝国のプライドであった。

それを見て柳井はもうひとりの国岡商店側の弁護士である高林茂夫に耳打ちした。高林はにやっと笑って頷くと、裁判官に向かって、「異議あり！」と言った。

「ここは日本の裁判所である。したがって用語は日本語にすべきである」

北村裁判長はこの異議を認め、デ・ベッカーはいきなり先制パンチを食らった恰好になった。

なおこの口頭弁論で、柳井は「ランニング・コメント」という方法を採った。これはアメリカの法廷ではよく見られるもので、証拠書類を次々に法廷に出して、いちいちコメントをつけていくという戦術で、日本の法廷ではおそらくはじめての試みだった。彼が東京裁判の重光元外相の弁護人をしたときに覚えたものだった。

弁論が始まってすぐ、デ・ベッカーは北村裁判長に言った。

「日章丸は今、川崎港に着き、石油製品を陸揚げしつつある。国岡商店はそれをどこに移動させるかわからないので、そのまま船を差し押さえてほしい」

それを聞いて柳井がすかさず言った。

「国岡商店は、積み荷を川崎のタンクに揚げるが、判決があるまでは移動させたりはしない」

「あなたの言葉は信じてよいが──」とデ・ベッカーは言った。「国岡社長は何をするか信じられない」

デ・ベッカーの発言は、法廷において国岡鐵造の心証を悪くしようとする意図が見えた。

柳井が北村裁判長に言った。

「傍聴席に国岡社長が来ておられますから、真意をお聞きください」

北村は頷くと、傍聴席の鐵造に証言台に立つように言った。

言台に向かう鐵造の姿に集まった。

証言台に立った鐵造は、北村裁判長に向かって一礼すると、丁寧で力強い声で言った。

「私は日本人として、俯仰天地に愧じない行動をもって終始することを、裁判長に誓います」

法廷が一瞬静まりかえった。傍聴人の多くは、真に誇りある日本人の言葉をたしかに耳にした。

「結構です」

北村裁判長は静かに言った。

デ・ベッカーが「その発言は信用できません」と言ったが、裁判長はその言葉を却下した。

鐵造はこの後、退廷し、すぐに川崎に向かった。

法廷は国岡商店に有利に進み、夕方、いったん閉廷した。不利を悟ったアングロ・イラニアン側は論陣を立て直すため、二回目の口頭弁論に一週間の猶予を求め、それが認められた。アングロ・イラニアン社はどんな作戦で来るか分からず、油断はできないと思った。柳井はこの裁判の勝利を確信したが、

その日の夕刻、裁判所から出た鐵造は川崎港油槽所の桟橋にかけつけた。記者や群衆は突然あらわれた国岡商店社長の姿に、どよめいた。

鐵造は日章丸から二本のパイプを通じてタンクの中にガソリンが送り込まれている光景をその目で見た。はるばるイランから命懸けで運んできたガソリンだ。

鐵造は胸を熱くしながら日章丸のタラップを登って、船内に乗り込んだ。

まず船橋に奉祀してある宗像神社に参拝し、神の加護により日章丸が無事に帰還できたことを深く感謝した。それから新田船長のほうを向いて言った。

「新田船長、御苦労さまでした」

新田はにっこりと笑った。

「乗組員一同、役目を果たして帰りました」

「ありがとう」

鐵造は新田の手を固く握った。

それから鐵造はキャビンに乗組員を集めた。陽に焼け、疲れ切った船員たちの顔を見た途端、鐵造は胸がいっぱいになった。

「諸君、ありがとう！」と鐵造は言った。「君たちの奮闘に、国岡鐵造、心から礼を申し上げる」

鐵造はそう言って深々と頭を下げた。

「今、東京地裁で日章丸の石油の仮処分をめぐって裁判がおこなわれているが、わがほうが断然優勢である。この裁判は必ず勝つ！」

乗組員の間に歓声が起こった。

「諸君らは今、ひとつの歴史を作りあげた。国際石油カルテルの壁に矢を打ち込み、日本人の誇りと強さを世界に示した。そして、イランと日本の橋渡しを為し、日本の石油業界の未来に火を灯した」

鐵造は言いながら、もはや溢れる涙を止めることができなかった。

「諸君らの偉業は、日章丸の名前とともに、この後、何十年経とうと、けっして忘れられることはないであろう」

乗組員たちも全員泣いていた。鐵造の横に立っていた新田も、正明も武知も泣いていた。

正明は思った――辛かった日々は、すべて、この日の喜びのためにあったのだ。

十四、完全勝利

東京地裁でアングロ・イラニアンと国岡商店が口頭弁論をおこなっているとき、通産省では、玉置敬三次官（後、東京芝浦電気会長）が、今回の事件に関して、「通産省はアングロ・イラニアンと国岡商店の紛争に巻き込まれたくない」との見解を記者たちに述べていた。

玉置はさらにこう述べた。

「この問題は今や国際問題化しており、通産省が監督権を持ち出して、これに介入することはできなくなっている。今後イラン石油の輸入申請が出た場合、手続き的に輸入できなくするような方法はまったく考えていない」

これは通産省がイラン石油の輸入を容認あるいは黙認していると言ったのと同じであった。イランの安いガソリンが大量に入ってくることは、日本の産業界にとって喜ばしいことだったからだ。自動車六団体などの産業界からの要望もあったのだろう。

しかしこの年の四月から九月までの外貨割り当てで、「イラン石油」購入のための申請をした石油会社は一社もなかった。各社はどこも今回の裁判の行方を固唾を飲んで見守っていたのだ。

国岡商店はすでに船積み地明記の必要のない百十六万ドルの外貨割り当て証明書を受けており、これに未使用分の外貨を合わせると、日章丸二隻分の石油をイランから合法的に輸入することができた。

川崎の油槽所では九日土曜日の午後から十日日曜日の夜にかけて、日章丸が持ち帰ったガソリンと軽油のほとんどをタンクに移し終えた。

余談だが、九日に日章丸が川崎港に入港したとき、新田辰男船長の甥である山本學が日章丸を訪ねている。俳優の「山本三兄弟」の長男として知られる學は当時成蹊高校の二年生だったが、叔父の偉業をこの目で見ようと、土曜日の学校が終わるや川崎港に駆け付けたのだ。

新田は甥の訪問を大いに喜び、船長室に案内した。このとき、學は叔父から「これが俺の秘密の戸棚だ」と、洋服ダンスの引き出しにびっしり詰め込まれた洋酒の瓶を見せられた。親戚の間でも大酒呑みとして知られる叔父が、「ひと月ぶりの酒だ」とスコッチの「ジョニ赤」を美味そうにラッパ飲みしている姿を覚えている。

十一日の朝、残りを京阪神地区に移送するために、日章丸は神戸に向かって出航した。体調を崩した乗組員に代わって、何人かの新しい船員が乗り組んだが、新田船長、竹中機関長、大塚航海士ら主要な船員たちは、ほとんど休みなく再び航海の準備に取り掛かった。

神戸に戻った新田を待っていたのは、妻の満壽子だった。彼女は船に乗り込むなり、再会の挨拶よりも早く、「あなたのお蔭で大恥をかいた」と言った。

「いったい何のことだ？」

「私にイラン行きのことを言わなかったでしょう」

「すまん。これは俺と機関長しか知らない極秘事項だったんだ。乗組員たちにも知らせずに行ったん

だ」

「ラジオで日章丸がアバダンに着いて大騒ぎになっていると聞いて、私はあなたがお酒を飲んで、行き先を間違えて大事を引き起こしたのかと思って、国岡商店に問い合わせたのですよ」

「馬鹿もん！」新田は怒鳴った。「俺が何十年船に乗っていると思っているんだ。今まで港を間違ったことなど一度もあるもんか」

「あなたは昔、大連に住んでいたところ、酔っ払って帰って、お隣の中村さんのお宅の玄関の戸を何回も叩いたのを覚えていますか？」

思わず言葉に詰まった新田の顔を見て、周囲の船員たちが笑った。これには新田も苦笑するしかなかった。

「お前にもうひとつ謝らないといけないことがあるんだ」

「何ですか」

「お前にもらった、金時計な。あれを航海中に、うっかりして海に落としてしまった」

満壽子はじっと夫の顔を見ていたが、静かに言った。

「あれは私があなたにお守り代わりに贈ったものです」

「すまない」

「あの時計が日章丸の皆さんを守ったのだとしたら、私は本望です」

新田は、ありがとうと言おうとしたが、言葉にならなかった。

「あなたは私の誇りです。ありがとうございました」

満壽子は深々と頭を下げた。

船員たちの間で拍手が起こった。

後にわかったことだが、英国海軍はホルムズ海峡を抜けた日章丸を拿捕せんとアラビア海に駆逐艦三隻を配備していたのだ。日章丸がその哨戒ラインを突破できたのは、新田船長の動物的な勘によるものであったのかもしれない。さらに英国海軍はマラッカ海峡においても日章丸を待ち構えていたが、新田は見事にその裏をかいた。

五月十三日、日章丸が神戸で積み荷をすべて陸揚げし、タンクの清掃がおこなわれているとき、外務省は駐日公使に、政府見解の「覚書」を手交した。そこには、

「日本政府は外貨割り当て申請に当たって、船積み地を明記せしめる措置を取ったので、今後は事実上イラン石油の買い付けがおこなわれることはない」

と書かれてあった。これは四日前の通産省の見解から大きく後退したものだった。イギリスの強い抗議に日本政府が屈服した形だった。

しかし覚書には但し書きとして、「国岡商店に割り当てた外貨中、現在手持ち分については政府としてはなんら関与できず、また責任も持てない」と書かれてあった。イギリスの圧力に屈した政府も外務省も、国岡商店を抑えこむこととはできなかったのだ。

新聞の論調は係争中ということもあって、はっきりと国岡商店の肩を持つ論調が多いわけではなかったが、どちらかといえば好意的な書き方が大勢を占めていた。そして国民の大多数は国岡商店を応援し

216

ていた。国岡商店の本社には、全国から激励の手紙が多数寄せられた。週刊誌のなかには、はっきりと今回の事件は快挙であると書いたものもあった。前年の白井義男によるボクシング世界フライ級王座獲得、四年前の湯川秀樹によるノーベル賞受賞と同じくらい、日本人に誇りと勇気を与える出来事だと書かれた記事もあった。

五月十四日、日章丸は再びイランを目指して出航した。

二ヵ月前はわずかな見送りしかない寂しいものだったが、今回は多くの報道関係者に見守られての盛大な船出だった。

新田船長はじめ多くの乗組員たちは、凄まじいとしか言いようのない四十七日間の過酷な航海を終えて一週間足らずで二度目の航海に出ることになったが、使命感に燃えた彼らにとって、疲労感などはいささかも感じなかった。

アングロ・イラニアンは裁判の立て直しのために、急遽、イギリスから二人の腕利きの法律専門家に大量の資料を持たせて、日本に派遣した。

この裁判の行方は、多くの法律家も注目していたが、彼らの意見は依然として二つに分かれていた。田畑茂二郎京都大学教授は朝日新聞紙上に、アングロ・イラニアンの主張は認められないのではないかという意見を載せたが、前出の横田喜三郎東京大学教授は、毎日新聞紙上で、イラン政府がイギリスに相当の補償を与えていない以上、石油はイギリスの財産と考えて扱うのが常識ではないかという談話を発表した。さらに同教授は、国岡商店がイランとイギリスの間に争いがあることを知りながらの石油購

入は、「盗品故買」と同じではないかとも語った。

鐡造は楽観視していたが、裁判の結果は予断を許さなかった。

十六日午後一時五十分、東京地裁で二回目の口頭弁論がおこなわれた。

開廷してまもなくアングロ・イラニアン側が、「国岡社長がタンクの石油を移動しないと言ったが、これは個人的な発言であって法的拘束力はない。したがって一時的仮処分の決定をしてほしい」と要求した。

にわかに緊張が走る中、北村良一裁判長は、

「日本の民事訴訟法では、仮処分の場合でも、口頭弁論を開いたなら判決が出るまで、仮処分の決定はできない」

と一刀両断に却下した。

その後、アングロ・イラニアンと国岡商店側の弁護士が互いに論駁と反論を繰り返しながら裁判は進んだが、閉廷時間の五時になっても終わらず、十八日に三回目の口頭弁論が開かれることになった。

そして十八日の午後四時にすべての口頭弁論は終わり、判決は九日後に言い渡されることとなった。

二十七日午後一時、国際社会および世界の石油業界が注目する中、東京地裁第十号法廷において、北村裁判長によって判決が言い渡された。

判決は「仮処分申請を却下する」というものだった。

その瞬間、傍聴席から拍手が起こった。正明は社員たちと抱き合って喜んだ。

法廷から出た柳井弁護士に、駐日イラン代理公使で国連行政裁判官のジャラル・アブドー博士が駆けよった。柳井はフランス語でアブドーに判決の要約を語った。アブドーはすぐホテルに戻り、イラン本国に向けて「日本勝訴」の電報を打った。

通信社の記者たちもそれぞれ世界に向けて、この判決を打電した。

正明から電話で勝訴を知らされた本社では、「万歳！」の声が響き渡った。まもなく全国の支店・営業所にもこのニュースは届けられ、店員たちは歓喜の声を上げた。

一方アングロ・イラニアンのデ・ベッカー弁護士は「敗訴は残念だが、控訴して、あくまで当方の主張を貫きたい」と強い口調で語り、即日、東京高裁に控訴した。

外務省はこの判決に対し、非公式に、「政府はなんら関知しないし、外交上、問題化することはないと思う」という見解を示した。

国岡商店本社では、重役たちが涙を流して喜ぶ中、鐵造は平然としていた。

「店主は嬉しくはないのですか」

武知が訊ねた。

「勝つとわかっているものを勝っただけのことだ。喜びはない」

鐵造はそう言って小さく笑った。

「ぼくは武知君と正明が契約を成立させたときに、この勝負に負けはないと思った。そして日章丸が石油を積んで、南シナ海に出たという無電を打ってきたとき、勝った、と思った。この勝利を最後にもたらしたのは、日章丸の乗組員たちだ」

219

鐵造はすぐさま文書課の宇佐美課長を呼び、モサデク首相あてに「東京地裁の勝訴に関し、心よりお祝い申し上げます」と打電するように命じた。そしてイラン国営石油会社のバヤット社長にあてて、「判決は、わがほうの勝訴にして将来の取引の進展を約束することになりました。貴社、弊社のために心より喜びます」と打電させた。

数時間後、モサデク首相から鐵造に「あなたの芳情に対し、心より感謝します」という返電が届いた。

これが、イラン政府が国岡商店の勇気に報いた恩恵だった。

その数日後、イラン政府は世界の石油業界をあっと言わせる声明を発表した。それは日章丸が最初に積み込んだガソリンを無償で提供するというものだった。さらに四月二十七日から半年間、国岡商店が積み荷とするイランの石油を国際価格の半額で販売すると宣言していた。まさしく破格の条件だった。

六月七日、日章丸が再びアバダン港に姿をあらわした。シャット・アル・アラブ河口に到着したときから、すでにイラン国民はお祭り騒ぎだった。日章丸がチャネルを抜けたところから、いくつものカヌーや漁船、小さな帆船が日章丸の横を航行し、乗組員たちに手を振って歓迎した。なかにはイラン国旗や日の丸の小旗を振る者もいた。河岸の住民たちにも、日章丸は大変な人気だった。

アバダンに近づくと、船の数は百艘を越え、新田船長は日章丸をそれらにぶつけないように注意しなければならなかった。

右舷に見えるイラン側の岸には何千人という人が手を振っていた。横断幕やプラ

220

カード、それにもちろん両国の国旗も多数見えた。

上空には飛行機が旋回していたが、時折、超低空飛行し、花束や紙吹雪を上空から降らした。乗組員たちは頭から紙吹雪を浴びた。

途中、満艦飾に彩られたイランの軍艦が日章丸を出迎えるように待ち構えており、並走するように航行した。そしてデッキにずらりと並んだ正装の軍楽隊が素晴らしいマーチを奏でた。乗組員たちは感動で胸がいっぱいになった。

桟橋にはイラン政府の高官たちが待っていた。港の向こうには何千人という民衆が歓迎の声を上げている。

乗組員の耳にも、その声が聞こえている。

「ジャポン、ニッチョーマル」の声に混じって、「クニオカ」という声も聞こえた。

長い経済封鎖の壁を打ち破り、イランの石油を購うために、はるばる一万キロ以上も離れた極東から、さまざまな苦難を乗り越えてやってきた日章丸は、今やイラン国民にとっては夢を乗せた船だった。

アバダン港に上陸した日章丸の乗組員たちが街を歩くと、どこへ行っても黒山の人だかりができた。

しかし乗組員たちには常に着剣したイラン兵士が護衛に付き、自由行動は許されなかった。イランにとって日章丸の乗組員たちは、最高級に大切な来賓であり、万が一にも何かが起こってはいけないという配慮からだった。

こうして日章丸は大歓迎のうちに、二回目のガソリンと軽油を積み込み、再びイラン民衆の温かい声に見送られながらアバダン港を出航した。

今や日本とイランはひとつになった。

正式な国交さえなかった二つの国が、石油という太いパイプで結ばれようとしていた。その奇跡を起こしたのは、日章丸という一隻のタンカーだった。

そして日章丸が果たしたもうひとつの大きな仕事は、半世紀以上にわたって世界を支配してきた国際石油カルテルの一角を見事に突き崩したことだった。

国岡商店とイラン国営石油会社は、もしかしたら世界の石油業界を大きく変えていくかもしれない

――誰もがそう思ったとき、世界を震撼させる事件がテヘランで起こった。

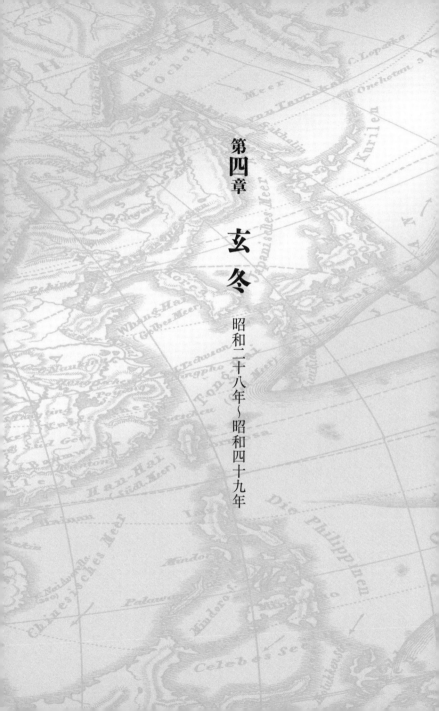

第四章

玄冬

昭和二十八年〜昭和四十九年

一、魔女の逆襲

日章丸がアバダンで三度目の積み荷を終え、日本に向けて航海をしていた八月半ば、イランに衝撃的な事件が起きた。それは実に奇妙な出来事から始まった。

一九五三年（昭和二十八）八月十九日の早朝、テヘラン市の東にあるバザールの入り口から、見るからに異様な集団がパレードを開始した。先頭には、怪力を見世物とする巨人たちが奇妙なパフォーマンスをしながら行進していた。その後には、軽業師、道化師、レスラーなどが、それぞれの得意技を披露しながら続いた。そして彼らの後ろには、襤褸をまとった浮浪者や乞食たち数百名がぞろぞろと歩いた。この風変わりなパレードを見物しようと、テヘラン市民たちが大勢集まった。やがてその数は一万人にものぼった。

パレードが市の中央部に差しかかった途端、突然、支離滅裂なパレードの一行が統制のとれた集団に豹変した。彼らは「モサデク打倒！」「国王万歳！」と叫び、棍棒やナイフで暴動を起こした。同時多発的に市内の何ヵ所かで群衆の暴動が起こった。

テヘランはあっという間に大混乱に陥り、それを待っていたかのように反モサデクのザヘディ将軍率いる軍隊が戦車とともに市内に突入すると、テヘラン放送局を占拠した。そして「モサデク首相は解任

され、ザヘディ将軍が首相の座に就いた」と放送した。このあとザヘディの軍隊は首相官邸を襲い、護衛兵を射殺し、モサデクの身柄を拘束した。政権はあっという間に崩壊した。

この信じられないクーデターを演出したのは、アメリカのCIAだった。

アメリカはもともとモサデク政権打倒を目論んではいなかった。イランの石油国営化によって、むしろそれまでイギリスに独占支配されていたイランの石油利権を手に入れるチャンスと見ていたからだ。一方イギリスはイランの石油国営化が国際的に認められ、既成事実となってくるにしたがって、焦り始めた。そこで秘密裏にアメリカと交渉した。それはアメリカがモサデク政権を打倒する代償に、イラン石油の四〇パーセントの利権を譲り渡すというものだった。もっともこれらがあきらかになるのは何年も後の話だ。

比較的中立の立場を取っていた。イランとイギリスの争いにおいても

モサデク政権打倒に大きな役割を果たしたのは、ジョン・フォスター・ダレス国務長官、その弟のアレン・ウェルシュ・ダレスCIA長官、それにCIAの作戦部の長、リチャード・ヘルムズだ。そして事前にパーレビ国王とこのクーデターについて秘密裏に会談したのは、イランの軍事顧問を務めていたハーバート・ノーマン・シュワルツコフである。シュワルツコフは元ニュージャージー州の警察長官で、大西洋無着陸横断で名を馳せたリンドバーグの息子誘拐殺人事件の指揮を執ったことでも知られる男だった（この事件で逮捕され死刑となった犯人は冤罪とも言われている）。シュワルツコフの同名の息子は後にアメリカとイラクの湾岸戦争の総司令官として大いに有名になる。奇しくも父子二代にわたって中東に暗い影を落とした。

ダレスたちは、見世物芸人や浮浪者たちに金をばらまき、奇妙な行進をさせた上で暴動を起こさせ

た。そしてザヘディ将軍の部下たちが、それを見物する市民のふりをして集結していたのだ。

こうして国民の圧倒的な支持を集めていたモサデク政権は一日で崩壊した。そしてこの崩壊は、イランの民主主義の崩壊を意味すると同時に、その後、長い間、国そのものがアメリカのくびきにつくことをも意味していた。

クーデターの少し前、モサデク政権打倒に失敗してイタリアに亡命中だったパーレビ国王はイランに戻り、ザヘディ将軍に迎えられ、イランは再び王政となった。その玉座はアメリカが用意したものだった。パーレビはザヘディを正式に首相に任命した。

CIAが使った金はわずか七十万ドルと言われている。パーレビ国王の回顧録には六万ドルとなっているが、いずれにしても小型タンカー一隻にも満たない金で、モサデク政権は倒されたのだ。

アメリカはただちにイランに対して何千万ドルという経済援助を開始する。その金の多くは国王や支配者層に流れ、多くの汚職を生み、貧富の差を拡大し、イランの民主化を大幅に遅らせた。

鐵造は、モサデク政権が倒れたというニュースを聞いて、大きなショックを受けると同時に悲痛なる思いに囚われた。

「狂人（のろし）」と罵られていたモサデクだったが、鐵造は一度もそう考えたことがなかった。正明と武知から、彼がいかに質素な暮らしをしているかを聞き、これまでイギリスに搾取され、さんざん虐げられてきた人々のため、国のためを思っている指導者だと確信していた。事実、モサデクは国民からも圧倒的

一度も会ったことのない男だったが、モサデクには多大なる尊敬の念を抱いていた。西側諸国から

な支持を得ており、クーデターの直前におこなわれた国民投票では、何と九九・七パーセントという驚異的な支持率を獲得していた。

大英帝国に敢然と戦いを挑み、経済封鎖にも断固として信念を曲げず、イラン国民の幸せを願った偉大な男——それが鐵造のモサデク観だった。目的は違えど、国際石油メジャーを相手にともに戦った同志でもあった。七十一歳という年齢も六十七歳の鐵造とほぼ同年齢であり、まさに戦友という思いを抱いていた。

その戦友は今、政権の座から引きずり降ろされ、獄中にある。噂では死刑になると言われていたが、せめて命だけは永らえてほしいと願わずにはいられなかった。

しかしいつまでも感傷にひたっているわけにはいかなかった。今回のイランのクーデターで何よりも気になるのは、イラン国営石油会社が今後どうなるかだった。

「今回のクーデターは、国岡商店にとっても、一大事だ」

鐵造は日活ホテルに重役たちを集めて言った。

「もしアメリカが後ろで糸を引いたということになれば、彼らはその代償を求めるに違いない」

「石油ですね」

東雲が言った。

「それしかあるまい」

「しかしイラン石油国営化はイランの悲願です。これをそうやすやすと手放すとは思えません。それにザヘディ将軍もモサデク元首相に劣らぬ熱烈な愛国者と聞いています」

228

正明の言葉に鐡造は首を横に振った。

「パーレビ国王は今回のクーデターでアメリカと交渉した可能性がある。イラン国営石油会社がこのままでいられるかどうかは疑問だ」

一同の顔が暗くなった。

「しかし」と東雲が言った。「仮りにイラン国営石油会社の経営母体が変わったとしても、国岡商店との契約は生きています」

「うむ、それはそうだ。それにイラン国営石油会社と国岡商店の絆は強い。契約が反故にされることはないと思うが、それでも契約の確認をしておくことは重要なことだ」

鐡造はそう言うと、正明と武知に「すぐにイランへ飛べ」と命じた。

クーデターひと月後の九月の終わり、正明と武知はイランに入った。

二人はイラン国営石油会社を訪れ、あらためて契約の確認と継続を求めた。

バヤット社長は二人に対して、現契約の継続と履行をきっぱりと約束した。

「これは信義の問題である。もし、イラン国営石油会社が国岡商店との契約を破棄するようなことになれば、これはイランにとって国際的な恥辱です」

正明と武知はバヤットに礼を述べ、今後とも両社の友好関係を互いに約束した。

二人は副首相からザヘディ首相の言葉ももらった。それは、

「イラン、日本両国ともに東洋民族であり、国岡商店は『イギリスの封鎖』を破った。イランが国岡商

店を支持することは将来とも変わらない」

というものだった。

新首相からも保障されたとなれば、もう心配することはない。

「杞憂に終わりましたね」

テヘランの事務所で、駐在員の近田良平はコーヒーを出しながら、正明と武知に言った。

「店主も少しばかり心配が過ぎたようだな」

正明が言った。

「店主の心配は当然だよ」武知が言った。「万が一、イランが契約の破棄を言ってきたら、国岡商店は

たちどころに窮することになるんだから」

「でも、現状維持で何よりです。これで私も当分はテヘラン暮らしが続きます」

近田の苦笑いしながらの言葉に、正明と武知は笑った。

このときのイラン訪問では驚くことがあった。なんと二人が日本へ帰るとき、ザヘディ首相から、吉

田茂首相宛にイランと日本の親善と提携を求める手紙を託されたのだ。正明と武知は、民間の一社員に

すぎない自分たちが大使の大役を与えられたことに誇りと喜びを感じた。

十月二十七日、二人が羽田空港に到着した日、ザヘディ首相は形式上続いていた日本との戦争状態の

終結を発表した。その五日後、日本とイランの外交関係が再開された。この国交回復はあきらかに国岡

商店のお蔭と言えた。それは鐵造にとっても誇らしいものだった。

230

鐵造は正明らから契約維持の確認を聞くと、ひとまず胸を撫で下ろした。半年間は国際価格の半額で石油を提供するという特例は、期限切れで終了となっていたが、これは当然のことだった。

「ぼくの取り越し苦労だったか」

鐵造はそう言ったが、その顔には笑顔はなかった。そして小さく呟くように言った。

「いったいアメリカの狙いは何だったのか——」

正明たちの報告にもかかわらず、鐵造の胸からは不安が去らなかった。

鐵造の疑念は正しかった。

アメリカは国際コンソーシアム（出資者連合）を作って、イラン国営石油会社を支配しようとしていたのだった。しかしそのためには、イラン国営石油会社とアングロ・イラニアンの補償問題が解決されなければならない。

その年の十二月二日、突然、イギリスとイランの国交が回復したというニュースが流れた。モサデク政権が倒れて、わずか三ヵ月あまりで、イランとイギリスは急接近したのだ。

このニュースを聞いた鐵造はイラン国営石油会社の将来に暗雲がたれこめはじめているのに気づいた。

はたして十二月十五日、ロンドンでイラン国営石油会社をどうするかという会議がおこなわれた。この秘密会議に出席したのは、国際石油カルテルを形成する米英のメジャーたちだった。すなわちアメリカの「スタンダード・オイル・オブ・ニュージャージー（ジャージー・スタンダード）」、「スタンダー

ド・オイル・オブ・ニューヨーク（ソコニー・モービル）」「スタンダード・オイル・オブ・カリフォルニア」、「テキサコ」、「ガルフ」、イギリスの「アングロ・イラニアン」、イギリス・オランダの「ロイヤル・ダッチ・シェル」の、いわゆる「セブン・シスターズ（七人の魔女）」と呼ばれる七社と、戦後急速に力を伸ばした「フランス石油会社（CFP）」が加わった。

この「ロンドン会議」は、セブン・シスターズのトップたちがはじめてひとつのテーブルに会した歴史的な事件でもあった。「魔女」たちは、イラン国営石油会社を支配するためのコンソーシアムの設立を計画し、互いにその分け前をどうするかということで意見を戦わせた。

そしてついに翌一九五四年（昭和二十九）四月、コンソーシアムが設立された。アングロ・イラニアンが株式の四〇パーセント、シェルが一四パーセント、フランス石油が六パーセント、残りの四〇パーセントをアメリカの五社が八パーセントずつ持つというものだった。アメリカの五社は労せずして四〇パーセントの利権を得たことになる。ここに史上はじめて、この八つの頭を持つ「やまたの大蛇」のような国際的大石油会社が誕生した。

コンソーシアムの代表団はただちにイラン政府と交渉に入った。コンソーシアムはイランにおける石油の採掘、精製、販売の独占的支配を狙ったが、さすがにイラン政府も抵抗した。しかしモサデクのいないイラン政府は、もはやコンソーシアムに対抗する術（すべ）も力も持っていなかった。

四ヵ月後の八月、イラン政府はコンソーシアムの要求をほぼ認めた形で協定書に調印した。ここに「イラン人の、イラン人による、イラン人のための石油経営」というイランの悲願であった国営石油会社は実質的に崩壊した。モサデク政権が倒れて一年後のことだった。

232

その協定は、コンソーシアムがイランにおける原油の採掘、生産、精製にたずさわる「操業会社」

と、販売輸出の「販売会社」を設立するというものだった。販売利益の五〇パーセントがイラン政府に

支払われるということになっていたが、実質的な経営はすべてコンソーシアムが独占支配することにな

った。

一方、イラン国営石油会社が自由に処分できる原油量はコンソーシアムの全生産量の一二・五パーセ

ントに限られた。しかもガソリンや軽油などの石油製品については、イラン国内の消費分以外は認めら

れなかった。もしイラン国営石油会社が海外にガソリンや軽油を輸出したいときには、コンソーシアム

と交渉して、彼らから製品を購入し、それを転売するという形を取らねばならない。しかも、それさえ

コンソーシアムが転売に同意しなければできなかった。

つまりイラン国営石油会社はコンソーシアムの単なる一子会社になってしまったのだった。そしてこ

の協定は最低二十五年とされ、さらにイラン政府は国有化のときにアングロ・イラニアン社に対して与

えた損害の補償として、今後十年間にわたって、同社に毎年二百五十万ポンドという莫大な金額を支払

うという屈辱的な条件を認めさせられた。

コンソーシアムが誕生した翌月、イラン国営石油会社は国岡商店に対して、これまでの二五パーセン

ト前後の値引き価格を全面的に破棄すると通告してきた。さらに十月中旬には、値引きを約一〇パーセ

ントにすると宣言した。その値引き率では、輸送費などのコストを考えると、日本市場で競争できなか

った。というよりも、日本市場で国岡商店が競争できない価格に設定したのだ。もちろん、この価格を

233

決定したのは、コンソーシアムであることは疑いなかった。

イラン政府とコンソーシアムの協定は十月二十九日に発効したが、同じ日、東京では、裁判で一年近く国岡商店とイラン石油の所有権を争っていたアングロ・イラニアンが、訴訟を取り下げた。イラン国営石油会社を実質的に支配したことにより、国岡商店と争う意味がなくなったからだった。

イラン国営石油会社とコンソーシアムが結んだ協定には、イラン国営石油会社が国岡商店と結んだ契約は完全に削られていた。バヤット社長はコンソーシアムとの交渉において、国岡商店との契約の条約を協定文の中に入れるように主張したが、アングロ・イラニアンの代表ウィリアム・スノーが強硬に反対し、それは認められなかった。アングロ・イラニアンは、こうして憎い国岡商店に完全に報復を果たしたのだった。

一方的な契約解除と価格通告を受けた鐡造は、ただちに正明と武知をイランに送った。

正明たちは、イラン国営石油会社の重役たちに契約の履行を強く迫った。

契約には、「国岡商店は、競争的価格で購入できる」という条項があった。日本の市場で、「競争的価格」を維持するためには、ガソリンは最低でも二二パーセント、軽油は二四パーセントの値引き率が確保されなければならない——。

懸命に訴える正明たちに、バヤット社長もパーヒデー部長も、暗い顔をして首を振るばかりだった。

一年前、「国岡商店との契約を破棄するようなことになれば、イランにとって国際的な恥辱である」とまで言ったバヤット社長は、苦しそうに言った。

「コンソーシアムとの石油協定は、パーレビ国王が調印した。われわれが、国岡商店に石油を安く売る

234

と決めても、議会を通らない」

かつて日本で新田船長に花束を渡して祝福してくれたパーヒデーも、俯（うつむ）いたまま何も語らなかった。正明には彼らの気持ちが痛いほどわかった。彼らは国岡商店のためになんとかしてあげたいと思っている。しかしもはやイラン国営石油会社は、自分たちの石油を自分たちで売ることも、価格を決めることもできなくなっていたのだ。

それは八匹の大蛇に生きながら身を食われる哀れな巨人の姿だった。

二、ガルフ石油

国岡商店とイラン国営石油会社との蜜月時代はわずか一年半で終わりを告げた。

しかしこの一年半で、国岡商店は完全に甦った。イランとの取引が始まる前年の純利益は一億七千三百万円だったが、日章丸がアバダンに乗り込んだ昭和二十八年は七億八千百万円の巨大な純利益を計上した。石油業界においても一挙にシェアを伸ばし、日邦石油、スタンバックに次ぐ、業界三位に躍り出た。

コンソーシアムが設立された昭和二十九年も八億六千六百万円の純利益を上げ、上位の二社との差を詰めた。三年前は「十三対一」という厳しい戦いを強いられ、会社の存続さえ危ぶまれていた国岡商店を救ったのは、「日章丸」という名刀だった。

今や押しも押されもせぬ大企業となった国岡商店だったが、鐵造はこれに安住していてはならぬと思っていた。メジャーたちは虎視眈々と日本の市場を狙っている。すでに日本の多くの石油会社がメジャーと提携し、彼らの傀儡（かいらい）となり果てている。だからこそ、数少ない民族系石油会社の長としての国岡商店の役割は大きい。もし国岡商店がつぶれれば、日本の石油市場は完全にメジャーに乗っ取られるだろう。今や近代国家にとって最大のエネルギーとなった石油を支配されることは、日本の産業界すべてが支配されることを意味する。そうなれば、日本が欧米に対抗することは永遠に不可能となるだろう。

236

鐵造は製油所の建設を急がねばならないと思った。

イラン国営石油会社がメジャーたちに乗っ取られた今、ガソリンや軽油などの石油製品を購入するにはメジャーあるいはメジャーの息のかかった欧米の会社と取引しなければならない。しかし石油製品の多くをメジャーに握られている現状においては、供給量も価格も彼らの思いのままだ。それでは、いずれはメジャーにやられる。メジャーに対抗するには原産国から直接原油を仕入れ、それを精製して石油製品にして販売しなければならない。

鐵造がこう考えた背景には、世界的な原油の供給過剰という現実があった。戦後、中東に大油田が次々に発見され、原油の生産量が急速に上がっていた。この原油を輸入して精製することができれば、石油製品の価格に風穴（かざあな）を開けることができるはずだ。

鐵造がまず目を付けたのは四日市の旧海軍燃料廠（ねんりょうしょう）跡地だった。ここは広大な敷地を有し、また大都市の名古屋に近く、地の利から見ても最高の場所だった。しかしこの土地の払い下げに関しては、ロイヤル・ダッチ・シェルと提携した会社と、スタンダード系の石油会社と提携した会社が壮烈な争奪戦を繰り広げていた。まさに「イギリス・オランダ」対「アメリカ」の国際的企業の代理戦争の様相を呈し、日本政府も手に負えないものになっていた。鐵造は四日市に割り込むのは無理だと判断し、徳山の旧海軍燃料廠の跡地を狙った。

徳山は国岡商店にとっては忘れられない場所だった。終戦直後、タンク底の廃油を浚（さら）った燃料廠のひとつだったからだ。徳山のタンク群はその中でも最大規模を誇り、店員たちが最後まで苦戦を強いられ

たところだった。今は常務として鐵造の右腕となっている東雲忠司も、南方から戻ってすぐに徳山のタンクの底に潜っている。いうなれば徳山こそ国岡商店の店員たちの汗と涙が染みついた土地だった。

鐵造が徳山海軍燃料廠跡地の払い下げの陳情書を小笠原三九郎（おがさわらさんくろう）大蔵大臣に出したのは、昭和二十九年の十二月一日だった。イラン国営石油会社がコンソーシアムの軍門に下って、わずか約四ヵ月あまり後のことだった。

しかしこの地の払い下げも競争相手が少なくなく、取得は容易ではなかった。鐵造は政府の関係者にも働きかけ、東雲や武知らも水面下で動いた。

そうした必死の働きかけが功を奏し、翌年の昭和三十年八月に、徳山海軍燃料廠の跡地が国岡商店に払い下げられることが決まった。

ほっとした鐵造だったが、大きな難問が待ち受けていた。製油所の建設は凄まじい金がかかるが、国岡商店にはそんな金はなかった。またメジャーに対抗するためには、彼らの精製施設の性能を上回るものを作らなければならないが、そんなものを設計・施工できる会社は日本になかった。

鐵造は銀行に融資を頼むが、融資の目的が「巨大製油所建設」と聞いた銀行はことごとく断ってきた。業界三位の実績がある国岡商店だったが、日本の金融業界からは今も単なる石油小売業者と見られていた。原油を輸入し、それを精製して販売するという実績のない国岡商店に金を貸す銀行はなかった。戦後の産業界を支えてきた日本興業銀行からはほとんど門前払いに等しい扱いを受けた。

このままではせっかく払い下げられた土地が死んでしまう。重役たちが頭を抱える中、鐵造は「アメリカに行こう」と言った。

238

「バンク・オブ・アメリカ（BOA）はかつて国岡商店に四百万ドルの巨額の融資をしてくれた。今一度、融資を頼んでみよう」

「しかし店主、あのときとは状況が違います」と正明が言った。「日章丸事件で、国岡商店がメジャーの敵であることは、アメリカの金融界にも広く知られてしまいました。おそらく融資は難しいのではないかと思います」

「今回は、ぼくが直接、アメリカに行く」

鐵造はニヤッと笑った。

「戦いは、あえて敵の懐に飛び込まねばならぬときもある」

昭和三十年（一九五五）十月、鐵造は七十歳にしてはじめてアメリカの地を踏んだ。お供をしたのは英語が堪能な武知甲太郎だった。

二人はサンフランシスコにあるバンク・オブ・アメリカの本社を訪ねた。

副社長のジョージ・カランは、二人を応接室ではなく、自らの副社長室に迎えてくれた。カランはアメリカ人としては小柄だったが、五十過ぎの精悍な男だった。会議室に使えるほど大きな部屋だった。

彼はかつて日章丸がはじめてサンフランシスコ港に入ったとき、船上パーティーで会った武知のこともよく覚えていた。

「ゴールデンゲートブリッジを通った日章丸を見たときは驚いた」

カランは懐かしそうに言った。

「戦争に負けた日本が、わずか数年であんな大きな船を作って、サンフランシスコにあらわれたのだから、たいしたものだと心から思った」

日章丸は、国岡商店の命を託した船だった」

武知が鐵造の言葉を通訳すると、カランは感心したように頷いたが、ふと思い出したように訊いた。

「イランに送ったのは、その船か」

鐵造は「そうだ」と答えた。

「大英帝国を相手にして、よく勝てたな」

「運が良かった。それに日章丸には日本一の船長が乗っていた」

「もしも日章丸が拿捕されていたら、どうなっていた」

「国岡商店は倒産していた」

カランは、「オー！」と声を上げた。そして破顔して言った。

「ミスター・クニオカは真に勇気とガッツを持ったビジネスマンだ。われわれはそのような男と取り引きしていることを喜びに思う」

「ありがとう」

鐵造は礼を述べた後、融資をお願いしたいと言った。

「何のために？」

「製油所を作ります」鐵造は言った。「世界一の製油所です」

鐵造は製油所を作る目的を述べ、世界の石油業界の現状を説明した。

「原油の生産過剰は当銀行も知っている。精製施設の建設は理にかなっている」

カランはそう言うと、「融資の希望額は?」と訊いた。

「一千万ドル」

「よろしいでしょう」

カランの即答に、通訳をしていた武知が驚いた。「一千万ドル」という鐵造の言葉を彼に伝えながら、いくらなんでもこの額は無理だろうと思っていたからだ。

国岡商店のその年の資本金は二億円。一千万ドルといえば、公式レート一ドル三百六十円としても三十六億円。なんと資本金の十八倍もの融資額だが、実際にはそれをはるかに超える価値があった。しかもカランが出した条件は、返済期間七年、年利四・五パーセントという破格の好条件だった。

武知は不思議な気がした。イラン国営石油会社をあのような汚い手口で乗っ取ってしまうメジャーも、アメリカ人なら、BOAのように国岡商店の経営理念に多額の融資をするのもアメリカ人ということに、アメリカという国の持つ底知れぬスケールを見たような気がした。店主はそんなアメリカ人の気質を自分よりももっと早くわかっていたのだろう。息子をアメリカに学ばせたのも、おそらくはそのためだ。

鐵造と武知は次にニューヨークへ飛んだ。この街を訪れたのはビジネスではなく純粋に観光だった。アメリカを代表する世界一の都市を一目見てみようというものだった。

しかし鐵造はニューヨークという街に失望した。物が溢れかえっているが、この大都会は行き詰まっ

ていると感じた。同時に、この街がアメリカという国を象徴しているように思えた。

次に鐵造と武知はピッツバーグを訪れた。この古い街には、USスチールを生んだモルガン財閥、スタンダード・グループを擁するロックフェラー財閥に次ぐアメリカ第三のメロン財閥の本拠があった。

セブン・シスターズのひとつ「ガルフ」はメロン財閥が作った会社だった。ガルフはスタンダード・グループに属していない会社の中でアメリカ最大の石油会社だが、アジアに進出していなかったことから、国岡商店とは一度も競合したことがなかった。

ガルフが戦前から開発にもっとも力を注いでいたのはクウェートだった。四国とほぼ同じ国土しかないクウェートは、戦前、石油の埋蔵量は世界一と言われていた。しかし当時のクウェートはイギリス領であったから、ガルフはアングロ・イラニアンに権利を半分譲らなければならなかった。

第二次世界大戦中はドイツ軍の爆撃を避けるために油田は閉鎖されていたが、戦後、再開されると、クウェートの生産量は一気に増し、一九五四年には世界一の生産国となった。一時イラン国営石油会社に石油を奪われていたアングロ・イラニアンはクウェートの増産を歓迎したが、アメリカとベネズエラにある油田から採れる石油で十分供給できていたガルフは、有り余る原油の販売先を求めて苦労していた。

その情報を摑んでいた鐵造は、イラン国営石油会社がコンソーシアムに支配されたとき、ガルフとの取り引きでクウェートの原油を輸入することを考えていたのだ。また幸いなことに、これまでアジアに進出してこなかったガルフは、まだ日本の石油会社とはどこも提携していなかった。

だからガルフにとっても、国岡商店とのビジネスは大歓迎だった。

242

鐵造と武知ははじめてメジャーの本社を訪れた。まず度肝を抜かれたのが、広大な敷地だった。正門をくぐると公園のような緑地があり、噴水付きの池までであった。見渡すほどの駐車場には、日本では見たこともない大型車が何百台も並んでいた。

本社ビルの高さはそれほどでもなかったが、間口と奥行きをたっぷりとった豪華な建物だった。中に入ると、天井は呆れるほど高く、廊下も広かった。

武知は、これがメジャーの本丸かと、あらためて国際的な大企業のすごさを見せられた気がした。しかし鐵造はビルの内装などには目もくれず、案内されるままにさっさと歩いていく。

壁に美しい木をふんだんに使った瀟洒な応接室で二人を待っていたのは、取締役で営業部長でもあるバートレットだった。年齢は四十を少しすぎたくらいの若さで、武知はそれにも驚いた。

互いに挨拶を交わすと、バートレットがにこやかな顔をしながら、一枚のメモを机の上に出して言った。

「あなた方がわが社から買いたい原油の量と価格を、ここに書いてほしい」

すると鐵造は丁寧にそのメモを押し返して言った。

「あなたがたが、われわれに希望することを書いてもらいたい。どんな希望でも叶えたい」

バートレットは口をあんぐり開けて、目の前の痩せた老人を見つめた。

天下のセブン・シスターズに向かって、こんなことを言える石油会社がセブン・シスターズ以外にあるだろうか——。

バートレットはもう一度正面に座る日本人を見た。度の強い眼鏡の奥の黒い目は鋭かったが、けっし

て威圧的ではない。むしろ穏やかな光さえ漂わせていた。これが日章丸でアングロ・イラニアンを翻弄したクニオカという男か。

バートレットは、突然、大きな声で笑った。それを見て、鐵造も笑った。

「われわれは素晴らしい取り引きができそうです」

バートレットの言葉に、鐵造も「私もそう思います」と答えた。

「実は今日の昼、われわれグループの懇親会のパーティーがあるのですが、出席してもらえるでしょうか」

「喜んで」

鐵造と武知は同社のホールに案内された。集まっていたのは、ガルフとメロン財閥、そして地元ピッツバーグの大鉄鋼会社「USスチール」の幹部たちだった。

鐵造が紹介され、壇上に上がると、参列者からいっせいに拍手が起こった。日章丸で世界をあっと言わせた国岡商店のボスはここでも注目されていた。司会役を務めた男が鐵造にスピーチを求めた。

「皆さん、このような素晴らしいパーティーにお招きいただき、ありがとうございます」

鐵造の言葉を武知が通訳した。

「戦争が終わって十年、日本は今、大いに復興しつつあります。私のような元気な若者が次々と新しい産業を起こしています」

皆が笑った。

「日本は平和な国になりました。本来、日本人は『和』を何よりも尊ぶ民族です。先の戦争では、不幸

244

な争いが起きましたが、これからは日本とアメリカは互いに手を取り合って生きていきましょう。もちろん、積極的に日本に投資してもらいたい」

会場に拍手が起こった。

「しかし――」と鐵造は言った。「あなたがたアメリカは民主主義の国であると主張され、それを誇りにしておられるが、私に言わせれば、あなたがたの民主主義はニセモノであります」

参列者の顔色が変わった。通訳をする武知は冷や汗をかいたが、鐵造はさらに続けた。

「私がアメリカに来て驚いたことがある。それはどこの会社にもタイムレコーダーがあることです。これほど人間を信頼していないものはありません」

参列者の男が挙手して発言した。

「あなたの会社にはタイムレコーダーはないのか?」

「ありません」と鐵造は答えた。「国岡商店には、出勤簿さえない」

会場がどよめいた。

「私は店員たちを信頼しているから、そんなものはいっさい必要がないと考えています。自分の社員も信頼できず、タイムレコーダーで縛りつけるようなシステムが、はたして本当の民主主義と言えるでしょうか」

鐵造はさらに国岡商店が「人間尊重」を第一に考え、社員を家族と考えて経営してきたことを語った。

「国岡商店には定年もない。もちろん馘首というものもない」

これを聞いて聴衆の間にまたどよめきが起こった。誰かが手を上げて質問した。

「社員は家族と言われるが、なかには出来の悪い社員もいるはずだ。会社に利益をもたらさない者が出たら、どうするのだ」

「国岡商店も現在は店員が三千人を超えた。それくらいの数になると、はっきり言って、出来の悪い店員も出てくる。これは仕方がない。どこの家でも、家族の中にひとりくらいは出来の悪いのがいるだろう」

鐵造の言葉に、聴衆は笑った。

「しかし、出来が悪いというだけで家族の縁を切ることがないように、国岡商店も首にはしない。むしろ、そういう店員をいかにして教育していくかということが会社の使命ではないかと思っている。出来の悪い社員を辞めさせ、すぐれた社員ばかりでやっていく——これを少数精鋭主義と呼んで尊重する風潮もあるが、そんなものは私に言わせれば、単なる利己主義である」

会場に、感心とも呆れともつかぬ声が漏れた。

「日本でもアメリカでも、企業は社員のストライキに悩まされているようだが、これは経営者と労働者が敵対しあっているからだ。ひとつの家族となっていれば、労働争議など起こりようがない。もちろん国岡商店には労働組合などもない」

再び会場が大きくどよめいた。

メロン財閥やガルフ、さらにUSスチールの重役たちは、東洋からやってきた老人の不思議な経営哲学を、最初は苦笑を浮かべながら聞いていたが、いつしか皆、真剣な表情になり、会場に私語は消え

た。

鐡造の長いスピーチが終わった途端、パーティー会場に盛大な拍手が起こった。

その拍手を見た武知は、アメリカ人のすごさをまたひとつ見たような気がした。

ガルフと、将来の原油取引について有意義な会談を終えた後、鐡造と武知はシカゴに飛んだ。

目的は、アメリカ一の石油精製技術の開発専門会社である「ユニバーサル・オイル・プロダクト・コーポレーション」（UOP）を訪ねて、精製工場の建設を依頼することだった。

鐡造は今回の訪米に先立って、東雲をアメリカに送り、いくつもの精製工場を視察させていた。全米各地の製油所を見て回った東雲の報告は「UOPに依頼するのが最善」というものだった。

はるばる日本からやってきた客ということで、社長のD・M・ベネマ自らが鐡造たちを出迎えてくれた。

応接室で挨拶を交わした後、ベネマが言った。

「国岡商店の名前はよく知っているが、これまで精製施設がなかったとは驚いた」

「長い間、精製施設がないばかりに、苦労しました。そこで、UOPさんの力をぜひ、お借りしたいと思ってやってきました」

「わが社の技術はどこにも負けません。あなたの満足のいく最高の工場を作ります」ベネマはそう言った後で付け加えた。「もちろん、予算によりますが」

「UOPの工場に関しては信頼しています。しかし私の希望はそれだけではない」

「それは何でしょう？」

「私どもが精製工場を建設する徳山という町は、かつて海軍の燃料廠がありました。それは軍の機密で、周囲には高い塀をめぐらせ、近くを通る列車には必ずブラインドが下ろされました」

鐵造は続けた。

「徳山は瀬戸内海に面した美しいところです。この美しい光景は住民たちのものであるべきです。いや、日本の国民の共通の財産です。ですから、この街に精製工場を作るときは、無味乾燥な冷たい工場ではなく、見た目も美しい工場にしたい」

ベネマは思わず大きく頷いた。

「それはわれわれもずっと考えてきたことです。しかし、これまで一度もそんなオファーをする会社はなかった」

「できますか」と鐵造は尋ねた。

「やれます」ベネマは答えた。「世界でもっとも美しい製油所を作ります」

「わかりました。では、UOPにお任せしたい」

「ありがとうございます」

「さっそく、契約書を交わしましょう」

これにはベネマが苦笑した。

「契約書は簡単には交わせません」

「なぜですか」

248

「規模と予算を伺った上で、設計と見積もりを出します。このような大きなプロジェクトの場合、最終的に契約内容の合意にいたるまでは、最低でも半年、普通は一年はかかります」

「双方の信頼関係さえあれば、そんなものは後からでも十分。私はUOPを信頼しています。いますぐ仮契約を結びましょう」

ベネマは呆気にとられた。これまで長い間、この仕事に携わってきたが、こんな破天荒な契約はしたことがない。しかし、考えてみれば、この契約方法がむしろ本来の形ではないのかという気がした。この風変わりな東洋人が言うように、双方の信頼さえあれば、何十ページにわたる契約書などは不要ではないか――。

「わかりました。仮契約を結びましょう」

ベネマは言った。

UOPと国岡商店が交わした契約書は、「徳山でUOPが国岡商店の製油所建設を請け負う」というだけのものだった。

そこには、設計図も、見積もりも、金額も、何も書かれていなかった。

三、奇跡

国岡商店とUOPの技術陣と設計者たちは互いに知恵を絞り合って、製油所の設計に取り掛かった。

そして翌昭和三十一年初め、世界最大級の製油所の設計図が完成した。当時、日邦石油をはじめとする日本の石油会社の精製施設の原油処理能力は日産二万バレルが限界と言われていた時代にあって、国岡商店が計画した製油所は日産三万五千バレルという能力を持つ破格のものだった。しかも将来的には十万バレルに拡張できる設備を備えていた。導入された技術はすべて世界最先端のもので、これほどの最新式の設備で統一された製油所施設は世界のどこにもなかった。この空前の製油所の建設費の見積もりはなんと百十億円という途方もないものだった。

石油業界は呆れると同時に、今さらながら国岡鐵造という男の底しれぬスケールに慄いた。

昭和三十一年三月、起工式を済ませると、鐵造は重役たちを集めて、製油所に向けて全力を尽くせと言い、東雲を建設本部長に任命した。

「着工は五月に」と鐵造は言った。

「わかりました。それまでに建設業者を決め、資材を準備します」

「完成は来年の三月だ」

鐡造の言葉に東雲たちは絶句した。

「店主、お言葉ですが──」と東雲は言った。「十ヵ月で完成させるのは無理です」

鐡造の目が鋭く東雲を睨んだ。

武知が助け船を出すように言った。

「UOPの設計者たちも、普通は三年、どれほど急いでも二年半はかかると言っております」

「人間の赤ちゃんは十ヵ月で誕生する。製油所も同じだ」

鐡造はこともなげに言ったが、東雲は無茶苦茶な論理だと思った。いや論理にさえなっていない。人間の赤ちゃんと製油所はまったく違う。

「できるかぎり急いでやりますが、それでも二年はかかると思います」

言いながら東雲は、二年ではまず無理だろうと思った。しかし、せめてそう言わなければ、この場はおさまらない。

「しかしそれでも店主を納得させることはできなかった。

「御託はいい。何としても十ヵ月で完成させろ」

店主の強い言葉に、もう重役たちは何も言えなかった。

会議室を出た東雲の肩を、正明が軽く叩いた。振り返ると、武知もいた。

「兄は実際の工事を知らない。専門家の意見を知れば、考えをあらためてくれると思う」

「そうならいいが」

東雲はそう言いながら、それはあまり期待できないと思った。いったんこうと決めたなら、誰が何と言おうと絶対に引かないのが店主だ。その頑固な性格は十分に知っている。

「なぜ、店主はあれほど焦るのだろう」と東雲が言った。

「もしかしたら、兄は、自分の命が長くないと思っているのかもしれない。人間の赤ちゃんに喩えたのも、そのせいかも——」

「店主はまだまだお若いし、元気がある」

「そうは言っても、今年七十一歳になる。ぼくらには言わなくても、体の不調を自覚しているのかもしれない」

正明の言葉を聞いて、東雲はうーんと唸った。

戦争が終わった翌年、南方から復員してきて以来、店主とともにひた走ってきた十年だった。タンク底に潜り、GHQや商工省と交渉し、日章丸を作り、イランの石油を買った。常に精力的で意気軒昂な店主に年齢など感じたことがなかったが、気がつけば古希（き）を超える年齢になっていたのだ。孫のいない鐵造にとって、製油所は孫のようなものかもしれないと東雲は思った。だとしたら、一日でも早く製油所を完成させて、それを店主に見せてあげたい。

「店主のおっしゃる十ヵ月は無理だろうが、せめて一年半以内に完成させたい」

東雲の言葉に正明も武知も驚いた顔をした。

「一年半なんて無理だろう」と武知が言った。

「そうかもしれない」と東雲は答えた。「でもそれを目標に頑張りたい。不謹慎な言い方になるかもし

252

れないが、店主は自分が亡きあとの国岡商店のことを考えておられるんだと思う。製油所があれば、国岡商店はやっていける——店主はそう思っておられる。だから一刻でも早く店主を安心させたい」

正明と武知は頷いた。

東雲は多くの建設会社や土木会社に工事の発注をした。これほどの規模の工事だけに、請負業者は二百をゆうに超えた。

東雲はUOPから派遣されてきたポッター技師長に、工期の短縮は可能かどうかを訊ねたが、ポッターは「無理したとしても二年はかかる」と笑った。そして胸を叩いて言った。

「断言してもいいが、二年以内に完成させることは不可能だ」

これまで多くの製油所を作ってきた専門家が言うのだから間違いはないだろうと東雲は思った。それでも、なんとかならないかという思いで、業者の監督たちを集めて工期の相談をした。しかし彼らは十ヵ月で完成というのは絶対に無理だと口を揃えて言った。

「なんとかならないか」

東雲が重ねて言うと、監督たちは工事の過程を数字にして見せながら、実現不可能なことを説明した。賢明な東雲は、その具体的な数字を見たときに、やはり不可能なことを悟った。頑張ればなんとかなるというものではないとうていなかった。

「できるだけ急いで欲しい」

東雲の説得に、それぞれの業者たちは初期の見積もりよりも、期間を短縮したスケジュールを出して

きた。業者は皆、工事の種類が違う。同時並行的にやれる工事もあれば、順番におこなっていかないといけないものもある。東雲はそれぞれの業者が出してきた工程表を組み合わせて、完成期間の短縮を試みたが、どれほど理想的に進めても一年十ヵ月はかかった。

東雲はそのスケジュール表を持って鐵造に報告した。

鐵造はスケジュール表を一瞥すると、厳しい口調で言った。

「ぼくは十ヵ月で完成させろと言ったはずだ」

東雲は細かい工程表が書かれた書類の写しを渡して説明を始めたが、鐵造は途中でそれを遮った。

「ぼくの目が悪いのはよく知っているだろう。こんな小さい数字は目に入らない」

鐵造はそう言って、書類の写しを突き返した。

東雲は、「もう一度、スケジュールを組んでみます」と言って店主室を引き下がった。

東雲は再び各業者の監督たちを呼んで、工程を洗い出してほしいと言った。

「いっさいの無駄を省いてくれ。ひとつの工事に一時間短縮できたら、それを積み重ねれば、大きな時間になる」

最初、監督たちは呆れた顔をしていたが、東雲が懸命に要請するので、もう一度工程表を組み直してみると、しぶしぶ了承した。

後日、提出された工程表を組み合わせてみると、一年四ヵ月になることがわかった。何と前よりも半年も工期を縮めることができたが、東雲はこれが限界だと思った。これ以上のスピードアップは危険

だ。ミスが出る恐れがあるし、そうなれば工期は逆に延びることになる。

東雲はこの数字は店主には伏せておこうと決めた。

昭和三十一年五月、製油所の工事が始まった。

戦後十年以上も放置され、荒れ果てて一面廃墟になっていた徳山の旧海軍燃料廠跡地に何十台ものブルドーザーが投入された。空襲でできた爆弾の穴を埋め、デコボコの土地をならしていく。廃墟から瓦礫（れき）や折れた鉄骨やらが掘り出され、それらをトラックが運んでいく。十六万坪（五二万八〇〇〇平方メートル）を越える広大な敷地は一面もうもうたる砂埃がたち、その中を人と重機が縦横に動いている。

鐵造は着工と同時に、内外に向けて、「徳山製油所は十ヵ月で完成させる」と宣言した。

それを知ったポッターをはじめとするUOPの設計技師たちは、建設本部長である東雲に「クレイジー（じゅうき）だ」と言った。

石油業界の面々は呆れるというよりも、鐵造の無知と無謀を嗤（わら）った。

「また国岡の無茶と大ボラが始まった」

「誇大妄想（こだいもうそう）、ここに極まれり、だな」

その声は東雲の耳にも入ってきた。もっともそんなものは聞き流せばいいことだが、無視できないのが現場からの声だった。

「十ヵ月などでできるわけがない」

「できないことを要求されてはたまらない」

「国岡商店は建設のイロハも知らないのか」

東雲は請負業者や設計技師たちから何度も厳しい言葉を浴びるたびに、「店主の発言は、一種のデモンストレーションだから」と、彼らをなだめた。

一方、鐵造には会うたびに、「何としても来年の三月までには完成させろ」と発破をかけられた。

両者の間で板挟みになった東雲は、心労で五キロも痩せた。

東雲は造成現場に顔を出し、工事の進捗状況を直接見て、不明な点を一つひとつ現場監督に質問した。たとえ十ヵ月は無理でも、一日でも無駄にしたくないという思いだった。

すると驚いたことが起こった。二ヵ月を予定していた造成が一ヵ月あまりで終わったのだ。雨があまり降らなかったことが幸いしたなと東雲は思った。

敷地の造成が終わると、いよいよ本格的な建設が始まった。

二十を超える建設業者と二千人を超える人間が工事現場に乗り込んできた。

東雲は工事現場に作られた飯場に寝泊まりし、朝は誰よりも早く起きて、毎日、広大な工事現場を回って、それぞれの現場監督と打ち合わせを欠かさなかった。

人手が足りないと見たときは、自ら資材を運ぶこともあった。そして夜は誰よりも遅く飯場に戻ってきた。国岡商店の重役であり建設本部長が全身を泥だらけにして働く姿は工事現場でも評判になった。

しかし当の東雲は働くことをいささかも苦には思っていなかった。むしろ労働を楽しんでいた。かつて十年前、全身を油まみれにしてタンク底に潜った同じ場所で、今、製油所建設のために体を動かすといういうことは感慨深いものがあった。

やがて熱い夏がやってきた。東雲は本社に、店員の動員を要請した。本社は特別なシフトを組み、若い社員をローテーションで徳山に派遣した。

東雲は店員たちに、工事現場で働く人たちに冷たいお茶を配らせたり、ときにはお菓子や酒なども差し入れさせた。それ以外でも、廃材の処理をさせたり、トラックなどが頻繁に往来する場所では交通整理もさせた。手空きの店員には、工事現場で実際に力仕事をさせた。もちろん東雲は常に率先しておこなった。

夏が過ぎ、秋が深まったころ、UOPの設計技師たちは首を傾げた。なんと予定工期を四ヵ月も縮めていたからだ。彼らは何度も工事に抜けたところがないか確認したが、すべての工事は完璧だった。

理由を訊ねられた東雲にも説明がつかなかった。ただ、夏のころから、現場監督や人夫たちの工事に取り組む姿勢が変わってきているのは気づいていた。現場には緩んだ空気はなく、常に張り詰めた緊張感があった。

不思議なことはまだあった。普通こうした大工事には必ず起こる請負の建設会社間のトラブルがいっさい起きなかったことだ。また、よくある人夫同士の喧嘩（けんか）沙汰もほとんどなかった。各現場の監督たちは、「こんなことははじめてだ」と言った。

しかし思わぬアクシデントには何度も見舞われた。

九月の台風では仮設の変電所が倒れ、十月は火災で飯場のひとつが焼けた。

外野は「突貫（とっかん）工事のツケが回った」と嗤った。

「国岡商店は魔法の杖でも振り回しているつもりか。製油所を天から降らせるつもりか」

という言葉が建設業界の新聞に載ったこともあった。

しかしこうした中傷に、請負業者たちは逆に燃えた。監督たちの目の色が変わり、それが人夫たちにも伝わった。十月に入ったころには、現場は日曜も祭日もなくなっていた。

秋が深まったころ、工事現場はにわかに光景を一変させた。タンクや精製施設を取り巻く緑地帯に木や花が植えられ、まるで公園のような様相を見せ始めていたからだ。

鐵造は敷地の二割以上を緑地にすると決めていた。一部のマスコミや金融関係者からは、国有地を払い下げてもらいながら、また多額の融資を受けながら、工場施設に関係のないグリーンベルトに金を使うのはおかしいと批判を受けたが、鐵造はその考えを変えなかった。

製油所は徳山の美しい街の景観を壊すような施設では駄目だという信念を持っていた。山陽本線から見える姿も美しくあってほしいとUOPに注文をつけていた。山陽本線沿いに長い緑地帯を作り、樹木や花を植えて、市民が散歩できるように遊歩道をこしらえた。こんな工場は日本ではじめてだった。

製油所内には、来賓用あるいは店員たちの宿泊施設やクラブ、販売店などはいっさい作らせなかった。そうした施設は徳山の街のものを利用すべきで、製油所が発展すれば、徳山の街も栄えるというのが鐵造の考えだった。

十一月ごろから工事は凄まじい勢いで進み始めた。その勢いは十二月に入ってもとどまることがなかった。

これは日本人だけではなかった。アメリカから派遣されていたポッター技師長をはじめとするUOP
の技師たちも、勤務時間以外でもトラブルがあると、すぐに宿舎を飛び出して、その収拾に向けて動い
た。まるで国岡商店の店員同様、タイムレコーダーを忘れてしまったように、二十四時間体制で建設に
取り組んでいた。

工事は驚異的なスピードで進んでいた。

東雲は進捗状況から完成時期をあらためて計算し直してみた。すると翌年の五月くらいには完成する
という見込みが立った。彼は信じられない思いで、計算表を見つめた。店主の目標とした三月完成は無
理だったが、これだけやれば十分だと思った。

ところが、十二月に入って請負業者たちのペースはさらに上がった。そして二十日過ぎに、ある業者
が「年末年始もやる」と宣言した。それを受けて他の業者も「うちもやる」と言い出した。

東雲からそのことを聞いた鐡造は、「頼むから年末年始くらいは休んでくれ」と言った。

「これは施主からの命令だ」

東雲がそのことを伝えて、ようやく請負業者は年末年始を休んだが、正月三が日の休みが明けると同
時に、現場は再び凄まじい熱気に包まれた。

全員が何かに取り憑かれたように仕事に邁進した。東雲はそれを見て、本社に「国岡商店の若手店員
たちを徳山に寄こせるだけ寄こせ」と要請した。正明と武知が人事部にかけあって、次々と若い店員た
ちを送り込んだ。そこには、その年にアメリカから戻って国岡商店に入った鐡造の長男・昭一の姿もあ
った。

若い店員たちは東雲の配下に入り、作業服を着て、工事人夫たちの手伝いをした。

「今こそ、国岡商店の力を見せるときだ」と東雲は叱咤激励した。「何としてでも三月に完成させよ！」

今や徳山の工事現場は異様な空気に包まれていた。夜も日もない突貫工事が続き、東雲も日々の睡眠時間は四時間を切った。

二月に入ったころ、信じられないことが起きた。絶対に不可能だと思われていた三月完成が見えてきたのだ。

しかしその直後、予期せぬトラブルに見舞われた。アメリカから運んでくる予定の精製施設の心臓部の機械が、鉄鋼ストライキにより、鋳造はすぐにUOPに電報を打った。

「これまで国岡は嘘を言ったことはない。納期が遅れて完成が間に合わないと、国岡が七十一歳にしてはじめて嘘を言ったことになる」

この電報を受け取ったUOPのベネマ社長は、部下たちに「何としても、資材を間に合わせろ！」と号令をかけた。

UOPの断固たる要請に、鉄鋼メーカーは必死で資材を揃えた。しかしニューヨークから日本に送り出そうとしたとき、今度は東海岸の港湾ストライキにぶつかった。ベネマ社長に運送を約束した運送会社のハーパー・ロビンソン社は、何十台というトラックに資材のすべてを乗せ、ニューヨークからアメリカ大陸を横断させて西海岸に運び、サンフランシスコから日本へ輸送した。そして何と当初の予定よりも逆に十五日も早く徳山の現場に届けてしまった。

徳山に届けられた製油所の心臓部は、ただちにポッター技師長の指揮の下、UOPの技師たちによって組み立てられ、据え付けられた。

昭和三十二年三月十日、ついに奇跡が起こった。十ヵ月で製油所が完成したのだ。

午後三時、東雲が「工事終了！」と宣言すると、徳山製油所に大歓声が起こった。

春一番が吹き荒れる中、工事人夫たちも国岡商店の店員たちもアメリカ人技師たちも抱き合って喜んだ。

四、海底パイプ

昭和三十二年三月十七日早朝、瀬戸内海に面した徳山の海岸に、朝日を浴びて輝く製油所が、静かに命の火を与えられるのを待っていた。

周囲を緑の木々に囲まれた百のタンク群、そしてその中にひときわ高く聳えるように立つ精製施設は、まさしく銀の城だった。

鐡造は製油所の入り口でそれを見た瞬間、その美しさに感動するよりも、これほどのものを作り上げた日米の技術者、そして多くの建設労働者に対する限りない感謝の念が湧き起こり、胸がいっぱいになった。

大勢の出迎えの中に東雲忠司がいた。

「よくやった」

鐡造は静かに言った。その目は優しく微笑んでいた。

東雲はその一言で、すべての苦労は報われたと思った。この工事に携わってくれた会社は土木会社、建設会社だけではむろんない。プラント、タンク、配管、ボイラー、ポンプ、電気、塗装、造園、輸送という二百を優に超える企業が参加し、のべ五十五万人の人々が三百日にわたって働いてくれた。東雲は心の中で、彼らに礼を言った。

この日は「火入れ式」がおこなわれる。原油を蒸留するボイラーの火を最初に点火する製油所の儀式だ。ボイラーが燃えると同時に、製油所が動き出す。まさしく製油所の誕生の儀式でもあった。

この日の「火入れ式」に参列したのは、国岡商店の重役や店員たち約二百名と、来賓の黒神直久徳山市長、この日、工事を請け負った建設会社の人たち、UOPから派遣されてきていた技師とその夫人たちであった。

国歌斉唱の後、式は修祓、降神、献饌、祝詞と厳かに執りおこなわれ、最後に火入れの儀となった。点火棒を持った鐵造に、UOPのポッター技師長が近づき、点火した。鐵造は火の点いた棒を常圧蒸留装置の加熱炉の奥に挿入した。その瞬間、加熱炉の中に赤い炎が走り、ごおっと音を立てた。その音はまさしく製油所の産声であった。血の出るような十ヵ月はこのときのためにあったのだと東雲は思った。

鐵造とポッター技師長が炉の前で固い握手を交わしたとき、参列者一同から熱い拍手が起こった。

アメリカに向かう機内でも、ポッターはまだ不思議な感動に囚われていた。

彼はこれまで技師長として数多くの製油所の建設に携わってきた。しかしあれほど心を動かされた「火入れ式」はない。常に技術者として数多くの製油所の建設に携わってきた。しかしあれほど心を動かされた「火入れ式」はない。常に技術者としてクールに仕事をこなしてきた自分が、あの火入れの瞬間、体が震えるほどの感動を覚えたのだ。同時に仕事を完成させた喜びが全身を貫くのをはっきりと感じた。UOPからやってきた部下たちもまた、儀式が終わった後、「こんな素晴らしい体験ははじめてだ」と言っていた。

ポッターにとっても一生忘れられない経験だった。自ら「二年以上はかかる」と断言した工事がわずか十ヵ月で成し遂げられたという事実は、今もなお信じられない思いだった。部下の一人は「ミラクルだ！」と言ったが、その言葉は真実だ。人の心がひとつになったとき、合理や計算では考えられないことが起きる――ポッターは生まれてはじめてそれを学んだような気がした。

ポッターは帰国した後、その感動を記した手紙を鐵造に送った。

「火入れ式」の翌週、東雲は東京の本社の店主室で、あらためて鐵造からねぎらいの言葉をかけられた。

「見事な工事だった」

「ありがとうございます」

東雲はそう答えながら、ずっと疑問に思っていたことを訊ねた。

「店主はなぜ十ヵ月完成にあれほどこだわられたのですか」

鐵造はじっと東雲の目を見た。それから静かに言った。

「国岡商店はイランの石油輸入に成功して、巨額の金を得た。一気に業界第三位に躍り出た。しかし大きな利益を得ることは会社にとっては台風の卵ができたようなものだと、ぼくは思っている。ここで店員たちが驕り高ぶれば、国岡商店は滅ぶ。終戦のときには楽観したぼくだが、このときは悲観していた」

東雲は黙って頷いた。

「製油所建設は、国岡商店の試金石であると思ったのだ。もし店員たちが初心を忘れずに頑張る気持ちを持っているなら、必ずや十ヵ月で完成する。しかし、もし自分たちは大会社の社員であるという驕った気持ちを持っているなら、二年、いや三年経っても完成はしないだろう、と。

そうだったのか、と東雲は思った。店主は引退を見据えて、あるいはただ闇雲に工事を急がせているのではなかったのだ。

「徳山の製油所の工事を見て、国岡商店の店員たちは今も熱い心を持っているのを確認した」

「はい」

「しかし、それ以上にぼくが嬉しかったのは、工事に携わった下請けの労働者たちの働きぶりだ。彼らなくして十ヵ月完成は有り得なかった」

「そのとおりです。彼らは本当によくやってくれました」

「東雲」と鐵造は言った。「これが日本人の力だ。こういう日本人がいるかぎり、日本は必ず復興する。いつの日か、もう一度、欧米と肩を並べる国になる日が来る。いや、その日はもう遠くない」

二ヵ月後、製油所の完成を祝って、盛大な竣工式がおこなわれた。

アメリカからも多くの来賓が訪れた。ガルフのバートレット、マクラナハンの二人の重役、BOAのカラン副社長、UOPのウィルソン重役、そして凄まじい輸送力で納期を間に合わせてくれたハーパー・ロビンソン社のロビンソン重役らが、竣工式のためにはるばるやってきてくれたのだ。

この日の朝、鐵造は突然、専務の正明を副社長に任命している。この唐突な人事は当の正明をはじめ

多くの重役たちを驚かせた。これまで長い間、国岡商店には「副社長」という役職はなかった。

錚々たる顔が並ぶ主賓席の中に、白い顎鬚を伸ばした老人が座っていた。この老人こそ、四十六年

前、鐵造に六千円という大金を提供し、国岡商店の礎を作った日田重太郎だった。このとき、八十一

歳だった。

日田は竣工式を黙って見つめていた。ときどき、遠い昔を思い出すかのように目を閉じ、小さく何度

も頷いていた。

竣工式を終えた夜、鐵造はホテルに日田を訪ねた。

「日田さん、今日ははるばるお越しくださいまして、ありがとうございます」

「いやいや、鐵造さんが遣わせてくれた若い人に案内されてきたから、いたれり尽くせりやったよ」

戦後、夫人を亡くした日田は東京で息子夫婦と暮らしていた。自由が丘にあるその家は鐵造が日田の

ために用意したものだった。日田の生活費や彼の身の回りの世話をするお手伝いさんの給料もすべて鐵

造が出していた。また鐵造は日田のために軽井沢に別荘も作っていた。

「素晴らしい式やったなあ。立派な製油所や」

日田は感慨深げに言った。

「すべて日田さんのお陰です。あの日、日田さんが私に六千円というお金を援助してくださらなかった

ら、今の自分はありません。いや、国岡商店もなければ、この製油所もありません。日田さんのご恩義

はまさに海よりも深いものです。本当にありがとうございました」

日田はゆっくりと首を横に振った。

266

「いや、国岡はん、礼を言うのは私のほうや」

日田は言葉を噛みしめるように静かに言った。

「国岡はんのお蔭で、わしは素晴らしい夢を見ることができた。あの日のわしのわずかな金が、世界を驚かすような大きな会社になったんや。こんな夢を見られる老人はどこにもおらん。そやから、礼を言うのは、わしのほうなんや」

鐵造の目から涙がぽろぽろと流れた。「日田さん——」と言ったが、あとは言葉にならなかった。鐵造はただもう泣くだけだった。

それを見る日田の目にうっすらと涙が浮かんでいた。

国岡商店はついに悲願であった製油所を手に入れた。

これまではいかに大きな会社といっても一介の石油小売業でしかなかった国岡商店が、製油所を手にしたことにより、自社で石油製品を生産する力を持ったのだ。まさしく虎が天高く舞い上がる翼を手に入れたようなものだった。

鐵造は、徳山製油所の工事をおこなっている昭和三十一年の八月、すでに正明と武知を渡米させ、ガルフからクウェートの原油を輸入するという十年契約と同時に、一〇万トン級の超大型タンカーを二隻チャーターする契約を成立させていた。

この契約内容が発表されたとき、日本の石油会社は驚愕した。タンカーの用船契約がUSMC（アメ

リカ海事委員会）の基準レートの四五パーセント引きという破格のものだったからだ。これにより国岡が輸入するクウェートの石油価格を圧倒的に安くすることができる。

しかもガルフと国岡商店の契約はまったく対等の立場でおこなわれたものだった。これまでセブン・シスターズと提携を結んできた日本の石油会社は株式のかなりを譲渡させられたり、経営陣に乗り込まれたりという「屈辱的」な契約だったが、国岡商店はセブン・シスターズのガルフに株式も経営権もいっさい口出しさせなかった。これはガルフが国岡商店に完全に敬意を払っていることに他ならなかった。

外資と組んで長年国岡商店を抑えこもうとしてきた日本の石油会社であったが、もはやそれは不可能と悟った。ガルフと提携した国岡商店は少なくとも今後十年にわたって原油を確保できるとともに、日本一の製油所で、次々と性能のいい石油製品を生み出していくことになる。

事実、国岡商店の業績は急速に上がっていく。

徳山製油所が稼働した昭和三十二年、国岡商店の石油販売シェアは前年の一一・四パーセントから一二・二パーセントに伸び、ついにスタンバックを抜き去り、業界二位に躍り出た。

しかし徳山製油所には実は大きな欠点があった。それは徳山港の海が浅かったことだ。日章丸ができた昭和二十七年当時は一万八〇〇〇トンでも大型タンカーだったが、その後、世界のタンカーは急速に大型化が進み、一〇万トン近い時代に入っていた。

接岸できるタンカーは三万トン級が限界と言われていた。

268

国岡商店が徳山の国有地の払い下げに成功したのも、実はメジャーと提携していた大手の石油会社たちが将来を見越して、手を伸ばしてこなかったことが大きかった。

鐵造は製油所の工事が始まると同時に、船舶課長から資材課長になったばかりの重森俊雄に「大型タンカーが入れるようにしろ」と命じた。

昭和十二年に国岡商店に入り、この年四十歳になっていた重森は、国岡商店には珍しい金沢高等工業学校出身という理科系の店員だった。営業畑の店員が華々しい活躍をする国岡商店の中では、どちらかと言えば目立たない部署で黙々と働き続けた男だった。

重森は突然の大役の指名に驚いたが、同時に大いに意気に感じた。自分が学んできた機械工学の知識を役立てるときがついにきたのだ。

重森は何度も徳山を視察し、この困難な計画をいかに実現するかを考えて、いくつもの案を出したが、結局、二つが残った。ひとつは、沖まで桟橋を延ばすというものだった。しかし二キロ以上の桟橋を作ることは多額の費用がかかる上に、桟橋から製油所まで原油をどう運ぶかという問題もある。

もうひとつの案は、海底を深く掘る浚渫工事だった。これだと製油所に直接タンカーを横付けできる。ただし、工事の見積もりを出してみると二十五億円以上かかることがわかった。さらに浚渫した土砂をどこに廃棄するかという問題もある。

それでも重森は二つの工事の見積もりを細かく出した上で、鐵造の元を訪れ、計画書を見せながら、二つの案を説明した。

しかし鐵造は重森の話を途中で遮ると、計画書を投げるように突き返した。

「話にならない」

「費用がかかりすぎるということでしょうか」

重森は恐る恐る訊ねた。重森にとって店主は雲の上の存在であり、畏怖の対象そのものだった。

「費用も、何もかもだ」鐵造は厳しい口調で言った。「とにかく、もっと頭を絞れ。一から考えてこい」

重森は悄然となって、店主室を後にした。

しかし心が挫けることはなかった。それどころか逆に闘志が湧いた。店主を見返してやろうという気持ちではなく、ただ店主を喜ばせたいという強い思いだった。終戦後、郷里に引き揚げていた自分に、長い直筆の手紙と金を送ってくれた店主の恩に報いるのは今だ。横浜の旧海軍燃料タンクで、廃油で汚れた自分を抱き締めてくれた店主の腕の温もりは一生忘れない。

重森は資材課に戻ってもう一度費用の洗い直しをした。いろいろとやり方を工夫すると、かなり安くなるということがわかった。なるほど、店主がおっしゃりたいのはとことん考えろということだったのだな。

あらためて見積もり表を作成したが、ふと、待てよと思った。桟橋を沖に延ばすことによって、徳山湾の漁船の航行を妨げることに気づいたのだ。また浚渫工事もかなり大掛かりな工事になるから、湾全体に与える影響が少なくない。店主はずっと「徳山の製油所は環境を破壊することをしてはいけない」と言っていたことを思い出した。

桟橋案も浚渫案もいったん棚上げして、もう一度、徳山を訪れた。徳山製油所の事務所に泊まりこみ、漁船をチャーターして何度も沖に出て、海流や潮の干満を調べた。地元の漁師たちにも海のことを

270

聞いてまわった。さらに外国の文献を多数取り寄せて研究した。

そして思いいたった結論が「シー・バース方式」だった。これは沖に停泊しているタンカーの原油を海底パイプで製油所に送り込むというものだ。幸いなことに徳山湾の海底は柔らかい砂地で、しかも平らだった。パイプを敷設するのに理想的な環境だった。日本では前例のない方式だったが、重森はこれしかないと思った。

重森は計画書をまとめ上げ、鐵造に報告に行った。

鐵造は重森の計画書に目を通すと、にっこりと頷いた。

「素晴らしい計画だ。よく考えた」

「ありがとうございます」

重森はそう言いながら、鐵造の表情の中に、「やっと気づいたか」という気持ちがあることを見た。

そうだったのか、と思った。店主は何もかもわかっておられたのだ。だからこそ、多くの石油会社が触手を伸ばさなかった徳山の土地を手に入れたのだ。

重森はさっそく、何人もの専門家を集め、計画を具体的に進めた。しかし日本で誰もやったことがない工事だけに、すべてが手探り状態だった。いちばんの難工事は二八〇〇メートルの鋼鉄のパイプをどうやって海底に敷くかだ。こんな長い距離の海底パイプは外国にも例がなかった。

重森たちが考えた方法は、溶接したパイプを海に浮かべながら徐々に沖に延ばしていき、そこで全体をゆっくりと海底に沈めるというものだった。これは海外にも前例のある工法だったが、この海底パイ

プの敷設だけで一億円近くはかかる見込みだった。

しかし、この工事を請け負ってくれる建設会社はなかなか見つからなかった。前例のない難工事に多くの建設会社が二の足を踏んだのだ。それでもようやく一社がやろうと言ってくれた。

しかし契約の直前になって、請負会社の重役が言いにくそうに言った。

「この工事は非常に危険な工事です。見積額に、五百万円のボーナスを上乗せしてほしいが、どうだろう」

重森はそれを聞いたとき、彼がそんなことを言うのは、失敗する可能性があると見ているのだなと思った。もし失敗したら、請け負った建設会社が大損することになる。五百万円の報奨金は、そのリスクに対する代償のようなものに違いない。

しかし彼らだけにそんなリスクを負わせるわけにはいかないと思った重森は言った。

「今回の海底パイプ敷設工事は難工事が予測されるので、失敗の可能性もあります。そのとき、お宅が全額損をかぶることになるのは、こちらも心苦しい。そこで国岡商店が契約している保険会社に、あらたにこの工事の保険を付けます。ただし、その保険料はそちらで払っていただく。保険料は五百万円を超えることはないはずです。この条件で請け負っていただければ、成功したときは五百万円のボーナスをお支払いしましょう」

請負会社の重役はそれを了承した。

重森はすぐに東京海上火災保険会社と交渉し、事故が起こった場合、最大一億円の保険金が支払われるという契約を結んだ。

272

徳山製油所が完成した半年後の九月十日の早朝、海底パイプを敷設する工事が開始された。

海岸には直径四六センチ、長さ一二メートルの鋼管が二百本以上並べられていた。今からこれを溶接し、沖に浮かべていくのだ。すでに何本もの鋼管（パイプ）は溶接済みだった。

大勢の溶接工たちが鋼管をつなぐと、それをタグボートが沖へ曳（ひ）いていく。鋼管は重量で沈まないように浮きが付けられている。鋼管は次々と溶接され、海岸の砂浜から徐々に沖へ送り出されていく。

数時間後、つなげられた鋼管は二〇〇〇メートルを超えた。あとわずかだと思ったころ、強い風が出てきた。風が強まると海が荒れる。

工事用の桟橋の突端で工事を見守っていた重森は「風よ、おさまってくれ」と祈った。

「もう少しで工事が終わる。海よ、それまで荒れないでくれ」

しかし重森ら関係者の願いもむなしく風はさらに強くなり、次第に波が大きくなってきた。

桟橋から沖に二〇〇〇メートルも突き出て浮いているパイプが海のうねりに合わせて大きく揺れている。そしてやがて怖れていたことが起こった。

タグボートと海岸でつながれた形の長いパイプの中央付近が弓なりに沈み始めたのだ。

「浮きをつけろ！」

重森は怒鳴った。

海岸から何艘ものボートが向かい、中央付近のパイプに浮きを付けようとしたが、波が高く、作業は難航した。

それでも必死になって浮きを付けることに成功したが、パイプの沈下を止めることはできなかった。パイプは中央付近からゆっくり沈んでいった。桟橋にいた男たちは声もなくそれを眺めていた。

工事は完全な失敗に終わった。重森たち関係者はがっくりと肩を落とした。しかしことはこれで済んだわけではなかった。

大半のパイプは沈んだが、一部はまだ浮力を残して海の上に浮かんでいた。朝から工事を見守っていた海上保安本部から「海上に浮かんでいるパイプは航路妨害になる」と抗議があった。

重森たちはボートを出し、浮かんでいるパイプの浮きを取り外し、さらにドリルで鋼管に穴を開けて海水を注入して、それを沈める作業に取り組まねばならなかった。重森は泣きたい気持ちで、鋼管に穴を開け続けた。

さっそく工事の失敗の原因の究明がおこなわれた。溶接で熱くなった鋼管が海で冷やされ、管の内部に大量の水滴が生じ、それらが二〇〇〇メートルのパイプの中で大量の水となって、中央のたわんだところに集まり、それが重みとなって沈んだという説。溶接のミスでわずかな隙間から水が入り込み、そこから沈んだという説。あるいは波に揺られるうちに鋼管に亀裂が生じ、そこから浸水したという説などが専門家から出た。もちろんそれらが複合的に生じたということも考えられた。

これほどの失敗にもかかわらず、国岡商店の本社内では、それほど深刻な事態とは受け止められていなかった。というのは事前に重森が一億円の保険をかけていたことがわかったからだ。事故の実質的な損害は七千万円と見られていた。

「今回の失敗は、重森君のお手柄じゃないか。これで一億円の保険金がおりれば、逆に儲かることにな
る」

こんな声も出たほどだったから、本社内には重森を責めるという空気はなかった。

しかし重森は事故以来、憔悴しきっていた。同僚たちが「もしかしたら自殺するのではないか」と
心配するくらいの落ち込みようだった。

事故の約ひと月後、重森俊雄は重役会に呼ばれた。そこには鐵造以下、重役たちが顔を並べていた。

「今日、君を呼んだのは、今回の事故による保険の請求のことです」

東雲が言った。

「はい」

損害保険もこれほどの金額となると、容易に下りるものではない。保険会社はさまざまな免責事項を
挙げて、保険金の減額を主張してくるのは見えている。だから、請求する側としてはあらかじめ損害を
多く見積もって請求することになる。うまくいけば、損害以上の保険金が下りることもありえた。

「重森君は、いくら請求するつもりですか」

「私としては今回の実質損害額の六千八百万円を請求しようと思っています」

重役たちの間に非難の声が上がった。保険会社の厳しい査定にあえば、当然、大幅に保険金を減額さ
れるのは目に見えていたからだ。

そのとき、鐵造が口を開いた。

「保険金で儲けようと思うことがあってはならん」

店主の言葉に皆が黙った。

「今回の保険金は大きい。請求金額によっては裁判になる可能性もある。そんな争いは情けない」

鐵造はそう言った後で、「重森君」と声をかけた。

「君は保険会社に行ったら、まずはお詫びの言葉を述べなさい。そしてこの仕事をやりとげるためのベストを尽くしなさい」

「わかりました」

会議はそれで終わった。

翌日、重森は東京海上火災の本社を訪れた。

会議室に通された重森を待っていたのは、何人かの重役と査定のプロたちだった。

重森はまず今回の事故について、謝罪の言葉を述べた後、当日の事故の経過を丁寧に説明した。そして最後に、今回の損害金が六千八百万円であることを告げ、震える声で、その額を請求いたします、と言った。

損害査定部長の宮武和雄は手元の資料を見ながら、重森という男は誠実な男だと思った。東京海上火災はすでに今回の事故については事故の経過も含めて調査はすべて終えていた。請負の建築会社や、そこに資材を卸した鉄鋼会社にも調査をおこない、損害金額は六千八百万円であることも摑んでいた。

重森の言葉にはいささかの粉飾もないことに、宮武はじめ重役たちも驚いていた。いや一資材課長にここまで正直に申告させる国岡商店の器量の大きさを見た。

276

「国岡商店の請求を認めましょう」

宮武が言うと、重森はわずかにほっとした顔をしたが、その表情は依然として切羽詰まったものだった。

「東京海上火災の皆さんに、多大なる迷惑をかけていながら、こんなことをお願いするのは、心苦しいのですが——」

重森は何度も声を震わせながら言った。その目には涙が浮かんでいた。

「国岡商店は、どうしてもシー・バース計画をやり遂げなければなりません。今一度、保険を受けていただけないでしょうか」

重森は叫ぶようにそう言うと、机に額をつけんばかりに頭を下げた。

宮武は、「この男、命を懸けている」と思った。

「大型タンカーの入港はいつですか?」

重役のひとりの鷲尾 正が重森に訊ねた。

「来年の二月十七日に、ユニバース・アドミラル号が入港する予定です。四ヵ月後です」

「わかりました」と鷲尾は淡々と言った。「委付の処置を取りましょう。すぐに新品発注にとりかかりなさい」

重森は一瞬、わが耳を疑った。「委付」とは海上保険特有の制度で、保険会社が請求金額の全額を持つというものだった。保険業界の常識では考えられない異例の即断だった。

二ヵ月後、再び海底パイプの工事がおこなわれた。

前回の失敗を生かし、あらゆる事態を想定しながら工事が進んだ。

重森は鬼のような形相で桟橋に立ち、指示を送っていた。彼の必死さが伝わったのか、現場の職人たちも私語ひとつ交わすことなく、黙々と作業に取り組んだ。

溶接された鋼鉄のパイプはまるで機械のような正確さで浜辺から沖へと送られていった。懸念されていた風も出ず、海はおだやかな状態だった。もっとも波が出たとしても、それに対応できるようにはなっていた。

午後四時、二八〇〇メートルの沖まで延びた鋼鉄製のパイプは、合図とともにゆっくりと海底に沈められた。工事が完璧に終了したことが海岸にいた者たちに伝えられると、歓声が起こった。

そのとき、現場で工事を見守っていた東京海上火災の宮武和雄損害査定部長が、重森に「おめでとう」と声をかけた。

「ありがとうございます」

重森はそう言ったきり、あとは言葉にならず、ただ泣くだけだった。宮武はその姿を見て、保険を受けてよかったと心から思った。

徳山製油所における日本最初のシー・バースは、昭和三十三年一月に完成した。

翌月、国岡商店がチャーターした八万五六四トンの巨大タンカー、ユニバース・アドミラル号がクウェートから原油九万七〇〇〇キロリットルを積んで徳山湾のシー・バースに着桟した。

278

国岡商店がはじめて輸入した原油は当時世界最長二七五〇メートルの海底パイプラインを通って、完成したばかりの油槽所の二つの巨大タンクに送り込まれた。タンクは五万トンの原油を貯蔵できるもので、これも世界最大だった。クウェート原油は最新式の製油所で精製され、ガソリンや軽油その他の石油製品に生まれ変わっていった。

この昭和三十三年という年は、原油輸入、石油製品生産、そして販売の三部門を手にした国岡商店がいよいよ本格的に動き始めた年でもあった。奇しくもこの年の七月から「岩戸(いわと)景気」と呼ばれる好景気を迎え、日本の経済史上最長の四十二ヵ月も続いた。同じ年の十月には世界最高の東京タワーが竣工し、日本の復興を世界に知らしめた。

日本は戦後十三年を経て、完全に復活した。終戦の二日後、鐵造が「世界は再び驚倒するであろう」と言った予言は見事に成就した。そして「ただちに建設にかかれ」と号令をかけた店員たちは、あらゆる困難に立ち向かい、国岡商店を世界の「クニオカ」にした。

石油業界も経済成長率一〇パーセントを超える「岩戸景気」の波に乗って業績を伸ばしたが、国岡商店の伸びはその中でも一番だった。ちなみに三十一年の販売数量は一五一万キロリットルまで増えていた。「岩戸景気」が終わりを告げた三十五年度は四四九万キロリットルまで増えていた。

昭和三十二年にシェア一二・二パーセントでスタンバックを抜いて国内二位になった国岡商店は、この年は一三・二パーセントとさらに伸ばし、翌三十四年は一四・五パーセント、三十五年は一五・〇パーセントと着実にシェアを拡大し、何十年にわたって業界一位だった日邦石油に肉薄した。三位以下はすでに大きく引き離されていた。

原油の取引量が増えるにしたがって、大型タンカーの必要に迫られた。そもそも原油価格にはかなりの輸送費が含まれている。したがってタンカーが大きくなればなるほど、輸送コストの削減になり、原油価格は安くなる。そのため世界の石油業界はスーパー・タンカーと呼ばれる一〇万トンクラスのタンカーの時代を迎えていた。

鐵造は徳山製油所が完成すると、アメリカの造船会社「ナショナル・バルク・キャリアー」（NBC）に一〇万トン級のタンカーの建造を依頼した。完成すれば、国岡商店の専属でチャーターするという契約だった。

NBCは鐵造の依頼に応え、昭和三十四年、世界ではじめて一〇万トンの壁を破った「ユニバース・アポロ号」（一〇万四五〇〇トン）を進水させた。さらに翌年には「ユニバース・ダフニー号」（一一万五三六〇トン）を進水させた。「アポロ」も「ダフニー」もともに国岡商店の商品名から付けられた名前だった。

昭和三十五年、鐵造は日章丸を北洋水産株式会社に売却した。八年前、国岡商店の刀として生み出された船は、急速に発展を遂げた石油業界にあって、今や時代遅れの船となっていた。八年の間、同船は北米、ベネズエラ、イラン、イラク、クウェート、サウジアラビア、インドネシア、ペルーと世界の石油を求めて航海した。全航走距離七三万九三五二海里、これは地球を三十四周した距離に等しい。全航走時間は五万四千二百九十七時間だった。あの豪快な新田船長はすでに三年前に船を降りていた。

日章丸は北洋水産で名前を「廉進丸」と改め、世界最大の魚肉加工船として第二の人生を送ることに

280

なっていた。

売却の前日の夜、鐵造は徳山港の桟橋に静かに錨を降ろす日章丸に、ひとり乗り込んだ。月のない夜だった。

暗闇の中、懐かしい船橋と甲板を、靴で撫でるように歩いた。一歩、歩むごとにさまざまな思い出が去来した。華やかだった進水式、処女航海、「アポロ」ガソリンを積んで帰った日、そしてアバダンへ向けて出航した日——。

日章丸がアバダンの港に「日の丸」をひるがえらせて世界を驚かしたのは、まるで昨日の出来事のようだった。

いつしか鐵造は舳先に立っていた。目の前には真っ暗な海があった。

「日章丸よ」

鐵造は船に向かって語りかけた。

「お前がいたからこそ、国岡商店は戦うことができた。お前は国岡の刀であるとともに、ぼくの息子だった。お前のことは永久に忘れない。日章丸よ——ありがとう」

そう呟いた鐵造の目から一筋の涙がこぼれた。涙は鐵造の頰から顎を伝って落ち、甲板の上に小さな滴のあとをつけた。

五、日田重太郎との別れ

昭和三十四年のある秋の日、鐵造は店主室から東銀座の街並みを眺めていた。

大きなビルが立ち並び、眼下の道路には国産の自動車が何台も走っていた。道行く人は皆、きれいな服を着ている。中年以上の婦人の多くは着物姿だったが、若い娘たちはアメリカ人のようなワンピースを着て、短い髪の毛にはパーマがかけられていた。男たちの多くが背広を着ている。もう軍服を着ているような男たちは滅多に見なくなった。

鐵造は不思議な気持ちがした。十四年前はビルなどほとんどなく、街は廃墟の焼け野原で、道路は瓦礫（がれき）だらけだった。駅前にはバラックとテントが立ち並び、浮浪児がたむろしていた。人々の多くはボロを纏（まと）い、その日に食べるものさえ事欠く有り様だった。

国岡商店にしても、海外資産のすべてを失い、国内には借金しかなく、仕事のない千名近い店員を抱えて途方に暮れていた。

重役たちは店員を大量に整理するしか生き残る道はないと言ったが、ひとりの店員の首も切らなかった。そして自分の財産を切り売りして、店員たちに金を送った。それは間違いではなかった。

あれから十四年で国岡商店がこのような大きな会社に成長したのは、「人」がいたからだ。彼らのような素晴らしい人材が揃っていたからこそ、これだけのことを成し遂げることができたのだ。もしもあ

のとき、店を生きながらえさせるために店員の首を切っていたなら、国岡商店は跡形もなく消えていたことだろう。それを思うと、今さらながら運命の不思議を感じた。人間万事塞翁が馬、禍福はあざなえる縄のごとし、だ——。

自らの信念を持って正しいおこないを続けていけば、絶対に間違った方向にいくことはない。

十四年の歳月は重役たちの顔ぶれをいつのまにか変えていた。残念なことに、甲賀、柏井といった古くから鐵造を支えてくれた古い店員の多くは引退していた。定年がない国岡商店ではあったが、店員たちが自主的に去っていくのは止めようがなかった。

かつては「十三対一」という絶対的不利で戦う漫画を描かれたくらい、厳しい状況に追い詰められていた国岡商店だったが、今やスタンバックやカルテックスといったスタンダード系の石油会社でさえも手が出せない揺るぎない地位を築いた。

それどころか、多くの石油会社は国岡商店に対して脅威を感じ始めていた。以前は目障りな「協定破りを繰り返す会社」などつぶしてしまえといった憎しみに近い感情だったものが、今やうかうかしていると自分たちがつぶされてしまうという怖れに近いものになっていた。現実に、国岡商店は製油所を持って以来、どんどんシェアを伸ばしていた。

これは輸入外貨割り当てのシステムが国岡商店に有利に働いていたせいもある。原油および石油製品の輸入外貨の割り当ては、実際に輸入した量に応じて次年度分が決められていた。国岡商店はガルフとの提携によって、政府が決めた単価よりも安くクウェートの原油を輸入していたから、その分輸入量が

増え、翌年の外貨割り当てが増えていった。石油会社の外貨の総枠は極端には増やせないので、外貨枠が前年と同じだということになれば、国岡商店以外のすべての会社は外貨割り当てを減らされることにもなりかねない。

そこでスタンダード系の東亜燃料の監査役・神原泰が新しい割り当て基準を考案して通産省に持ち込んだ。これは石油会社の過去三ヵ年の輸入数量実績二五パーセント、生産金額実績二五パーセント、割当金額実績五〇パーセントをもとに割当比率を決めるというシステムだった。この方式だと、輸入数量実績の影響がこれまでの半分に抑えられるし、生産金額実績の多い外資系の会社が有利になる。

「神原理論」と呼ばれたこのシステムは、もちろん外資系石油会社の「国岡商店封じ」が目的で作られたものだった。通産省は昭和三十五年から、これを採用した。

外資系石油会社は、これで少しは国岡商店の伸びを抑えられると安心したが、まもなく鐵造の繰り出した離れ業に度肝を抜かれることになる。

昭和三十五年（一九六〇）三月、鐵造は「国岡商店はソ連の原油を購入する契約を結んだ」と発表した。

このニュースは日本の石油業界にとっては、まさに青天の霹靂（へきれき）だった。さきのイランの石油購入のとき同様、今回も徹底的に隠密行動を取っての発表であったから、世界にも大きな衝撃を与えた。

この契約は、ソ連のグローフ石油公団総裁とアレキシェンコ通商代表を国岡商店本社に迎えて結ばれたもので、「六ヵ年に八二〇万トンの原油を購入」という桁外れのものだった。しかも国岡が輸入する

284

第二バクー油田の原油は、国際価格の半値に近いものだった。これにより国岡商店の輸入数量実績も生産数量実績も跳ね上がり、「神原理論」など問題にしないほどの外貨割当比率を上げることができるようになる。

当時は「東西冷戦」の最中であり、アメリカの同盟国である日本は、ソ連とはほとんど貿易をしていなかった。

このソ連との石油貿易は昭和三十四年に池田勇人通産大臣（翌年、首相）が鐡造に持ちかけたものだった。通産省は経済成長を遂げた日本の工業製品をソ連に売り込みたいと意図していたが、日本に輸出するものがないソ連は、貿易不均衡になることを嫌がった。しかし近年発見された第二バクー油田はソ連の原油生産を倍増させており、日本に輸出できる「商品」ができたということで、両国の利害が一致した。ただ日本の大手の石油会社はそのほとんどが米英のメジャーと提携しており、ソ連の石油を輸入することは難しい。しかし民族資本の国岡商店なら、可能ではないかと、池田は考えたのだ。池田は通産省の官僚たちが「神原理論」で国岡商店を抑えようとしているのは知っていたが、あえて国岡鐡造に話を持ち込んだのだった。

池田から相談された鐡造は「やりましょう」と答えた。

重役たちは反対した。その理由は、自由主義社会の「敵」であるソ連から原油を買うのは、世論の反発を招くというものだった。しかし鐡造はその声を退けた。

「ソ連とのビジネスは東西両陣営の平和的共存に役立つ。政治の世界は複雑だが、民間貿易から交流が始まれば、いつか両者は結びつく。まずそれを日本人がおこなうのだ」

しかし重役たちが危惧したように国岡商店は内外から多くの非難を浴びた。

アメリカ国防総省は「従来、在日米軍基地がおこなってきた国岡商店からのジェット燃料ケロシンの買い付けを停止する」と発表した。

鐵造は「アメリカに納入しているケロシンは、従来の規格どおりのもので、ソ連原油を使っていない。このことは米軍の石油供給局も確認済みではないか」と抗議したが、受け入れられなかった。これはあきらかに嫌がらせだった。

六月に「日米安全保障条約」が改定されたことにより、ソ連が引き渡しを約束していた歯舞群島と色丹島の返還を撤回したため、日本国内に反ソ連の気運が一気に盛り上がった。

国岡商店には、「契約を白紙に戻せ」という抗議が多数寄せられ、国内の一部のマスコミや週刊誌からは、「共産主義国家に手を貸す国賊」「赤い石油屋」と叩かれた。右翼が「国賊」というビラを、鐵造や国岡の重役の自宅に投げ込んだ事件も起こった。

しかし鐵造はそうした声は平然と無視し、契約どおりにソ連の原油をタンカーに積んで日本に持ち帰った。

その年の終戦記念日、国岡館の前に右翼の街宣車が止まり、中から戦闘服を着た数人の男たちが本社に入ってきた。

男たちは玄関ホールの受付で、怒鳴るように言った。

「国岡社長を出せ!」

受付嬢の三浦雅子は震えながらも、

「お約束されておられますか」

と訊いた。

「約束なんかしていない」

「店主は、前もってのお約束がない方とは面会いたしません」

「馬鹿にしてるのか」

ひとりの若い男が受付の机を手で叩いた。

「とっとと社長を出せ！」

三浦は恐怖に涙を流しながらも、気丈に「お取り次ぎはできません」とはっきりと言った。

国岡の店員たちが騒ぎを聞きつけて、玄関ホールに集まってきた。

「いったい何だ。警察を呼ぶぞ」

「俺たちは警察を呼ばれるようなことは何もしていない。警察を呼ぶなら呼べ！」

右翼の男たちと店員たちが睨みあった。

「ソ連の石油を買う国賊社員どもめ！」

「なんだと！」

「俺たちは今日、国賊・国岡鐵造に日本民族の生き方を尋ねにきたんだ」

一触即発の状況の中、一階のエレベーターが開き、鐵造が姿を見せた。

右翼の連中がその姿を見つけて、駆け寄ろうとしたが、店員たちが体を張って、それを防いだ。

しかし鐵造は店員たちを押しのけて、戦闘服の男たちの前に立った。鐵造は泣いている三浦雅子に目をやった。

「大勢で若い女を泣かせておって。貴様ら、それでも男か！」

玄関ホールに鐵造の凄まじい怒鳴り声が響いた。

「貴様らに国賊などと呼ばれる覚えはない。俺は、日本人だ！」

戦闘服の男たちは鐵造の裂帛の気合に震えあがった。彼らは怒りに燃えた店員たちが襲いかかる前に、逃げるように引き揚げた。

鐵造は三浦に近寄ると、「よく頑張った。もう大丈夫だよ」と優しく声をかけた。その目にはさきほどの怒りの炎はなく、優しい老人の目になっていた。三浦はその目を見て声を上げて泣いた。

三浦はこの二年後、結婚を機に国岡商店を退職するが、このときのことは生涯忘れることなく、孫たちにも語り継いだ。

＊

日本経済の急速な成長は石油の需要を爆発的に増やしていた。「岩戸景気」が始まった昭和三十三年から日本の石油会社の原油の輸入量は毎年三〇パーセント以上の増加率を示し、わずか三年で二倍近くになった。各石油会社の製油所はフル稼働した。

国岡商店も例外ではなく、昭和三十六年、徳山製油所の原油精製能力は日産一四万バレルに達してい

た。昭和三十二年に操業スタートしたときは、日産三万五〇〇〇バレルだったものが、わずか四年で四倍になっていた。それでも増え続ける需要を賄いきれなかった。

そこで鐵造は徳山の製油所を上回る東洋最大の製油所の建設を計画し、千葉県の姉崎海岸に、徳山製油所の六倍以上の広大な土地を取得した。

その年、中国の黒竜江省で発見された大慶油田で本格的な掘削が開始されたというニュースが届いた。

それを聞いた鐵造は思わず呻いた。黒竜江省は旧満州国の中にある。戦前、満鉄と関東軍があれほど満州の油田を探していたのに、ついに見つからなかったものが、戦後たった十年で発見されたのだ。それも長春から北にわずか二〇〇キロのところだった。歴史に「もしも」はないが、戦前に満州で大慶油田が発見されていれば、日本の運命はまったく違ったものになったかもしれないと思うと、それが運命だとしても、やりきれない気持ちがした。

しかし過ぎ去った過去を悔やんでも仕方がない。歴史をやりなおすことはできない。大事なことは現状でベストを尽くすことだ。現在の日本に必要なのは中東の原油である。これをいかに安く仕入れることができるかが、日本の将来を左右する。

気持ちを新たにした鐵造は、この年の夏、一三万トンというスーパー・タンカーを佐世保重工に発注した。

これまで国岡商店は、NBCに一〇万トンクラスのタンカーを建造してもらい、それをチャーターし

ていた。しかし今度の船は国岡商店所有の自社タンカーだ。しかもそれは日本人の手によって作られる世界一のスーパー・タンカーだ。

日本は戦前に持っていた世界最高レベルの造船技術を再び取り戻していた。鐵造は、復興なった日本の技術力のすごさを世界に示したいと考えたのだ。建造費用が五十億円もかかると聞いた重役たちは危険すぎる投資だと言ったが、鐵造は押し切った。

また徳山に一大石油化学コンビナートを作る計画も立てていた。

徳山周辺にある「徳山曹達」「東洋曹達」「日本瓦斯化学」「日本ゼオン」などの工場を有機的に結合して、国際的規模の石油化学工場を作るというものだった。

次々と新しい構想とアイデアを生み出し、それを実行に移していく鐵造を、優秀な重役たちがサポートした。中でも、武知、正明、東雲の三人は、同業他社の者たちからその凄腕を怖れられた存在だった。いずれも他社にいれば素晴らしい経営トップになれたであろうと言われていた。

昭和三十六年九月、国岡商店は東銀座から丸の内へと本社を移転した。会社があまりにも大きくなったため、「国岡館」では、もはや機能が果たせなくなったためだ。戦後の辛く苦しい国岡商店を支え続けた「国岡館」は、今、その役目を終えた。

専務となっていた東雲忠司は古いビルを去るとき、感慨深いものがあった。南方から復員し、焼け野原の中に「国岡館」の姿を見たときの思いが胸に甦ってきた。朝日を受けてきらきらと光る「国岡商店」という金文字は今も脳裏にくっきりと焼き付いている。

食べるものにも事欠く中で、裸になってタンク底に潜った。あれから十五年が過ぎた。それが長いの
か短いのかもわからなかった。ただ、日本の復興と国岡商店の復興のために、懸命にひた走ってきた十
五年だった。あのとき、三十七歳だった自分は五十二歳になっていた。

国岡商店の新しい本社は丸の内のパレスビルで、窓からは皇居が遥拝できた。天皇家を敬う気持ちが
誰よりも強い鐵造にとって、これほどのオフィスはない。

十一月、移転なった新社屋の七階の講堂において、国岡商店は創業五十周年の式典をおこなった。同
時に、数え年七十七歳を迎える鐵造の喜寿の祝いもおこなわれた。

集まった店員たちに向けて、鐵造は静かに語った。

「国岡商店が五十周年を迎えるということは、夢のようである」

一同は老店主の言葉に耳をすませた。

「五十年は長い時間であるが、私自身は自分の五十年を一言で言いあらわせる。すなわち、誘惑に迷わ
ず、妥協を排し、人間尊重の信念を貫きとおした五十年であった、と」

東雲は店主の言葉を聞きながら、まさしくそのとおりだと思った。店主ほど、あらゆる誘惑を退け、
妥協を拒み続けた男はない。そして店員を心から信じ、尊重してきた。今日の国岡商店があるのは、店
主がその信念を貫いて生きてきたからに他ならない。

「この人間尊重の精神は、これからの時代にこそ、より強く求めていかねばならない。私は若い君たち
に、人間尊重のバトンを渡したい」

鐡造はそう言って挨拶を締めくくった。

式典が終わって、立食での歓談の中、鐡造の元に次々と朗報がもたらされた。

ひとつは、千葉県の姉崎海岸で埋め立て工事が始まったという報せだった。いよいよ東洋第一の製油所建設に向かっての第一歩がしるされたのだ。完成すれば、徳山製油所をはるかにしのぐ製油所は、国岡商店をさらに大きく羽ばたかせることになるだろう。

二つ目は、申請中だった徳山石油化学コンビナート設立の認可がおりたという報せだった。

そして三つ目は、外資審査会で審議中だった一三万トンのスーパー・タンカーの建造資金融資が承認されたこととだった。

この三つのニュースは、講堂にいた店員たちにも知らされ、「万歳」の声が起こった。

「兄さん、おめでとう」

副社長の正明は鐡造に言った。

「兄さんの喜寿の祝いと国岡商店五十周年の式典の日に、こんな素晴らしい未来を象徴しているようですね」

「店主の五十年は、本当に素晴らしい五十年であったと思います。今日、あらためてそう感じました」

東雲が言うと、鐡造はゆっくりと首を横に振った。

「楽しい五十年ではなかった」

鐡造はしみじみとした口調で言った。

「本当に、苦労に苦労を重ねた五十年であった。死ななければ、この苦労から逃れることはできないの

ではないかと思われるほどの苦労の五十年だった」

東雲たちは驚いた。店主のこんな言葉を聞くのははじめてだったからだ。部下たちの前では滅多なこ

とでは弱気なことを言わない店主は、長年にわたって苦しみ抜いてきたのだ。

鐵造を取り囲んでいた重役たちは皆黙った。

「店主には、まだまだ苦労をしていただかなくてはなりません」

正明が剽軽な調子で言うと、重役たちは笑ったが、鐵造は小さく笑っただけだった。

国岡商店五十周年の式典の直後、鐵造のもとに、日田重太郎の病が重いという報せが届いた。

自由が丘の家を訪ねると、日田は静かに眠っていた。医者が「鎮痛剤を注射した」と言った。病名は

癌だった。医者の話によると、高齢のため手術は不可能ということで、余命はひと月ということだっ

た。

鐵造は日田の安らかな寝顔を見ながら、日田から受けた恩の大きさを今さらながら感じた。国岡商店

が今日あるのも、日田がいたからこそだった。何度も挫けそうになった鐵造を、日田はそのたびに「頑

張れ」「諦めるな」と励ましてくれた。日田は鐵造のために、全財産をなげうち、親戚一同から「国岡

とは縁を切れ」と言われても、「国岡となら乞食をしてもええ」と言ってくれた。自分が「人間尊重」

を貫けたのは、日田という素晴らしい人間に出会えたからだ。あらゆる意味で、日田重太郎こそが国岡

商店の生みの親だ。

眠っていた日田が目を開けた。

「国岡はんか」

「はい」と鐵造は言った。「鐵造です」

日田は目を細めて、口元をわずかにほころばせた。

「五十周年の式に行かれへんで悪かったな。体がえらかったんや」

「何をおっしゃいますか。お具合が悪かったと、どうしてもっと早く言ってくれなかったのですか」

日田はまた少し笑った。

「国岡はん、二人で宝塚を歩いた日のことを覚えてるか」

「はっきり覚えています」

「ええ天気やったなあ」

日田は遠くを見つめるような目をした。

「日田さんはあのとき、ぼくに六千円をあげると言われました。なぜ、そんなことを言われたのですか。ぼくに商売の才能があると思われたのですか」

日田は鐵造の目をじっと見て、ゆっくりと言った。

「わしは国岡はんを商売人と思うたことは一度もない」

「そうなのですか」

「国岡はんは、鍛冶屋や」と日田は言った。「ふいごに火ぃ入れて、たたら吹きで槌をがんがん打つ鍛冶や。わしは、国岡はんが鉄床でどんな鍬や鋤を打つのかが見たかったんや」

「ぼくの鍛冶の出来栄えはどうでしたか」

294

日田は目を細めて嬉しそうに微笑んだ。

「上物や」

「ありがとうございます」

日田はもう一度遠い目をして言った。

「もういっぺん、国岡はんと歩きたいなあ」

「歩きましょう。早く元気になってください」

日田は黙って頷いた。

「日田さん、病院へ入られますか」

日田は静かに、しかしはっきりと言った。

「病院はいやや。この家で死にたい」

鐵造は自宅で死にたいと言う日田のために、高松宮家の侍医をつけ、最高の医療設備を日田の家に運ばせた。その甲斐あってか、日田は新しい年を迎えることができた。しかし、八十七歳の高齢はもはや回復の機会を得ることはなかった。

鐵造は多忙の中、時間を見つけて日田を見舞ったが、彼の目にも、日田が日に日に衰弱していくのがわかった。それは耐えがたい悲しみだった。

二月九日、鐵造が日田を見舞うと、日田は鐵造の顔を見て何かを言った。

「日田さん、何がお望みですか。なんでもおっしゃってください」

日田は小さな声で何か言ったが、聞こえなかった。鐵造が日田の口元に耳を持っていくと、日田はも

う一度言った。

「淡路に、帰りたい」

その言葉を聞いた鐵造は胸を衝かれた。

日田は一族の反対を振り切って鐵造を援助し、そのために故郷の淡路島に戻れなくなったのだ。そし

て関西を離れ、門司にわたり、やがて再び神戸に戻り、最後はこうして東京で暮らしていた。しかし日

田の心のなかには、懐かしい故郷の淡路島の風景が常にあったのだ。

それを思うと、鐵造は涙が止まらなかった。

「帰りましょう、淡路に。私もお供します」

鐵造が耳元でそう言うと、日田は嬉しそうに歯を見せた。そしてそのまま目を閉じて眠った。

それが日田と鐵造が交わした最後の言葉だった。翌日、日田は静かに息を引き取った。

昭和三十七年二月十六日、鐵造は、日田の本葬を故郷である仮屋（かりや）の東浦町公民館を借り、国岡商店の

社葬として執りおこなった。

淡路島始まって以来という大葬式の会場は、国岡商店の店員たちで埋め尽くされた。しかし会葬には

地元の人たちも大勢集まり、用意された千脚の椅子さえ足りないほどだった。

千人をゆうに超える会葬者が居並ぶ中、鐵造は弔辞（ちょうじ）を読んだ。

「日田さん——悲しいお別れの日がやって参りました」

鐵造は故人に話しかけるように語った。

「あなたとお近づきになったのは、私が神戸の学校にいたころで、もう五十六、七年前の昔となりました。夢のようでございます。今から五十一年前のことでございますが、あなたと二人で麗らかな春の日差しを受けて西宮から、宝塚へ歩きました。そのころはうるさい自動車もなく、朗らかな気持ちで歩きました。楽しい思い出で、甲山は右に左に美しい姿を見せていました。そのころ、あなたは突然、国岡商店の種子を蒔かれました。そのとき、あなたの言葉は誠に簡単でありました。金は返すにおよばぬ、信念を貫け。それだけでありました。そうして蒔かれた種子は、長い間の風雪や、幾多の苦難に堪えて今日の国岡商店に育ちました」

一同は鐵造の言葉にじっと聞き入った。

「この五十年、私が道に迷わんとしたり、あるいは難関に挫けんとするたびごとに、私はあなたの姿を目に浮かばせ、励ましの言葉をくり返してすべてを切り抜けました。生きたあなたにお別れすることになりましたが、あなたの徳の高い姿やお声は私の目や耳に留まって、これからも尊い支えの杖となることを信じております」

いつしか鐵造の目からは涙が流れていた。

「私は十八年前、両親に別れてから、心の淋しさをあなたに求めておりましたが、それはもうできなくなりました。悲しい、淋しい思いでございます」

鐵造は声を詰まらせながら叫ぶように言うと、眼鏡を外し、目を押さえた。祭壇の上に飾られた写真の中の日田の目は、そんな鐵造を温かく見守るような慈愛に溢れていた。

鐵造は息を整え、静かに語りかけた。

「あなたは最後に、淡路に帰りたいとおっしゃいました。今、その懐かしいお宅へ帰られました。どうぞ安らかにお眠りください。日田さん——さようなら」

会場は水を打ったように静まり返った。

焼香者の列は延々と続き、それは日田の国岡商店に与えた徳と恩の深さを象徴しているかのようだった。

鐵造は日田を失った後、あきらかに何かが変わった。

常に全身に纏っていた闘争心のようなものが消え、どこか達観したような高僧のような雰囲気を漂わせ始めたのだ。部下たちに雷を落とすこともほとんどなくなった。

正明はそれを寂しく思った。

同じころ、政府が「石油業法」を成立させた。この法律は、「石油の安定的かつ低廉な供給の確保を図り、もって国民経済の発展と国民生活の向上に資することを目的」として、「石油精製業等の事業活動を調整する」ために作られたものと謳われていたが、政府の意向は、自由貿易に歯止めをかけ、石油業界を統制しようというものだった。石油業法の規定に違反した場合、通産大臣は「勧告」により、一年以下の事業停止を命じることもできた。

鐵造は「石油業法」に、戦前の「石油統制」の亡霊を見た。この法律はいずれ「消費者不在」「官僚の統制」につながるに違いないと思った彼はただちに反対を表明したが、他の多くの石油会社はこれに

賛意を示した。というのは、激烈な競争に勝つためには、多額の投資をおこなって設備拡張をしなければならず、その体力に不安のある会社にとって、突出した会社を抑える意味合いを持つ「石油業法」は都合がよかったからだ。これは業界全体の足並みを揃えて管理するのを理想とする、日本の省庁独特の典型的な「護送船団方式」であった。

この法律でいちばん割を食うのが国岡商店だった。これが施行され、生産調整がおこなわれたなら、現在建設中の徳山をはるかに上回る規模の千葉製油所は宝の持ち腐れとなる。だから一部では、「石油業法は、国岡商店を抑え込むために作られる」と言われた。

驚くべきことに、その噂は本当だった。実は最初から「石油業法」にはもうひとつの隠された狙いがあり、それは「国岡商店を抑え込む」というものだった。巨大精製施設を作ってどんどん業績を上げていく国岡商店をこのままにしておくと、石油業界をかき回してしまいかねない。国岡商店に手綱をつけるには、「石油業法」しかない。そう考えた通産省は「石油業法」制定の前に極秘裏にアメリカ政府の許可を取り付けていた。メジャーにとっても「石油業法」は傘下におさめた大手石油会社に不利になるものだったが、国岡商店を抑え込むことができるならと、アメリカはこの法律を認めたのだった。しかしこれがあきらかになるのは、何年も後のことで、当時は鐵造も国岡商店の誰も知り得なかった。

鐵造は経団連の座談会でも、「この法律は、石油の安定供給に逆行する」と断言した。そして、この法律をまとめ上げた学者に対しても厳しい意見を放った。

「学識経験者には立派な法律なのだろうが、私のように一生を石油に捧げている者から見れば、天下の悪法である」

しかしなぜか鐵造はこの法律に対して徹底抗戦はせず、あっさりと矛をおさめている。

昭和三十七年五月、石油業法が成立し、七月に施行された。

東雲は店主がなぜ頑強に抵抗しなかったのか不思議な気がした。自分の知っている店主なら、たとえすべてを敵に回しても絶対に反対と言い張ったはずだ。もしかしたら戦うことに倦んだのだろうか、それとも老いのせいであろうか。

そうではないと思いたかった。すでに国岡商店はそんなことくらいでぐらつく会社ではない。店主は「石油業法」ごときの法律で大騒ぎすることはないと考えているのだろう──。

十月、石油会社の集まりである石油連盟は、政府の供給計画の要請を受けて、半年間の調整を決めた。石油連盟に所属する国岡商店もその決定におとなしく従った。これにより国岡商店に限って言えば、徳山の製油所の操業が五〇パーセントしか認められないということになった。しかし鐵造は「半年だけなら」ということで、生産調整を受け入れた。

副社長の正明や専務の東雲たちは反対したが、鐵造は「まあ、いいではないか」と言った。

同じ月、国岡商店が満を持して建造した日本人の手による初のスーパー・タンカーが完成した。全長二九一メートル、幅四三メートル、一三万トンという世界最大のタンカーに、鐵造は「日章丸」と名付けた。

日本のために尽くした初代と二代の跡を見事に継いでくれるようにという願いを込めての命名だった。

日章丸の完成は大きなニュースとなって取り上げられた。かつて世界最高レベルを誇っていた日本の造船技術の復活を高らかに世界に示すものだったからだ。甲板は自動車を二千台並べることができるほどの広さがあり、舵の大きさは畳四十一枚分もあった。日章丸二世の七倍の巨体ながら、設備や機械は最新鋭のもので、乗組員はわずか四十人におさまった。船員室は一流ホテルなみの豪華さだった。

一度の航海で原油七億円分を積むことができ、これにより七万トンクラスのタンカーに比べて輸送費を三割以上も低く抑えることができた。これは石油の輸入価格を大幅に下げることを意味する。

日章丸は佐世保から東京湾に処女航海し、東京で披露とレセプションをおこなった。しかし、あまりの巨体のため、東京湾のどこにも着桟できず、羽田沖に停泊した。そのため招待客は竹芝桟橋から客船に乗って日章丸に移動した。

このときの披露パーティー直前に思わぬハプニングが生じた。綾部健太郎運輸大臣が遅れて到着するので、式の開始を待ってもらいたいという連絡が入った。実はこの日のレセプションには、池田勇人首相はじめ通産大臣、運輸大臣、大蔵大臣らに招待状を送っていたにもかかわらず、彼らは他の石油会社の機嫌を損ねることを怖れ、誰も出席すると返事をしなかったのだが、三笠宮殿下が出席されるということを聞いた政府が、慌てて運輸大臣だけでもと送り込んだためだった。

「情けない話だ」

鐡造はパーティー開始を三十分遅らせるように指示した後、苦笑混じりに言った。

日章丸の応接室に鐡造とともに待機していた重役たちは皆頷いた。

「外国なら、石油の販売価格を引き下げる努力をする会社を国が援助するのに比べて、何という違い

だ」

「そのとおりです」東雲が言った。「政府はあらゆる業界の足並みを揃えることばかり考えています。護送船団方式か何か知りませんが、基本的に戦前の統制意識が抜けていないと思います」

「だから国岡商店は政府からも同業者からも睨まれるわけだ」

「はい」

「しかし、日章丸が完成した今、ぼくの仕事も終わりに近づいた気がする」

「何をおっしゃいますか。国岡商店は店主がいてこその国岡商店です」

鐵造は首を振った。

「国岡商店を作った恩人の日田さんが亡くなった同じ年に国岡商店の未来を託す日章丸三世ができた。これは偶然ではない」

鐵造はしみじみとした口調で言った。

「国岡商店には、正明、東雲君、武知君がいる。それにその下に若い優秀な男たちが大勢いる。君らが日章丸三世だよ。ぼくは日章丸二世だよ。本当なら、ぼくは日章丸二世と一緒に引退すべきだった」

重役たちは皆、押し黙った。

パーティー会場からは、優雅なワルツの音楽が流れていた。

「思えば、戦い続けた人生であった」鐵造は呟くように言った。「しかし、もう戦うことはないだろう」

東雲はあらためて店主の人生に思いを馳せた。店主はまさしく生涯にわたって戦い続けた男だった。店主ほど多くの敵がいた男はいない。しかし店主は、どれほど敵が多くとも、また強大な相手でも、一

度たりとも逃げはしなかった。

自分たちの前ではけっして弱音を吐かなかったが、その戦いは苦難に満ちたものだったに違いない。

一年前、店主が「苦しみ続けた人生だった」と述懐したのは、まぎれもない本心だったのだ。

しかしその戦いは終わりを告げようとしている。世界最大のタンカーを得た国岡商店はもうセブン・シスターズさえも手が出せないほどの会社になった。魔女のひとりであるガルフ石油は国岡商店の恋人でもある。

店主は五十年以上纏い続けた鎧を、今、脱ごうとしているのかもしれないと東雲は思った。

六、悲劇

日章丸の完成披露パーティーが盛大におこなわれた翌月の十一月十八日、日曜日の昼過ぎ、鐵造の自宅の電話が鳴り響いた。

電話は正明からだった。

「兄さん、事故が起こった」

「どんな事故だ」

「宗像海運のタンカーが衝突事故を起こして、燃えているらしい」

宗像海運は国岡商店の子会社だ。

「乗組員は無事か」

「まだ、わからない」

鐵造はすぐに本社に向かった。

会議室にはすでに多くの重役たちがいた。鐵造は彼らの悲痛な顔を見たとき、事態はかなり悪いのだと悟った。

「事故の詳細は？」と鐵造が訊いた。

正明が説明した。

徳山でガソリン三六〇〇キロリットルを積んだ宗像海運の第一宗像丸が、川崎港の石油タンクに向かう途中、京浜運河でノルウェーの大型タンカーと衝突し、大火災を起こしたということだった。京浜運河は京浜工業地帯と日本鋼管扇島埋め立て地にはさまれた幅五〇〇～六〇〇メートル、長さ約七・五キロの水路だ。小型船の一日平均交通量は約八百隻という交通銀座だった。

説明を聞いた鐵造は唸った。第一宗像丸は二〇〇〇トンに満たない小型タンカーだ。三六〇〇キロリットルのガソリンに火が点けば、大変な事態になる。

「それで、乗組員は無事か」

「今のところ、生存者は確認できていません」

「乗組員は全部で何人か？」

「船長を含めて三十六人です」

「ノルウェー船の被害は？」

「こちらは全員の無事が確認されているようです」

鐵造は少し安堵すると同時に、いっそうの不安が募った。一方の船の全員の無事が確認されているのに、第一宗像丸の乗組員の安否が不明ということは、事態はいったいどういうことだ。

「現地には、店員を何人も派遣しています。海上保安本部にも逐一連絡を取っています」正明が言った。「乗組員の家族にも連絡し、それぞれの家に店員が向かっています。社内に事故対策部を作っています。新聞記者への対応は武知専務がおこないます」

鐵造は机の上で手を組み、心の中で祈った。全員、無事でいてくれ。それはこの会議室にいる全員の

願いだった。

しかし会議室に飛び込んでくる現地からの情報は、彼らの希望を次々に打ち消すものだった。

火災の状況はそうとうに深刻なもので、目撃者の談では、船全体が大きな炎に包まれたということだった。さらに近くを航行中の艀（はしけ）（小型貨物船）にも火が移ったという情報もあった。しかし第一宗像丸の生存者発見という情報は入ってこなかった。

夕刻、五人の遺体が上がったという悲報が届けられた。重役室が凍りついた。

鐵造は思わず天を仰いで言った。

「そんな情報は聞きたくない！　次は助かったという情報を聞きたい」

しかし、そんな鐵造の願いは届かず、その後、続々と遺体発見の報が入ってきた。

「ひとりでもいい、助かってほしい！」

鐵造は会議室に響くほどの大声で叫んだ。鐵造のうろたえぶりは重役たちが驚くほどだった。どんな事態にあっても常に冷静沈着な店主のこんな姿を彼らが見るのははじめてだった。

鐵造はすべての指示を正明らに任せたまま、ただ乗組員の無事を祈るだけだった。

しかし、ひとりでも助かってほしいという鐵造の悲痛なる願いもむなしく、その夜のうちに第一宗像丸の全乗組員三十六人の遺体が収容された。

全員の死を確認した鐵造は、「少しの間、ひとりにしてくれ」と言って、店主室に入った。

しばらくすると、部屋の奥から店主の呻き声が聞こえた。そのあまりに苦しそうな声を聞いた東雲はたまらず部屋に飛び込んだ。鐵造は床に突っ伏していた。東雲は慌てて駆け寄った。

306

「東雲——」

そう言った鐵造の顔は涙でぐしゃぐしゃだった。

「ぼくは死ねなくなった」

「そうですよ。亡くなった乗組員たちのためにも、事業のためにも」

「いや、乗組員の子供たちが成人するまで死ねない！」

鐵造はそう叫ぶと東雲の腕を摑んで号泣した。

翌日には事故の詳細もあきらかになった。第一宗像丸は朝靄（あさもや）の中、京浜運河を東に向けて航行していた。そこにノルウェーのタンカー、タラルド・ブロビーグ号（二万一六三四トン）が、正面から進行してきた。第一宗像丸はそれを避けようと全速後進をかけて停船し、船首を右舷に向けたが、タラルド・ブロビーグ号は第一宗像丸の左舷後方に衝突した。これにより、第一宗像丸から大量のガソリンが海面に流れ出して拡散し、その蒸気が南西一五〇メートルを航行中だった太平丸（八九トン）の操舵室に侵入し、発火した。ガソリンは一瞬にして爆発炎上し、第一宗像丸はたちまちのうちに火に包まれ、その火はタラルド・ブロビーグ号、それに太平丸の後ろを航行していた宝栄丸（六二トン）にも燃え移った。

第一宗像丸の海堀弘船長（かいぼり）以下三十六人、太平丸の二人及び宝栄丸の二人の乗組員が死亡するという、日本海難史上に残る大惨事だった。

タラルド・ブロビーグ号の船員は衝突直後に救命ボートで全員が脱出していたが（事故の翌日、事後

処理のために船内に入った船員が一人ガス中毒で死亡）、第一宗像丸の乗組員たちはひとりも船から逃げることなく、海堀船長の指示のもと、火災が生じるのを防ぐために全力を尽くした。電信を除く船内の中のすべての電源を切り、消火器を持ち出して万一に備え、通信員は海上保安本部に無線で事故の状況を知らせ、二次災害を防ぐために、付近を航行中の船舶を止めるように要請した。その勇気溢れる行動が仇となった。

彼らの行動はマスコミでも賞賛された。朝日新聞は社会面のトップに、「火の海で最後の打電、沈着！ 衝突後に四度、キーを守った通信長、第一宗像丸の渡辺さん」という見出しで、渡辺勝身通信長の電文を掲載した。

またこの電文を受けた海上保安本部の無電士は、遺族の前でこう語った。

「私はかれこれ百回くらいのSOSを受けましたが、助けてくれという電文以外に聞いたことがありません。今どういう状態かということをこっちから尋ねても、それに対する回答すらこないのが、今までのSOSのあり方でした。しかし渡辺君の報告は完璧でした。このような緊急無電は後にも先にも、私たちは経験することができないでしょう」

渡辺通信長の最後の打電は「火が出た。退船する」というものだった。

事故後の状況を知った鐵造は、第一宗像丸の乗組員たちを心の底から誇りに思うと同時に、そのあまりに強い責任感を恨んだ。胸の内に、「よくやった」という思いと「なぜ、逃げなかったのだ！」という思いが激しく交錯した。

十二月二十二日、芝の増上寺において、三十六人の合同社葬がおこなわれた。

鐵造は弔辞に立った。

「皆さんほど立派な人たちはいません。もし自分だけが助かりたいと思えば、ここに眠る何人かは助かっていたことでしょう。しかし皆さんはそうしなかった。他人の生命を重んじ、他に災害が及ぶことを怖れ、誰にも真似のできない崇高な行動を取った――」

鐵造はそこまで言うと、あとはもう言葉にならなかった。その姿は国岡商店五千数百人を超える店員たちを率いる偉大なる創業者でもなんでもなく、ただ悲しみにむせび泣くだけの七十七歳の老人だった。堂内の会葬者や遺族たちの中からもすすり泣く声が聞こえた。

鐵造は葬儀を終えて本社に戻ると、店主室にこもってひとり考え続けた。

鐵造と国岡商店が信仰する宗像神社は海運の神でもある。三女神はこれまであらゆる危難を救ってくれた。その偉大な神がなぜ、このような事故を与えたのか。それとも、これは何かの試練であるのか。

第一宗像丸の乗組員たちの人を超越したおこないは宗像神社の導きによるものなのか――。

鐵造は宗像神社が自分に何かを教えているのではないかと思った。それが何かはわからない。あるいは、それを探せということなのかもしれない。

鐵造は乗組員たちに手厚い補償をした。未亡人の就職を世話し、遺児たちの養育費、教育費のすべての面倒を見た。鐵造にとっては本社の社員も子会社の社員もなかった。すべて家族と同じだった。最寄りの支店や営業所の責任者に遺族の近況を知らせるように命じ、自分自身も全国の遺族の家を訪ね歩

き、励ましの言葉をかけ、苦しいときはなんでも相談するようにと言った。

そんな鐵造の行動を、一部で揶揄したり中傷したりする声が上がった。

「国岡鐵造は事故でさえも、国岡商店の家族主義・人間尊重のPRに使う」「これみよがしの自己宣伝だ」実際に週刊誌にそう書かれたこともあった。

「名誉棄損の訴訟を起こしましょう」

武知は週刊誌を叩きつけるようにテーブルに置くと、激しい口調で言った。「どうせ、裏で反国岡の石油業界の奴らが書かせたに決まっています」東雲は顔を歪めて言った。

「こんなに悔しいことはありません」

鐵造は週刊誌をめくってその記事を見た。

「言いたい奴には言わせておけ」

そう言うと、週刊誌を閉じた。

「こんな下らない訴訟で、遺族の心の平安を乱したくない」

武知は頷いた。

「中傷を気にして、遺族に対する補償が損なわれることがないようにしろ」

「わかりました」

鐵造は立ち上がると、力強い声で言った。

「第一宗像丸の遺族のためにも、国岡商店はまだまだ頑張らねばならん」

きりりと口元を引き締めたその顔には数ヵ月前、引退をほのめかしていた空気は微塵もなかった。

七、石油連盟脱退

第一宗像丸の事故があった昭和三十七年の暮れ、日本を異常寒波が襲った。

寒波は年が明けるとさらに猛威をふるい、東北や日本海側の地域では豪雪や冷え込みの被害により二百名を超える死者が出た。昭和三十八年の文字を取って、後に「三八（サンパチ）寒波」「三八豪雪」と呼ばれた空前の異常寒波であった。

このため全国的に灯油が足りなくなり、また跳ね上がる電力需要に火力発電所の重油が不足するという事態が起こった。

国岡商店の徳山製油所のタンクには有り余るほどの原油がありながら、「石油業法」のために、それを製品にして販売できなかった。生産調整の失敗があまりにも露骨な形であきらかになった事態だった。鐵造が「天下の悪法」と断じたとおりのことが起こったのだ。

鐵造は、東北や北陸の寒冷地で暖房用の灯油がないために寒さで震えている人たちがいるというニュースを見ると、申し訳なさに涙が出た。自社のタンクにはなみなみと原油があるのに、半年間は動きたくても動けないのだ。鐵造は国岡商店の顧客のために、他社の石油製品を買って供給した。

生産調整は誰の目にも失敗はあきらかだった。しかし政府と石油連盟は、それを運営上の失敗と見て、一部を手直ししただけで、昭和三十八年の上半期も生産調整をしようとした。

この動きを見て、ついに鐵造が怒った。

彼は東雲を引き連れ、石油連盟に乗り込むと、居並ぶ面々に向かって言った。

「生産調整は半年の約束だったはずだ。それは守っていただこう」

鐵造はさらに言った。

「生産調整というのは綺麗ごとで、その実態は、石油会社が寄ってたかって消費者を食いものにするものに他ならない」

鐵造のあまりの剣幕に、連盟の理事たちは一言も言い返すことができなかった。

東雲は、店主が戻ってきたと思った。敵にとって、こうなったときの店主ほど怖ろしいものはない。

逆に味方にとっては、万軍の兵を得たようなものだ。

後日、鐵造は通産省と石油連盟に対して、正式に上半期の生産調整の撤回を要求した。

しかし通産省は世論を恐れてか、「石油連盟の自主的な判断である」と言って責任を回避した。全国の石油会社二十一社で作られている石油連盟理事会は、国岡商店を「横紙破り」「無法者」と非難した。生産調整に反対する社はひとつもなかった。

かつての「十三対一」よりも厳しい「二十対一」の戦いであり、政府でさえも敵だった。まともに戦って勝ち目はない。

しかし鐵造は消費者のために、立つことを決意した。おそらくこれが自分にとっての生涯最後の「喧嘩」になるだろうと思った。

鐵造は全国の支店長を招集し、臨時支店長会議を開くと、その席上で言った。

「生産調整案を無視して、独自に生産計画を作れ」

支店長たちの目が輝いた。

これまで生産も販売もできる力がありながら、政府と石油連盟の生産調整の協定によって、その力を発揮する機会を奪われていた支店や製油所にとって、これほど嬉しい言葉はない。とくに三十八年に完成なった千葉姉崎の製油所所長は大いに喜んだ。

鐵造は本社と製油所がまとめ上げた生産計画を通産省に提出した。法律では、石油会社が通産大臣に届けなければならないことになっていたが、石油連盟はあくまで業界団体なので、事前に届けなくても法律違反ではない。しかし協定を無視したことは石油連盟とは別路線を行くということを宣言したのも同じだった。

石油連盟の関係者たちは慄いた。彼らは言った。

「一匹狼が檻を喰い破って出てきた」

十月、副社長の正明が通産省鉱山局長の加藤悌次（ていじ）に呼ばれた。

鉱山局に出向くと、そこには石油連盟の会長の植田洋一郎と副会長の藤田直義もいた。植田は日邦石油、藤田は東和石油の社長だった。

正明が席に着くと、加藤は正明に昭和三十八年下半期の生産調整案を見せた。

「これは何ですか」

「国岡商店にも、これに従ってほしいんだよ」

「それは難しいですね」

正明が言うと、石油連盟副会長の藤田が横から口を挟んだ。

「あんたは兄さんと違って、おだやかに話ができる人だ。ものの道理もよくわかっている。なんとか兄さんを説得してもらえないか」

「それにだ」と会長の植田が言った。「石油連盟と揉めると厄介なことがいろいろあるよ」

「厄介なことって何ですか」

正明が言うと、会長と副会長は互いに顔を見合わせて笑いを浮かべた。植田が「勧告」のことを言っているのはわかった。しかし正明はかまわずに生産調整案を手に取った。

「この生産配分では、全国の製油所稼働率が平均七一パーセントになっていますが、国岡商店の製油所は五三パーセント以下になっています。こんな不公平な生産調整は呑めません」

正明が言うと、加藤は顔をしかめた。

「それは当然じゃないか」植田が激しい口調で言った。「国岡商店さんは、千葉にあんな馬鹿でかい製油所をこしらえたから、稼働率を抑えてもらわないといかん」

「断る！」

正明は怒鳴った。

「千葉の製油所の操業を抑えろというが、いったい何の権利があって言うのですか。千葉の製油所はヤミの製油所ではない。通産省の認可も受けた立派な施設だ」

314

三人は正明のあまりの剣幕に驚いたように黙ってしまった。

正明自身も自分の怒鳴り声に驚いていた。人前で怒鳴ったことなど、一度も記憶になかったからだ。

しかしこのときばかりは怒鳴らずにはいられなかった。国岡商店の未来がかかっているし、何より消費者のことを考えれば、ここは一歩も引くわけにはいかなかった。

「とにかく、うちは生産調整などに従う気はまったくない」

正明はそれだけ言うと、呆気にとられる三人を置いて部屋を出た。

正明は、自分たちが政府や業界から目の敵にされるのは、兄である鐵造の独特の経営方針に理由があると思っていた。そのひとつは他社のように官僚の天下りをいっさい受け入れなかったことだ。国岡商店の重役は武知と正明を除いて全員が生え抜きの店員だった。またどれだけ多額の融資を受けていようと、銀行からの役員出向も認めなかった。省庁や銀行から天下り官僚や出向役員を受け入れて、彼らとの良好な関係を築くのが定石となっている日本の慣習に真っ向から歯向かってきたと言える。

国岡商店は形だけは株式会社にしていたが、株式上場はせず、その株は鐵造と正明、あとは社員会である財団法人と同族会社で百パーセント独占していた。国岡商店の利益は店員たちのもので、われわれは顔も知らぬ株主のために働くのではない、というのが鐵造の創業以来の信念だったからだが、その代償もまた大きかった。

二ヵ月後、通産省は、国岡商店に対して、石油連盟の協定に従うようにと強い通達を出してきた。

この通達は鐵造はじめ国岡商店の重役たちの怒りに油を注いだ。

「もうこうなれば、とことんやる。先に自主的な生産計画を出したが、もはやそんなものに構う必要も

「ない」

「ええ、そのとおりです」

東雲が言った。

「正明、小松」と鐵造は言った。「石油連盟に脱退届を出してこい！」

「わかりました」

十一月十二日、正明副社長と小松保男常務は石油連盟を訪れ、脱退届を出した。会長の植田は外遊中でいなかったので、副会長の藤田に手渡した。

「待ってください」藤田は言った。「そんな手荒な真似はしなくとも——」

「いや、うちの肚（はら）は決まっています」

「もう一度考え直してもらえませんか」

「十分考えた末ですから」

正明はそう言うと、脱退届を机に叩きつけて、石油連盟を後にした。

正明と小松はその足で、通産省の鉱山局に赴き、加藤局長に石油連盟脱退の報告をした。

加藤は顔を青くして、「思いきったことをされましたね——」と言ったきり、黙ってしまった。

国岡の石油連盟脱退は世間を大きく騒がせた。

この事件は一石油業界に留まらず、産業界全体の問題でもあったから、世間の注目を大いに集めた。

また庶民にとっても、前年の「三八寒波」の折の灯油欠乏の記憶も生々しかった。新聞やテレビは連日このニュースを大々的に取り上げた。

しかもこれを引き起こした人物は、石油業界の風雲児、国岡鐵造である。ニュース価値は高かった。

鐵造が日章丸をアバダンに派遣して世間をあっと言わせたのはもう十年も前のことだが、人々は忘れてはいなかった。いや、この明治十八年生まれの老人が今なお燃えるような反骨の男であることに、世間は驚愕した。

石油連盟を脱退すると同時に、国岡商店の製油所は唸りを上げた。東洋最大の千葉製油所も完成後ははじめて精製施設がフル稼働した。

連盟脱退の翌月、一〇二万九〇〇〇キロリットルの石油製品を販売したが、これは国岡商店始まって以来はじめて記録した一〇〇万台だった。業界一位の日邦石油にわずか二万五〇〇〇キロリットルの差であった。三位は五〇万キロリットルにも満たなかった。

この怒濤の勢いの国岡商店に、石油業界は危機感を募らせた。石油連盟は国岡商店の独走を止めようと、通産省に、「国岡商店に対して、通産大臣が勧告権を行使してほしい」と陳情した。石油業法においては、通産大臣は「勧告」によって、一年以下の事業停止を命じることもできると定められていた。通産省の諮問機関である石油審議会も、「国岡商店に対して、業界の自主調整に応ずるように勧告すべし」として、通産大臣に答申することを決定した。

鐵造は勧告権行使の動きを知っても微塵も動ずることはなかった。

彼は記者会見でこう答えた。

「われわれは何も怖れていない。生産調整は間違っている。国岡商店は、常に消費者の立場に立って、正しく行動しているのであるから、なんら疾しいことも恥じることもない」

鐵造は記者たちの前で堂々と語った。

「政府の石油業界に対する干渉はあまりに強すぎる。消費者の立場を完全に忘れ、供給制限をやるのは間違いである。まして輸入自由化に逆行する統制強化は時代錯誤も甚だしい」

この鐵造の気合に呑まれたのか、政府は一向に勧告権を行使しなかった。

十二月の末、通産大臣の福田一が会見を求めてきた。鐵造は会うことを決めた。

福田一は戦前、新聞記者だったが、戦後は政界に入り自民党の政治家になっていた。この年、六十一歳。後には法務大臣や衆議院議長も務めている。筋を通す骨のある政治家だった。

二人は日比谷の日活ホテルで会った。福田は最初から喧嘩腰だった。

「国岡さん、あんたね、大勢の人と一緒に仕事をしてるんだから、自分勝手なことばかり言っちゃ駄目だよ」

「大臣」と鐵造は言った。「子供にものを言うような、わかりきったことを言わないでください」

「あんたが、わがままな行動を取るから言ってるんだ」

「生産調整がいかに間違ったものであったかは、先の三八寒波のときによくわかったでしょう。灯油は足りない。火力発電のための重油は足りない。これで、どれほど国民が苦しんだか」

318

「それは運営上の失敗と聞いているが——」

「違います。いったん統制が始まったら、突発的な状況には対応できない。それが統制の怖さです」

福田は黙った。

「ところで、大臣は石油業界のことを十分知っておいでか」

「どういう意味ですか」

「日本の多くの石油会社は国際石油カルテルに牛耳られている。それはご存じか」

福田はまた黙った。

「戦後、GHQに支配されていて、アメリカの石油会社を通してしか石油が入らなかった時代に、日本の石油会社のほとんどはメジャーと呼ばれる国際石油カルテルの傘下に組み入れられてしまったのです。民族資本・民族経営の国岡商店がつぶされていたら、日本の石油業界はどうなっていたか、おわかりか」

「しかし、そのことと生産調整は別でしょう」

「いや、別ではない。石油連盟に入っている石油会社の多くが国際石油カルテルの意向で動いている。彼らは生産調整を利用して、国岡商店の力を殺ごうとしている。通産省もそのあたりが全然わかっておらん」

「国岡さん、あんまり無茶を言うと、政府から勧告を出すということもありえますよ」

鐵造の目がきらりと光った。

「どうぞ勧告してください。そうすれば、ぼく自身が国会に出ましょう」

それはむしろ鐵造の望むところだった。国会の場において、いかに生産調整が消費者の立場を無視し

た悪法であるかを、堂々と国民の前で述べる絶好の機会だと見ていたのだ。

「国岡鐵造は逃げも隠れもしません。さあ、今すぐ勧告しなさい」

福田はすっかり鐵造の気迫に呑まれ、最後は逃げるように部屋を出た。

結局、政府は国岡商店に勧告を発動しなかった。実は石油連盟の生産調整には独占禁止法に抵触する

という声もあり、公正取引委員会も水面下で動いていた。あるいは勧告によって、例のアメリカとの密

約が表面化する可能性を怖れたのかもしれない。

そこで政府は鐵造を懐柔しようという作戦に出た。

昭和三十九年の一月初旬、通産省の石油審議会会長の植村甲午郎が斡旋案を携えて、国岡本社を訪ね

た。石油業法が制定されたときに同時に設置されたもので、石油業法に基づく毎年度

の石油供給計画などの答申が主な活動だった。

植村甲午郎は年齢は鐵造よりも九つ若いが、経団連の副会長（後、会長）であり、またニッポン放送

社長、日本航空の社長も務めた財界の大物である。東京帝国大学を出て、かつては内閣資源局にもいた

生粋のエリートで、政界との繋がりも強く、戦後経済界に身を投じてからは、企業から自民党に献金す

る「奉加帳システム」を作ったことでも知られる。

「お久しぶりです、国岡さん」

本社の応接室で、鐵造と東雲が応対した。

320

「こちらこそ」

「それにしても、お若いですな」

「数えの八十歳。まだまだヒヨコみたいなもんですわ」

店主の言葉に、横にいた東雲はつい笑いそうになった。

「今日は、国岡さんにとっても、いい案を持ってきましたよ」

植村はそう言いながら、斡旋案を鐵造に手渡した。鐵造はそれをぱらぱらと見た。斡旋案には、国岡商店が千葉に新設した姉崎製油所の稼働率をある程度上げることが書かれていた。

「この斡旋案だと、国岡商店さんの千葉製油所もある程度稼働できる。他の石油会社は不満を言うだろうが、それは私のほうでなんとかしよう」

植村は鷹揚な口調で言った。「このあたりで妥協するのが大人の態度でしょう」

鐵造は斡旋案を机の上にぽんと放り投げると言った。

「こんな案では話になりませんな」

植村の顔色が変わった。

「ぼくは自分の会社の生産配分を上げろとか、そんなケチなことを言うとるんじゃない。根本は石油政策の問題です。それが解決されないなら、意味がない」

「しかし——」

「繰り返すが、こんな姑息な斡旋案を受け入れる気はない」

植村の顔が屈辱に歪むのが東雲にもわかった。古希を迎えたこの財界の大物がこんな厳しい言葉を受

けたことは一度もないだろうと東雲は思った。

植村を出しての斡旋にも失敗した政府の関係者は、その場しのぎの弥縫策では国岡を懐柔できないと悟った。

国岡商店の売り上げはその間もどんどん伸び続けた。他の石油会社の中には対抗するために石油製品の価格を下げて売り始めるところも出てきた。しかし安売りなら、もともと低価格で原油を仕入れている国岡商店のほうがはるかに有利だった。

ガソリンや灯油の安売り合戦が始まり、業界全体が混乱をきたし始めていた。政府は国岡商店が本気で暴れたときの恐ろしさをはじめて思い知らされた。この状態が続けば、石油業界はとんでもないことになる。

政府はついに鐵造の主張を受け入れることを決めた。

一月二十五日、通産省は鐵造を大臣室に招いて、福田一通産大臣、植村甲午郎石油審議会会長の三者会談を開いた。これは政府からの実質的な講和の提案だった。

大勢の記者やカメラマンが見守る中、三人は和やかに会談した。

会談の後、福田大臣が談話の形で記者団に発表した。

「生産調整をできるだけ早いうちに廃止し、石油市場を自由化して消費者の立場も尊重する」

鐵造はその発表を受けて、「その条件なら」と前置きしてから、

「植村石油審議会会長から提案された『一月から九月までの生産調整』を受け入れることを約束しま

す」

と言った。

しかし石油連盟へ復帰するとは明言しなかった。生産調整が完全に撤廃されるまでは連盟に戻る気はなかったからだ。

三者会談により、通産省・石油連盟と国岡商店との間で一応の和解はなった。

生産調整は石油連盟の自主調整方式から通産省の直接指導方式に改められた。これは通産省が定めた供給計画に則った生産枠を各石油会社に直接指示するというものだったが、「生産制限」であることとは同じだった。業者の自主調整だと、公正取引委員会から「カルテルによる独占禁止法違反」を疑われるのをさけるための方便にすぎない。

もちろん鐵造には最初からそんなことはわかっていた。それでもあえて和解に応じたのは、福田通産大臣と植村会長の顔を立てるためだった。それに、「生産調整はできるだけ早いうちに廃止する」という福田の言葉を引き出すこともできた。生産調整は許しがたいが、まもなく廃止されるのだから、ここは我慢のときと、自重したのだ。

しかし九月がすぎても、通産省は生産調整をやめなかった。

正明たちは「約束違反ではないか」と怒ったが、鐵造は行動を起こさなかった。

鐵造は通産省が弱小の民族系石油会社をまとめあげようとしているのを知っていたからだ。当時、民族資本の石油会社は国岡商店を除いてどこも青息吐息（あおいきといき）だった。大手の丸善石油でさえ、三十六年に六十

億円の赤字を出して破綻し、株式の三分の一を外資のユニオン石油に売り渡し、民族系の会社ではなくなっていた。残りの民族系のアジア石油、東亜石油、大協石油も厳しい経営状態だった。

通産省はその三つの石油会社を合併させ、外資系の石油会社に対抗できるようにしたいと動いているのを、鐵造は知っていた。今、生産調整をやめると、三社は過激な競争にあっという間につぶれてしまいかねない。

ライバル会社ではあるが同じ民族系の会社としてはつぶれてほしくないと考えていた鐵造は、あえて生産調整を早急に撤廃しろと言わなかったのだ。

石油業界が生産調整で揉めている中、日本全体は着実に復興に向けて進んでいた。

この年の十月、世界初の高速鉄道「新幹線」が開通し、東京オリンピックが開催された。

鐵造はオリンピックの開会式のテレビ中継を見ながら、ついに日本はここまで復興したのかと思うと、胸が熱くなった。

東京オリンピックは本来、昭和十五年に開かれる予定だった。しかし軍国主義にひた走る時の政府はこれを辞退した。同じ年の夏には陸軍が南部仏印に進駐し、それを非難したアメリカによって石油を断たれ、それが大東亜戦争の引き金のひとつになった。

その後の四年近い日々は思い返したくもない。二百三十万人の兵士と七十万人の無辜の市民の命が失われた。主要都市は焼け野原になり、工業のほとんどが壊滅した。

それから十九年後、日本は完全に立ち直った。世界の国々を招いて、オリンピックを開くまでになっ

たのだ。その復興を支えたのもまた「石油」だった。石油こそ戦後の日本の産業を支えたいちばんの功労者だった。

鐡造は国岡商店がその一助を担ったということを誇らしく思った。自分の人生を石油に捧げたのは間違いではなかった――。

しかし一方で、日本の戦後の繁栄がきわどいものであることもわかっていた。すでに日本の石油自給率は限りなくゼロに近いものになっていた。つまり日本はエネルギーのすべてを外国に頼っているのだ。もしなんらかの国際的なトラブルに巻き込まれ、石油が入ってこなくなるような事態になれば、この繁栄は砂の城のようにたちまちのうちに崩れてしまう――。

鐡造はあらためて自分たち石油会社の大きな使命と責任を感じ、身が引き締まる思いだった。

八、「フル生産にかかれ！」

生産調整は昭和四十年になっても廃止されなかった。

稼働率を抑えられている徳山と千葉の製油所からは、「いつまでこんな状態が続くのか」と本社を非難する声が上がった。本社にしても製油所をフル稼働できない事態は深刻だった。何しろ千葉の製油所だけでも毎年の金利は数十億円にものぼった。

同じ年、通産省の指導で日本鉱業、アジア石油、東亜石油が合併し、「共同石油株式会社（共石）」が誕生した。通産省は同時に、「原油公団」を設立しようと画策していたが、これは石油連盟の猛反対にあって潰えた。

しかし生産調整は秋になっても廃止されなかった。

三年にわたる生産調整の間に、石油の需給バランスはすっかりおかしくなっていた。通産官僚が机上で考えた供給は、実際の「生きた市場」にはまったく対応できず、重油やガソリンの品不足が目立ってきた。我慢に我慢を重ねてきた鐡造は、ついに通産省に生産調整の早期撤廃を要求した。しかし通産省はそれを無視して、生産調整を続けた。

ちょうどそのころ、産業界を揺るがす大事件が起こった。

昭和四十年十一月二十七日、全日本海員組合が賃金引き上げを要求して、大規模なストライキをおこなったのだ。これは日本海運史上最大のストで、日本の貨物船・タンカーのほとんどが港に釘付けになってしまった。このストは、あらゆる業界が影響を受けたが、石油業界はとくに大きな痛手を蒙った。

第一波、第二波のストで原油輸送タンカー四十一隻、積載量にして二六九万キロリットルの原油がストップ、さらに第三波のストで四十八隻、四二八万キロリットルの原油がストップした。

石油業界はたちまち原油不足に陥り、石油製品が底をつきはじめた。石油連盟は三年にわたる生産調整により、このような突発的事態に対応できる弾力性を失っていたのだ。

十二月の半ばになると、ガソリンや灯油の品薄が深刻になってきた。しかし海員組合の争議は依然として紛糾し、解決の見通しも立たず、ストは年をまたぐと言われていた。原油を豊富に持っていた国岡商店はなんとか対応できたが、他の石油会社ではそうはいかず、このままではまもなく石油製品が巷から消えるのは目に見えていた。

全国の国岡商店の営業所や支店にも消費者が殺到した。しかし国岡商店にしても、生産調整の枠があるため、消費者の需要をすべて満たすことはできない。

しかし暮れが近づくにつれ、石油製品が全国的に払底してきた。

それを見た鐡造は、ついに決意した。

十二月二十三日早朝、鐡造は本社で緊急重役会議を開くと、強い口調で言った。

「ただちに、フル生産にかかれ！」

重役たちの目が輝いた。すぐさま弾けるように席を立つと、全社に指示を送るために会議室を飛び出

していった。

午後には徳山と千葉の製油所はフル稼働を始め、夜には何台ものタンクローリーが製油所から全国の支店へと走り出していた。翌日から全国の国岡商店の支店で、灯油、軽油、ガソリンが飛ぶように売れた。火力発電所にも重油がたっぷりと届けられた。石油連盟は、国岡商店に対して、猛抗議をした。あきらかな協定破りであり、通産省の指示さえも無視している、と。

しかし鐵造はそうした非難をことごとく無視した。正しいと信じた行動に、一片の恥じる気持ちもなかった。国民は国岡商店に拍手を送った。多くの消費者団体も「勇気ある英断」と讃えた。産業界でも国岡商店の行動を支持した。

海運業界の争議は年内に決着せず、争議は翌年に持ち越された。

年が明けると、石油製品の供給不足が一段と深刻化した。全国のガソリンスタンドや灯油業の店では品がないために休業するところも出てきた。

各石油会社は前年から石油連盟と通産省に生産枠を拡げるように要求していたが、通産省は一月の半ばになってようやく重い腰を上げ、四パーセントだけ枠を広げるということを決定した。

石油連盟はその決定を受けて、すぐに緊急理事会を開き、「四パーセントを超える増産は、いかなる理由があっても認めない」という方針を決めた。そして通産省に対して、国岡商店がこの「四パーセント枠」に従うように行政指導をしてほしいと要請した。

しかし鐵造の動きは早かった。石油連盟が緊急理事会を開いているまさに同時刻に、帝国ホテルで記者会見を開き、堂々と自分の主張を述べていた。

「今回の増産は、ストによる製品欠乏が起こったためにおこなったものである。今後も続けるし、これを石油連盟にとやかく言われる筋合いはない。また現在おこなわれている生産調整に対しては断固反対の姿勢は変わらない」

記者たちは、目の前にいる八十歳を越えた老人の毅然とした姿に、明治男の気骨を見た。

短い記者会見が終わり、鐵造が退席するとき、記者団から拍手が起こった。

一月三十日、二ヵ月以上続いた海員ストがようやく終わった。

鐵造はただちにフル生産の停止を命じた。その鮮やかな対応に世間は舌を巻いた。

鐵造はフル稼働を止めると同時に通産省に生産調整廃止を訴えたが、通産省は決定をしぶった。

しかしすでに、生産調整が誤った制度であることは、国民の間に広く知られてしまった。通産大臣は福田一から三木武夫（後の首相）に代わっていたが、三木は産業界やマスコミからも「石油業法」と「生産調整」の弊害を非難され続けた。しかし一方で石油連盟からは、生産調整は継続すべしという強い要求があり、その板挟みになった。

その年の八月二十九日、三木は突然、記者会見を開き、「石油の生産調整を撤廃する」と発表した。

石油連盟にも国岡商店にも事前に相談も連絡もなかった。

そのニュースを見た国岡商店の社員たちは快哉の声を上げた。

三木は記者会見の四日後の九月二日、鐵造と石油連盟の会長を通産省に招き、生産調整の撤廃を正式に告げた。植田洋一郎に代わって会長に就いていた藤岡信吾（三菱石油社長）は、神妙な顔でそれを受

け入れた。

「ところで国岡さん、どうだろう。このあたりで、石油連盟に復帰しては?」

三木がにこやかな顔で言った。

鐵造は「連盟さえ受け入れてくれるなら、私はいつだって復帰しますよ」と答えた。「藤岡君も、国岡商店さんを快く迎えてやってくれんか」

藤岡は苦笑しながら、「いつでも大歓迎です」と言った。

四年近い月日にわたって石油業界を支配してきた生産調整が廃止され、国岡商店が石油連盟に復帰し

たこの日こそ、「石油の自由化」の始まりを告げる日だった。

政府による供給の統制がなくなり、ついに市場経済の下で石油を自由に販売できるようになったのだ。戦前から連綿と続いていた軍の統制、GHQの統制、外貨の割り当て制限、生産調整と続いた「統制の時代」が、この日をもって幕を閉じた——。

「やりましたね、店主」

通産省から戻って店主室の椅子に座った鐵造に、専務の東雲がにっこりと微笑んで言った。

「こんなくだらない喧嘩を終わらせるのに、四年近くかかってしまった」

東雲はその言い方に思わず笑った。

「年取って気が長くなったのかな」鐵造は苦笑した。「若いころなら、もっと素早くやっつけていたと思うが」

東雲はそうかもしれないと思った。二十年前なら、もっと強引にことを進めていただろう。しかし今

330

は老獪（ろうかい）さを身につけている。今度の喧嘩でも、四年近い間に世論や産業界に多くの味方をつけている。

かつてのように力ずくで相手をねじふせるのではなく、相手から自然に参ったと言わせる懐の深さを見せた。

石油連盟を脱退している間も、鐡造は実は経理担当に命じて連盟会費はきちんと納めさせていた。連

盟会費は一律ではなく、会社の売り上げに応じて負担するという取り決めだったから、業界二位の国岡

商店の場合、三千万円以上だった。つまり三年間の会費合計は一億円以上になっていた。この金額は石

油連盟の運営にとっては非常に大きかった。国岡商店はただの横紙破りではなかったのだと知った関係

者は、国岡鐡造の度量の大きさを見た。

この店主は本当にすごい人だと東雲はあらためて思った。晩年になればなるほどすごみと深みを増し

ていく。こんな人に三十年も仕えることができた自分は本当に幸せ者だ。

「ああ、最後の喧嘩も終わったな」

鐡造が呟くように言った。

「まだまだ、喧嘩するときがくるかもしれませんよ」

「八十一歳の老人に喧嘩させる気か」

鐡造はそう言っておかしそうに笑ったが、ふと笑うのをやめると、しみじみと言った。

「さすがにもうそんな元気は残っておらんよ」

九、国岡丸

昭和四十一年（一九六六）九月、自ら「最後の喧嘩」と称した、四年にわたる生産調整との戦いを終えた鐵造は、その月に国岡商店の本社を日比谷の国際ビルに移した。一階二階に帝国劇場があるため「帝劇ビル」とも呼ばれる建物は、日比谷通りに面し、窓からは皇居が一望できた。これ以上はないほどの素晴らしい景観を持つオフィスだった。八階の店主室からは、正面に皇居外苑の楠公像、左手には二重橋が望見できた。

新社屋移転にともない、鐵造は念願であった「国岡美術館」を九階のフロアーに開館した。これは彼が長年にわたって蒐集した膨大な美術品や骨董を展示したもので、とくに十代のころに出会い、その後、生涯にわたって追い求めてきた仙厓コレクションは世界一の充実を誇った。

新社屋に移転した翌日、鐵造は、正明と東雲、それに数人の重役を店主室に呼んだ。

「正明」

「はい」

「お前、社長をやれ」

これには重役たちも驚いた。

「兄さん、お断りします」正明が言った。「国岡商店の社長は兄さんしかいません」

「駄目だ」

鐵造は強い口調で言った。

「これは社長命令だ」

これには正明も頷かざるを得なかった。

「東雲、お前は副社長だ」

東雲は驚いたが「はい」と答えるしかなかった。

「本来なら、東雲が社長なのだが、ここはひとつ年功序列ということで、正明を立ててやってくれ」

「わかりました」

「東雲さん、よろしくお願いいたします」

正明が東雲に深々と頭を下げた。

「こちらこそ、よろしくお願いします」

「ところで」と東雲が言った。「店主は隠居なさるおつもりですか」

「もう十分そうしてもいい年だろう」

「それは駄目ですね」と正明が言った。「社長を辞めても、店主は辞めることはできません」

鐵造は驚いた顔をした。それを見て重役一同は笑った。これには鐵造も苦笑するしかなかった。

昭和四十一年十月一日に、鐵造は正式に国岡商店の社長を退き、会長となった。社長は国岡正明、副社長は東雲忠司という新人事だった。

十月二十日に芝の迎賓館（現・東京都庭園美術館）で、国岡商店の創業五十五周年記念祝賀会が催された。鐵造は挨拶に立った。

「私は十月一日に社長を罷免され、これでようやく重い枷から逃れることができたと喜んでおったところ、重役たちから『社長を辞めても、店主を辞めることは許さん』と言われ、おおいにがっかりしておるところであります」

会場に集まった社員や来賓は笑った。それを見て鐵造も嬉しそうな顔をした。

東雲は店主がこれほど嬉しそうな顔を見せるのは何年ぶりだろうかと思った。

「なんでも店主というのは、五十五年も前から朝も昼も夜も、ひたすら働くことが決まっているらしく、八十一歳のこの老人にまだまだ働けというわけで、これからは社長ではなく昔の店主に戻って、皆さんと一緒に仕事をしていきたいと思いますので、よろしくお願いいたします」

会場には盛大なる拍手が起こった。

この年の秋、鐵造の会長就任を寿ぐように、かねてより建造中だった国岡商店のマンモス・タンカーが完成した。

二二万トンという破天荒な巨大タンカーの出現に、世界は目を見張った。全長三四二メートル、幅四九・八メートルはもはや船という概念を超えていた。甲板の広さは国立競技場とほぼ同じで、一回で運ぶ原油の量は二四万五〇〇〇キロリットルにも上った。ちなみにこれは東京の旧丸ビルの容積と同じだ

334

った。船の内部はすべてオートメーション化され、これほどの巨大さにもかかわらず、乗組員は三十二

名で賄えた。鐵造はこの船に「国岡丸」と名付けた。

国岡丸の竣工記念パーティーは横浜の磯子(いそご)にある石川島播磨重工業第三岸壁において、十二月七日か

ら五日間かけておこなわれた。皇太子殿下、高松宮同妃両殿下、佐藤栄作(えいさく)首相はじめ政財界、官公庁な

どから、のべ三万人の招待客が訪れた。タンカーの竣工パーティーとしては前代未聞の規模だった。

また十日、十一日の両日には、全国の約四千の中学校から生徒約一万五千人が招待された。これは鐵

造の発案だった。もちろん旅費、宿泊費はすべて国岡商店が負担した。

「明日の日本を背負う少年少女たちに、日本人としての誇りと自信を持ち、未来に対して大きな夢を持

ってもらいたい」という鐵造の願いを込めてのものだった。

世界最大の巨大タンカーを驚きと感動の目で見つめる全国から集まった少年少女の姿を、鐵造は船橋

から嬉しそうに眺めていた。

「東雲よ、見たか。あの子たちの目を」

鐵造は言った。

「瞳が輝いておる。あの子たちは二十一世紀の日本を支えていく子供たちだ」

「はい」

「ぼくはもう二十一世紀を見ることはないが」

「三十五年後ですから、私も見ることはありません」

二人は笑った。

「どんな国になっているでしょうか」

「日本人が誇りと自信を持っているかぎり、今以上に素晴らしい国になっておる」

鐵造はもう一度甲板に目をやると、歓声を上げている少年少女たちを、まるで宝物を見つめるように

いつまでも眺めていた。

昭和四十三年五月、ゴールデン・ウィークが終わったある日、店主室に専務の武知甲太郎がやってき

た。

「今日でお別れです」

武知は店主室で別れを告げた。

鐵造は、そうか、と小さく呟いた。

「武知、辞表はいつでも撤回できるぞ」と鐵造は言った。「まだ辞めるほどの年ではないだろう」

武知は思わず笑った。

「店主、私はもう七十一歳ですよ。古希も過ぎているのです。本来ならとっくに隠居している年です」

「武知もそんな年になったのか」

「国岡商店に入って二十年、本当にお世話になりました」

「何を言うか。世話になったのは、ぼくのほうだ。君がいなければ、今日の国岡商店はなかった。国岡

鐵造、心から礼を言う」

鐵造は椅子から立ち上がると、武知に近寄り、その手を握った。

「武知よ——」鐵造は言った。「お前ほどの男はいなかった」

武知は全身が喜びで震えた。

「店主、私は今、最高の餞別（せんべつ）をいただきました」

武知は鐵造の手を握り返しながら、自分は世界一の幸せ者だと思った。

四十八歳で終戦を迎えたとき、自分の人生はもう終わったものと思っていた。それが運命の糸に手繰り寄せられるように国岡商店に入り、第二の人生を送ることになった。しかしその人生の何と波瀾万丈であったことか。

「相談役として残ってはくれないか。まだまだ武知甲太郎の知恵は国岡商店に必要だ」

武知は笑いながら、小さく首を横に振った。

「私はもう老兵です。これから正明さんや東雲たち、いやさらに若い世代の時代です」

鐵造は「そうだな」と頷いた。

「元気でな。いつでも遊びにきてくれ」

「はい。店主こそ、いつまでもお元気で」

鐵造は今一度、武知の手を力強く握った。武知はその手を握り返しながら、別れに胸が詰まった。国岡鐵造こそ、ローマ帝国を打ち破ったハンニバルもかくやと思わせる猛将だ。そして、この知略と勇気に満ちた偉大なる将に仕えることができた自分は、最高に幸福な兵士であった——。

自分にとって、店主は実業家ではなく軍人であった、と武知甲太郎は思った。国岡鐵造こそ、ローマ

社長を退いた鐵造は、国岡商店の経営にはほとんど口出ししなかった。しかし正明や東雲ら重役たちにとっては、鐵造は依然として精神的支柱であり続けた。ただ、鐵造は「会長」という肩書が気に入らず、会社の定款を変更し、「当会社は創始者国岡鐵造を店主と称する」という一文を入れた。これで鐵造は正式に「店主」となり、同時に「終身店主」となった。

鐵造はこれまで多忙のために断ってきた講演をよく引き受けるようになっていた。大企業も中小企業も選ばなかった。請われれば、地方の小学校にも足を延ばして、話をした。

成功譚や経営学についての話はいっさいしなかった。話の内容は、日本の伝統と道徳であり、「人間尊重の精神」についてであった。

毎年、夏には軽井沢の別荘にこもり、学者やジャーナリストを招いて、勉強会を開いた。若いころ、店を辞めてもう一度学生に戻って勉強したいと夢見たことを、五十年以上経って叶えたことになった。八十歳を越えてからマルクスを真剣に研究した。「資本論」その他、多くの著作を読み、さらに経済学者を招いて、まるで学生のように真剣に講義を受けた。このときの勉強会の記録は、後に「マルクスが日本に生まれていたら」という題名で小冊子にまとめられ、国岡商店の社員のために配られた。この本の内容は、マルクスの思想と鐵造が向き合いながら、自分自身の思想や信念を述べたものだった。この本は面白いことに、社外からもこの本を希望する者が後を絶たず、加筆訂正されて商業出版された。この本は海外にも翻訳され、大きな反響を呼んだ。

鐵造の探究心、研究心はとどまるところを知らず、常に新しいテーマを持って研究チームを作り、社外から識者を呼んで勉強会を開いた。この勉強会から多くの本が刊行された。

338

昭和四十四年、八十三歳の鐡造は自宅のテレビでアポロ十一号が月面着陸する映像を見た。自動車さえなかった時代に生まれた自分が、まさか人類がはじめて月に到着する瞬間を見るとは思ってもいなかった。人類は今世紀に入って何という進歩を遂げたのだろう。そして、それを為さしめたのは「石油」だ。アポロを飛ばしたサターンⅤの第一段ロケットの燃料ケロシンも石油から作られたものだ。

あらためて石油が人類にもたらした偉大な力を見た。今や石油は燃料だけに使われるものではなくなっていた。プラスチック、ビニール、合成繊維、合成ゴム、アスファルト、医薬品、化粧品、塗料など、石油を原料とする工業製品は二十万種類以上にのぼる。二十世紀の文明は石油なくしては有り得なかった。

自分もまた日本のために生涯を懸けて石油の供給に励んできた。戦後の日本の繁栄にも幾分かは貢献できたという自負もある。しかし晩年になって、石油は本当に人々を幸せにしたのだろうかとの思いが頭をもたげはじめていた。もしかしたら人類は石油など手にしないほうが幸せだったのではないだろうか——。そうではないと思いたかったが、その思いは鐡造の胸から去らなかった。

＊

昭和四十五年、国岡商店は兵庫県の姫路市の埋め立て地に製油所を建設したが、鐡造はその地を「日田町」と名付けることを姫路市に申請し、認められた。これにより製油所の正式な住所は、「兵庫県姫路市飾磨区妻鹿日田町一—一」となった。

鐡造は、日田の出身地、兵庫県に彼の名前を残すことができ

たことを心より嬉しく思った。

翌年、国岡商店は創業六十周年の式典を開いた。

鐵造は八十六歳になっていたが、まだまだ矍鑠（かくしゃく）としていた。式典での堂々とした挨拶に、社員たち

は「店主健在」を確信した。

四十七年、正明が社長を退き、新社長に東雲忠司が就任した。東雲は固辞したが、最後は鐵造の店主

命令によって三代目を拝命することとなった。正明は会長となった。新社長と会長の就任式を終えた

後、鐵造は久しぶりに重役たちと歓談した。会議室で食事を摂りながらの会話だった。

「東雲君、おめでとう」

「ありがとうございます」

「君はいつまでも若いな。いくつになった？」

「若くはないですよ。もう六十三歳です」

「国岡商店よりも少し年上だな」

「門司で店を開いたのは、まるで昨日のことのように思うが、あれから六十年以上も経ったのだな」

鐵造の言葉に、重役たちはあらためて、国岡商店の歴史の重みを感じた。

「そのころ、ぼくは尋常小学校に通っていましたよ」会長の正明が笑いながら言った。「そのぼくがも

う七十二歳なんですから」

鐵造は頷いた。

「そうだったな。独立したのは、酒井商会の仕事で台湾から戻って、赤間の家に行った後だった」

「あのとき、兄さんにゴムまりをねだって買ってもらったのを覚えています」

重役たちは笑った。

「店を立ち上げたとき、店員はぼくを含めて五人だった。皆、着物を着ていたよ。ぼくも大八車を曳いていた」

鐵造は言いながら、門司の店の光景が脳裏にまざまざと浮かんできた。苦しい日々だった。何度、店を畳もうかと思ったかしれなかった。しかし今、あのころの苦労の日々が無性に恋しくてならなかった。もう二度と帰らぬ日々だ――。

「今や社員が八千人を超える会社になるとは――」鐵造が呟くように言った。「こんなに大きな会社になるとは思わなかったよ」

皆が静かに頷いた。

「ぼくだってそう思いますよ」正明は明るい声で笑いながら言った。「かつてぼくがいた東洋一の満鉄が跡形もなくなって、国岡商店がこんなに大きな会社になってるとは。その逆なら不思議でもなんでもないんですが」

部屋に笑いが起こった。

「新社長の東雲君は、どう思う？」鐵造が訊いた。

「私は――」と東雲は答えた。「今もタンク底に潜って働いたことが忘れられないです」

鐵造は頷いた。

「私たちは戦後何度も苦しい目に遭ってきました。しかしそれを乗り越えてこられたのは、タンク底の

経験があったからです。苦しいときには、常に思ったものです、『タンク底に帰れ！』と」

その言葉は今や国岡商店の店員たちの合い言葉となっていた。鐵造はあらためて重役たちの顔を見渡した。どの顔もたくましい顔つきをしていた。正明を除いて、全員がかつてタンク底に潜った経験のある男たちだった。どの顔もたくましい顔つきをしていた。正明を除いて、ちは互いにその言葉を口にして乗り切った。鐵造はあらためて重役たちの顔を見渡した。正明を除い

自分が死んでも、この男たちがいるかぎり国岡商店は大丈夫だろう。

鐵造は不思議な気がした。かつて自分がこしらえた小さな店が、今こうして八千人の社員が働く会社になり、自分が死んだ後もずっと続いていくということが、とても不思議なことのように思った。しかし、それが人の世の営みというものかもしれない――。

鐵造は米寿を間近に控えてなお気力体力とも旺盛であったが、ただひとつだけけいかんともしがたいものがあった。それは目だった。

子供のころより弱い視力に悩まされてきたが、八十歳を過ぎてから白内障を患い、日常生活にも支障をきたすほど目が悪くなった。さまざまな病院を訪ねたが、鐵造の目は、当時手術は不可能と言われていた「黒色白内障」と呼ばれるもので、どの病院も「治せない」と言った。

鐵造は大きな懐中電灯を手放せなくなった。新聞を読むのでさえ、顔をくっつけた上に懐中電灯で照らさないと文字が見えなかった。葉書を書くのも、大きなマジックインキを使った。しかしやがてそれさえ難しくなり、妻に代筆を頼むようになった。そのころの鐵造の世界はほとんど暗黒の世界に近かった。

八十六歳の鐵造は藁にもすがる思いで、慶応大学病院の桑原安治教授を訪ねた。桑原は日本眼科学

342

会と日本眼球銀行協会の理事長で、日本で最初にアイバンクを作ったことでも知られる眼科の世界的権威だった。

最新式の機械で鐵造の目を診察した桑原は、これまでの多くの医者と同じように、手術は不可能と判断した。鐵造はさすがに落胆した。自分はもう一生、仙厓の飄逸な筆を見ることも、唐津焼の渋みのある色彩を見ることも、古今の名画を見ることも叶わないのか──。しかしこれはもう運命として受け入れるしか仕方がないと諦めた。

ところが運命の女神が鐵造に微笑んだ。

翌年、桑原は交詢社（福沢諭吉が創設した実業家の社交クラブ）の例会で講演をおこなった際、会に出席していた信濃毎日新聞社・社長の小坂武雄から「国岡さんが桑原先生に診てもらって駄目だったと言われ、大変がっかりしておられる。なんとか少しでも回復させることができないでしょうか」と言われた。まるでわがことのように切々と訴える小坂の言葉を聞いた桑原は、なんとかしてみようと思った。

桑原は従来の電気網膜図の検査を捨て、何ヵ月もかけてまったく新しい検査法の装置を作った。それをもって鐵造の目を検査したところ、一縷の望みがあることがわかった。ただ実際に手術をおこなって成功するとは限らない。未知の手術である上に、八十七歳の老人だ。

成功しない可能性もあると説明を受けた鐵造は、「お任せします」と言って、手術に懸けた。

昭和四十八年二月、桑原は右目の手術に挑んだ。鐵造の目は眼裂（目の開き具合）が狭い上に、大変な奥目であった。いわゆる眼科医泣かせの目だ。桑原は執刀しながら、「井戸の中を覗き込んでいるよ

うだ」と思った。もうひとつの懸念は鐵造が強度の近視であることだった。普通、目の硝子体はブドウの実のような適度な固さを持っているが、強度近視の場合はそれが液体状になっていることが多く、水晶体を取り出すときに破れると大変なことになる。

桑原は凄まじい緊張の中で手術をおこなった。そしてついに濁った水晶体を取り出すことに成功した。それは普通の白内障の場合と違って芯まで真っ黒だった。桑原は後に冗談で、「井戸の底から碁石を掘り出した」と言った。

数日後、はじめて眼帯を取った鐵造の右目に飛び込んできたのは、看護婦の白衣の鮮やかな白だった。

「白がこんなにも美しい色だったとは──」

鐵造は思わず感嘆の声を上げた。

ひと月後、左目の手術も無事に終わり、両目の視力は眼鏡をかけて〇・四になった。鐵造は八十七歳にしてはじめて人並みに近い視力を得た。

世界はこれほどまでに美しさに満ちていたのかと、あらためて感動した。この目は神様が、人生の残り時間に多くの美しいものを見よと与えてくれた、人生で最後の贈り物だと思った。

*

昭和四十八年十月六日、第四次中東戦争が起こった。

恒例行事のようにおこなわれていたアラブ諸国とイスラエルの戦争だったが、このときは先進諸国を

344

激震させる事態に発展した。十日後、石油輸出国機構（OPEC）加盟のペルシャ湾岸の六ヵ国が、原油価格を一バレル三・〇一ドルから五・一一二ドルへ一挙に七〇パーセントも引き上げたのだ。さらに四日後、アラブ系産油国だけで組織されるアラブ石油国輸出機構（OAPEC）は親イスラエル政策を取っていたアメリカ、ヨーロッパ諸国などに対して、イスラエルが占領地から撤退するまで石油の輸出禁止を宣言した。

日本は中東の政治には中立の立場で、イスラエルを直接支援したこともなかったが、アメリカと強固な同盟を結んでいるためにイスラエル支援国家と見做される可能性が高く、急遽、三木武夫副総理を中東に派遣し、日本の立場を説明して、かろうじて石油禁輸は免れた。

十二月、前出のペルシャ湾岸の六ヵ国が、原油価格を五・一一二ドルから十一・六五ドルへ上げると宣言した。わずか二ヵ月あまりで一挙に四倍近く跳ね上がった原油の高騰は、日本経済を根底から揺さぶった。日本は戦後はじめての「石油ショック」に見舞われた。

政府は「石油需給適正化法」「国民生活安定緊急措置法」を公布施行し、また「緊急事態宣言」を発令して、物価規制に乗り出した。「省エネルギー」が叫ばれ、まず電力が規制された。都会のネオンが消え、テレビの深夜放送も中止となった。東京と大阪の国鉄車輌の昼間の暖房は止められた。

石油を原料とする製品の価格が上がり、さらに便乗値上げも後を絶たず、一気にインフレが加速した。あらゆる物価が上がり、「狂乱物価」と呼ばれる事態に陥った。さらに、物不足になるという風評が広がり、市民はトイレットペーパーや洗剤などの買いだめに走り、デパートやスーパーの棚から日用品がなくなった。

石油業界もまた原油の暴騰に悲鳴を上げた。石油製品の価格を上げることは、政府によって禁じられたからだ。当然、国岡商店も例外ではなかった。原油を精製してガソリンや軽油を作っても、利益が出るどころか下手をすれば赤字になりかねない。

年が明けた昭和四十九年一月、会長の正明は鐵造の自宅を訪れた。

「どうした、疲れ切った顔をして？」

鐵造が笑いながら言ったが、正明は笑えなかった。

「兄さんも今度の石油ショックは知ってるだろう」

「慌てるな。じたばたしたって仕方がない。長く仕事を続けていれば、こういうときもある」

「そうは言っても、会社の経営は苦しい」

「苦しいのは国岡商店だけではないだろう。どこも苦しい。メジャーでさえも楽ではないだろう。それにあらゆる産業が苦しい。ぼくはあらためて石油というものがいかに人類にとって大事なものかを教えられた気持ちだ」

鐵造は淡々と語った。

「ぼくは石油とともに七十年を生きた。国岡商店を立ち上げたときは、油の商売に未来はないと言われた。日本にはまだ自動車はなかったし、電気は水力発電だった。船の動力も製鉄所の火も石炭だった。そのころ、秋田で大きな油田が発見されたが、日邦石油はその油をどうしていいのかわからなかったほどだ。しかし、ぼくは必ず石油の時代が来ると思っていた」

正明は兄の言葉にじっと耳を傾けた。

「しかし徐々に石油の重要性があきらかになってきた。自動車が急速に増え、船のエンジンにも軽油が使われるようになった。第一次世界大戦のときには、石油の一滴は血の一滴とまで言われるようになった。それでも石油が百年間、一バレル四ドルを超えることがなかったのは、常に供給が需要を上回っていたからだ。しかし人類は発展しすぎた。ついに需要が供給に追いついたのだ。戦後の日本の驚異的な経済成長を支えたのは、中東の安い石油のお蔭だったが、もうその成長はない。これからの日本は新しい道を行かねばならないだろう」

「その道とは何でしょう」

鐵造は目を閉じた。しばしの沈黙が続いた。

「それは、これからの日本人が見つけなくてはならん。難しい道だが、日本人なら必ず見つけることができるだろう」

その数日後、鐵造は東京新聞から取材の申し込みがあり、それを受けた。

記者は訊いた。

「今回のアラブ産油国による石油の供給制限や値上げをどう見られていますか?」

「人間というものは、有利な立場に立てば、それを利用しようとする。力を持てば、それを行使したくなる。今度のことは、それがたまたま石油という形にでただけのことだ」

「しかし、現実には国民生活への影響は非常に深刻です」

「ぼくは、今度の石油危機は、日本国民にとっては天の下された試練と言えるのではないかと思ってい

る。国民は享楽に慣れきって、節約を忘れてしまった。そこで天がモノを大切にせよと反省の機会を与えたのではないか」

鐵造の言葉に記者は頷いた。

「しかし、さすがは日本人だ。すでに国民は緊張し、電力の節約などで積極的に政府の方針に協力している。戦後、国民が自分を捨て一致団結して、国や社会のために尽くすということが、こんなにはっきりした形であらわれたことはない。この姿を取り戻せたなら、石油危機も意味があったと思う」

「石油危機は、国岡商店の経営にも厳しい影響がでたと思いますが——」

「そんなことはささいなことだ。日本人が本来の日本人の美徳を取り戻せたなら、国岡商店の損益ごときはもののかずではない」

「ですが、現実に石油がないと、生活に支障が出ます。たとえばガソリンが足りないと——」

「ガソリンがなければ、車に乗らないで、歩けばいい。足はそのためにある。灯油が足りなくてストーブが使えなければ、外套を着ればいい。終戦後は長い間、冬は事務所でも外套を着ながら仕事をしている人がいくらでもいた。終戦直後の数年間の苦しみは、こんなものではなかった。あれを経験した者にとっては、今度の石油危機などどうということはない。たしかに今後、インフレも起きるだろう。しかし経済というものは数年周期で、好不況がめぐってくる。今度のはそれが少しばかり大きいだけの話だ。それでも戦争に比べれば、何ほどのことはない。何、この騒ぎもまもなくおさまる。いちばん大事なことは日本人の誇りと自信を失わないこと。それさえ失くさなければ、何も怖れることはない」

鐵造はそう言って笑った。

おそらく石油界の長老から今後の日本石油業界の展望、あるいは泣き言を聞きにやってきたであろう記者は、人生訓のようなものを聞かされ、あてがはずれたような顔をした。

鐵造の予言どおり、石油ショックの嵐は昭和四十九年の春ごろから、鎮静に向かった。政府の「省エネルギー」対策がある程度功を奏し、「狂乱物価」もおさまりつつあった。これにより日本経済もようやく安定を見せ始めた。

しかし経済成長は戦後はじめてのマイナス成長（マイナス一・二パーセント）になり、ここについに日本の高度経済成長は終焉を迎えた。鐵造が言ったように、日本は新しい道を模索しなければならなくなった。

一九七三年（昭和四十八）をもって、先進国経済を支えた「安い原油」時代が終わりを告げた。それは同時に、長い間、世界の石油を支配してきたメジャーが、OPECに「石油の王」の座を明け渡したことを意味していた。

その年の暮れ、鐵造は小川達雄という名の見知らぬ人から一通の手紙を受け取った。差出人は、かつての妻ユキの大甥（おおおい）にあたる者だった。手紙はユキが亡くなったことを知らせるものだった。達筆で丁寧な文章だった。

手紙によると、ユキは一年前に九州の老人ホームで亡くなっていた。彼女は鐵造と別れてからどこにも嫁がなかった。戦後は裁縫や着物の着付けなどを教えて生計を立てていたが、数年前から老人ホームに入り、そこで亡くなったということだった。

小川は、遺品を整理していてはじめて、大伯母が国岡商店の創立者の最初の妻であるということを知ったと書いてあった。ユキは生前に誰にもそのことを語らなかったのだ。遺品のなかには、戦後の国岡商店の新聞記事、鐵造のインタビュー記事などを切り抜いて作ったスクラップブックが何冊も残されていたという。

「大伯母はずっと貴方様のことをお慕い続けていたのだと存じます」

という文章を読んだとき、鐵造は思わず涙をこぼした。

そして流れる涙を拭うこともせず、ユキとの日々を回想した。

いつ倒産するかわからない苦しさの中、自分を支えてくれたのはユキだった。あのころ、国岡商店は絶えず火の車だった。満鉄へ納入する車軸油の調合も手伝ってくれた。ユキの明るい笑顔が挫けそうになる自分をどれほど勇気づけてくれたことか。苦しいが楽しい日々だった。あのときが人生でもっとも楽しい時代だったのかもしれない——。

ユキは国岡商店が大きくなるのを鐵造とともに見るのが夢だったと言った。しかし自分は愛するユキと別れた。それはユキの望みだったが、それを受け入れた自分は、もしかしたらとんでもない過ちを犯したのではないかと思った。

二度目の妻、多津子とは幸せな生活を築いた。昭一という立派な後継者も生まれ、四人の娘たちにも恵まれた。だが、と鐵造は思った。自分はユキとともに生きるべきではなかったのか——。

しかし鐵造はその思いを打ち消した。人生は一度きりだ。二つの道はない。

鐵造は便箋を封筒に入れると、ユキへの想いも心の奥に封印した。

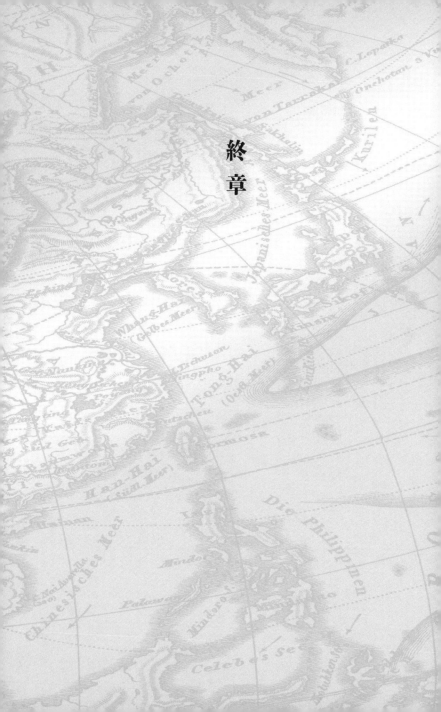

終章

石油ショックの衝撃からようやく立ち直った昭和四十九年の五月十七日、国岡商店の本社がある帝劇ビル九階の「国岡美術館」の一室で、異色の対談がおこなわれた。

対談の主は国岡鐡造とアンドレ・マルローだった。一九〇一年パリで生まれたマルローは世界的な文学者でありながら、自由と平等のために戦う男だった。一九三六年にスペイン動乱が起きると、ファシズムを倒すためにマドリッドに赴き、「国際旅団」の義勇兵となってフランコ軍と戦った。ちなみにこのとき、後のノーベル賞作家ヘミングウェイも国際旅団の義勇兵となっている。第二次世界大戦では、陸軍の一兵卒としてドイツ軍に立ち向かい、一度は捕虜になりながら、収容所を脱走し、パリが陥落した後は、レジスタンス活動でナチスと戦った。生涯を自由のために戦った不屈の男で、全身には十四ヵ所もの大きな傷跡があったといわれる。戦後はド・ゴール大統領のもとで情報大臣、文化大臣を歴任したフランスを代表する文化人だった。

この年、ルーブル美術館の門外不出と言われていた「モナ・リザ」の日本初公開のため、フランス政府特派大使として来日したのだ。

マルローは滞在中のスケジュールいっさいを日本側に任せたが、唯一、自らが希望したのが「国岡鐡造との対談」だった。マルローは鐡造が出版した「マルクスが日本に生まれていたら」の英語版を読

み、深い感銘を受けていた。そして友人であるフランス文芸協会会員で国際ペンクラブ会員でもあった竹本忠雄（後、筑波大学名誉教授）から国岡鐵造のことを聞き、「クニオカに会いたい」と希望したのだった。

当初三十分の予定でおこなわれたこの対談は、三時間を超えた。

マルローの日本滞在中ずっと通訳を務めていた竹本忠雄は、このときの対談がいかに不思議なものであったかを、『アンドレ・マルロー　日本への証言』という本の中で語っている。というのはマルローの日本での多くの対談では、対談者がマルローにさまざまな質問をし、マルローがそれに答えるというものだったのに対し、鐵造との対談では、質問するのは一方的にマルローであったからだ。

マルローの質問は、禅、武士道、神風特攻隊、共産主義と、多岐にわたった。それらの問いに対して、鐵造は一つひとつ悠然と答えていった。

マルローは国岡商店のありようにも質問をした。出勤簿もなければ、組合もない、定年もないという国岡商店のルールは、マルローにとっては驚きに満ちたものだった。なぜそれが他の会社でできないのかと訊くマルローに、鐵造は答えた。

「社員に対する信頼がないからです」

マルローは、その考え方は国家にも当てはまるだろうかと訊ねた。

「あらゆることにあてはまります」

鐵造はそう答えた後で、「私は、人間を信頼するという考え方を広めていくことこそ、日本人の世界的使命と言っています」と付け加えた。

354

マルローは、鐵造の「ヨーロッパは物を中心とした世界ですが、日本は人を中心とした世界です」と
いう言葉に、深い感銘を受けたようだった。
竹本の目には、この対談は現代版『ミリンダ王問経』に見えた。彼は前記の本の中で、「インドのナ
ーガセナ長老のまえに現れたアレクサンドロス大王の後継者」のように、マルローが立て続けに質問した
と書いている。おそらくマルローにとって、国岡鐵造という人物ははじめて出会った男だったのだろう。
このとき、マルローは七十三歳、鐵造は八十八歳だった。これが二人の最初で最後の出会いだった。
二年後マルローはパリで亡くなる。その二年後、国岡美術館で「特別展アンドレ・マルローと永遠の日
本展──東西文明の邂逅──」が催された。この展覧会は、マルローの名著『非時間の世界』に取り上
げられた古今東西の名画、名品、歴史的遺物、関係資料など千数百点が、四部構成で展示された「空前
絶後の企画」と言われるほどのスケールの大きなものだった。いかに鐵造がマルローに対して深い敬意
を払っていたかがこれでわかる。

昭和五十一年、鐵造は九十一歳になった。
しかし体力は依然旺盛で、年に二回の若手社員を集めての研修会にも参加し、ハードな日程を孫のよ
うな世代の若者たちとともにこなした。
この年の六月、国岡商店は「国岡丸」から数えて九隻目にあたるマンモス・タンカーを完成させた。
「国岡丸」の二〇万九〇〇〇トンを超える二五万四〇〇〇トンという巨大なものだった。鐵造はこれに
「日田丸」と名付けた。

翌年五十二年四月、東雲忠司が社長を退任し、会長となった。正明は相談役となり、経営から退いた。

四代目の社長には、姉ミツの息子である甥の落合隆が就任した。

「店主、このたび、ようやくお役御免になりました」

東雲は鐵造の自宅に挨拶に伺った。

「そうか。東雲もとうとう会社を追い出されたか」

鐵造は嬉しそうに笑った。

「いくつになった?」

「六十八歳になりました」

「二十四年前ですね」

鐵造は頷きながら遠い目をした。

「そんな若さで社長を辞めるのか」

東雲は苦笑した。

「ぼくが六十八歳のときは——たしかそう、日章丸をアバダンにやったときだ」

「月日の経つのは早いものだな」

それは東雲も同感だった。国岡商店に入ったのはついこの前のような気がする。

若いころは生意気盛りで、店に入ったころは、「こんな油屋、いつでも辞めてやる」と思っていたの

が、気がつけば三十九年もいた。それもこれも店主に惚れたからにほかならない。この店主の下だか

ら、自分はここまで頑張れたのだ——。

「店主、いつまでもお元気でいてください」

「人を年寄りみたいに言うな」鐵造は一喝した。「お前よりも長生きするぞ」

「では、私の葬式のときに、弔辞をお読みください」

「馬鹿もん！　ぼくより先に死ぬのは許さん」

「はい。店主命令とあれば」

二人は互いに声を出して笑った。

戯れとはいえ久々に店主に命令されて、東雲は嬉しく思った。若いころは、店主に指令を与えられるときには緊張と同時に喜びを感じた。困難な指令ほど闘志が湧いた。

店主こそは人生の師であった。世の人々は国岡鐵造を一代で財をなした大立者と見做すが、それは違う。店主の生涯はむしろ行者の一生だった。その生き方は修行に励む禅僧に似ている。

自分は三十九年も仕えてきたにもかかわらず、一度も言われたことがない言葉がある。それは、「儲けよ」という言葉だった——。

昭和五十四年二月、イランで革命が起こった。

亡命中のイスラム教指導者ルーホッラー・ホメイニ師を精神的支柱とするイランの民衆が蜂起し、パーレビ王朝を打ち倒したのだ。かつてアメリカの謀略によってモサデク首相を引きずり降ろし、国家元首の座に就いたパーレビ国王はアメリカに亡命した。

イラン革命政府はただちにイラン国営石油会社を支配していたコンソーシアムの追放にとりかかった。

国営石油のナジ総裁は、こう語った。

「アラーの助けにより、イランの石油用語から、コンソーシアムは除去されるであろう」

ここについにイランの石油を呑み続けた八つの頭を持つ怪物の命脈は尽きた。奇しくも、コンソーシアムがイラン国営石油会社と取り交わした「少なくとも二十五年間継続される」とされた最後の年だった。

クーデターにより失脚し、軟禁状態のまま不遇のうちに死んだムハンマド・モサデクの名誉は回復され、彼の名は英雄として蘇った。テヘランのメインストリートである「シャー（国王）大通り」は、「モサデク通り」と名称が変えられた。

鐡造はこのニュースを聞き、二十五年という月日の重さを噛みしめた。

あのとき、ＣＩＡの画策によるクーデターが起きなければ、イランと日本の関係は大きく変わっていたに違いない。国岡商店のその後もまったく別のものになっていただろう。しかし、それが良かったのか悪かったのかは誰にもわからない。ただひとつ言えることは、イランのアメリカに対する憎しみは永久に消えないということだ。アメリカは石油の利権を得るためにイランを踏みにじった。このことはおそらく将来にわたって大きな禍根を残すことになるだろう。

鐡造がイラン革命を見て思ったもうひとつのことは、国家にしても会社にしても永遠に続くものは何もないということだ。東洋一のマンモス企業「満鉄」も一瞬にして潰えた。不死身の魔女とも思えたセ

358

ブン・システムズも二度とかつての栄華を極めることはないだろう。国岡商店もまた、いずれは消え去る日が来るのかもしれない。

しかし、と鐡造は思った。いつの日か国岡商店が消えても、その精神は消えることはない。「人間尊重」の精神は、日本人がいるかぎり、世代から世代へと受け継がれていくだろう。そして、自分が生きた証はそこにある——。

たとえいつの日か、日本に再び国難が襲ったとしても、日本民族なら必ず立ち直ることができる。

昭和五十六年一月、鐡造は社内誌『月刊国岡』に、恒例である「年頭の辞」を載せた。タイトルは「はよふ　おきんかあゝ」というものであった。

新年おめでとう。今年は酉の年である。仙厓さんのカレンダーも酉の年にちなんで鶏が声高らかに鳴いている。東天に向かって羽ばたきつつ夜明けを告げる鶏の声はすがすがしく力強い。

仙厓さんは大声で
『はよふ、おきんかあゝ』
と怒鳴っておられる。この一喝は強烈だ。胆にずんと響く。思わずパッと目がさめる思いがする。

三十六年前の終戦のとき、私は『日本人は戦争に負けたのではない。あまりに日本人が道徳的に廃頽し、日本の民族性をうしなっておるからなみたいの事では目がさめないので、天が敗戦とい

う大鉄槌を加えられたのである。これは天の尊い大試練である。だから愚痴を言わず、三千年の歴史を見直し、直ちに再建にとりかかれ』と怒鳴った。

さて国岡商店は本年、創業七十周年のめでたい年を迎えた。七十年の積み重ねは、国岡人はかくあるべし、日本人はかくあるべきものなりという確固たる信念とともに歩んだ年月であった。

かえりみて、この人間尊重七十年の道は正しい日本人の大道であった。今後も永久に間違いない。

鶏鳴（けいめい）とともに東海の空に曙光（しょこう）がさしはじめている。

これが鐵造の絶筆となった。

二月の半ば、懇意にしていた古美術商が訪れた。彼は鐵造の前に一幅の掛け軸を見せた。それを見た鐵造は思わず唸った。それはかつて手放した仙厓の『双鶴画賛』（そうかくがさん）だったからだ。

生涯にわたって仙厓を愛してきた鐵造だったが、戦後の苦しいときに多くを手放していた。そのほとんどは国岡商店が大きくなってから買い戻すことに成功し、今では千を超える作品を所有するまでになっていたが、『双鶴画賛』は今日までついに見ることができないものだった。それはユキが気に入っていたものだった。

絵には二羽の鶴が描かれていた。一羽の鶴は下を向き、もう一羽の鶴は上を向いている。賛には「鶴八千年　亀八万年　我れ八天年」と書かれてあった。「天年」というのは天命の意味であろう。

思えば、自分が最初に手に入れた骨董が仙厓の『指月布袋画賛』（しげつほていがさん）であった。月を指差す布袋と、それを喜んで眺める子供が描かれた絵だ。その賛には「を月様幾ツ十三七ツ」と書かれていた。遠い昔、少

年のころ、その掛け軸を父にねだって買ってもらったものだ。『指月布袋画賛』は今、国岡美術館に所蔵されているが、目を閉じれば、その絵は今もはっきりと脳裏に浮かぶ。

国岡商店での七十年におよぶわが人生は、『指月布袋』の布袋のようなものだったのかもしれない、と鐵造は思った。大勢の店員たちは、月を見つめる子供だ。自分は店員たちのために、七十年にわたってずっと月を指差し続けた——。

いや違う、と小さく呟いた。両手を広げて月を摑もうとしている絵の中の子供は、自分だ。己の人生こそ、けっして摑むことができない月をひたすら追い求め続けた一生だった。

鐵造はひとりでふっと笑った。それでもいいではないか。

もう一度、『双鶴画賛』を見た。おそらく二羽の鶴はつがいであろう。見つめるほどに、その絵に心を奪われた。かつて所有しているときには、この魅力に気づかなかった。この絵がなぜ今自分の下へ戻ってきたのかわかったような気がした。

翌月の六日午後、鐵造は突然激しい腹痛に襲われた。

主治医の五島雄一郎医師が診断すると、腸閉塞だった。緊急に手術をしなければ命が危ないが、高齢のため手術はかえって危険だった。五島はとりあえず患者の痛みを止め、応急処置を施した。五島は八年前に鐵造が目の手術で慶応病院に入院したときに内科検診を担当した縁で、以来、鐵造の主治医となっていた。

翌朝、小康状態を取り戻した鐵造を見て、五島はいったん引き上げた。

しかし数時間後、鐵造の容態が急変した。家族から連絡を受けて駆けつけた五島が、懸命に手を尽くしたが、もはや回復させることは叶わなかった。

昭和五十六年三月七日午前十一時二十五分、国岡鐵造は九十五年の英雄的な生涯を静かに終えた。

臨終の床の間には、仙厓の『双鶴画賛』が掛かっていた。

本書は書き下ろしです

主要参考文献一覧

『我が六十年間』（一〜三巻、追補）　出光興産

『出光五十年史』出光興産

『四十年間を顧みる』出光興産

『日章丸事件』読売新聞社

『アバダンに行け』出光興産

『ペルシャ湾上の日章丸　出光とイラン石油』出光興産

『道徳とモラルは完全に違ふ』出光佐三　出光興産

『永遠の日本――二千六百年と三百年

出光佐三対談集』平凡社

『日本人にかえれ』出光佐三　ダイヤモンド社

『マルクスが日本に生まれていたら』出光佐三　春秋社

『働く人の資本主義』出光佐三　春秋社

『二つの人生』出光計助　講談社

『人間尊重の事業経営』出光興産社長室　春秋社

『石油技術者たちの太平洋戦争』石井正紀　光人社

『石油で読み解く「完敗の太平洋戦争」』岩間敏　朝日新書

『小説　出光佐三』木本正次　にっかん書房

『士魂商才の軌跡　評伝　出光佐三』高倉秀二　
プレジデント社

『反骨商法』鮎川勝司　徳間書店

『出光佐三語録――気骨の経営者』木本正次　PHP研究所

『石油王出光佐三　発想の原点』堀江義人　三心堂出版社

『難にありて人を切らず――快商・出光佐三の生涯』
水木楊　PHP研究所

『GHQ日本占領史47石油産業』橘川武郎解説・訳
日本図書センター

『怒りのイラン　石油と帝国主義』B・ニールマンド　敬文堂

『セブン・シスターズ』A・サンプソン　日本経済新聞社

『石油の歴史』E・ダルモン、J・カリエ　白水社

『石油の世紀』D・ヤーギン　日本放送出版協会

『石油を支配する者』瀬木耿太郎　岩波新書

『アンドレ・マルロー　日本への証言』竹本忠雄　美術公論社

百田尚樹(ひゃくた・なおき)

1956年大阪生まれ。同志社大学中退。
関西の人気番組「探偵! ナイトスクープ」の
チーフ構成作家。
本書で、2013年「本屋大賞」を受賞する。

2006年『永遠の0』(太田出版)で小説家デビュー。
『ボックス!』(同)、『風の中のマリア』(講談社)、
『モンスター』(幻冬舎文庫)、
『「黄金のバンタム」を破った男』(PHP文芸文庫)、
『影法師』『錨を上げよ』(以上講談社)
など著書多数。
『永遠の0』は、講談社文庫から
刊行されミリオンセラーとなり、山崎貴監督、
主演・岡田准一、井上真央、三浦春馬共演で
映画化、2013年12月から公開。

造本・装幀　岡孝治

海賊とよばれた男【下】

2012年7月11日　第1刷発行
2014年2月20日　第38刷発行

著者　　　百田尚樹

発行者　　鈴木 哲

発行所　　株式会社 講談社

〒112-8001
東京都文京区音羽2-12-21
電話　出版部　03(5395)3522
　　　販売部　03(5395)3622
　　　業務部　03(5395)3615

印刷所　　慶昌堂印刷株式会社

製本所　　株式会社若林製本工場

本文データ制作　講談社デジタル製作部